Xi Chuang

李舍 / 著

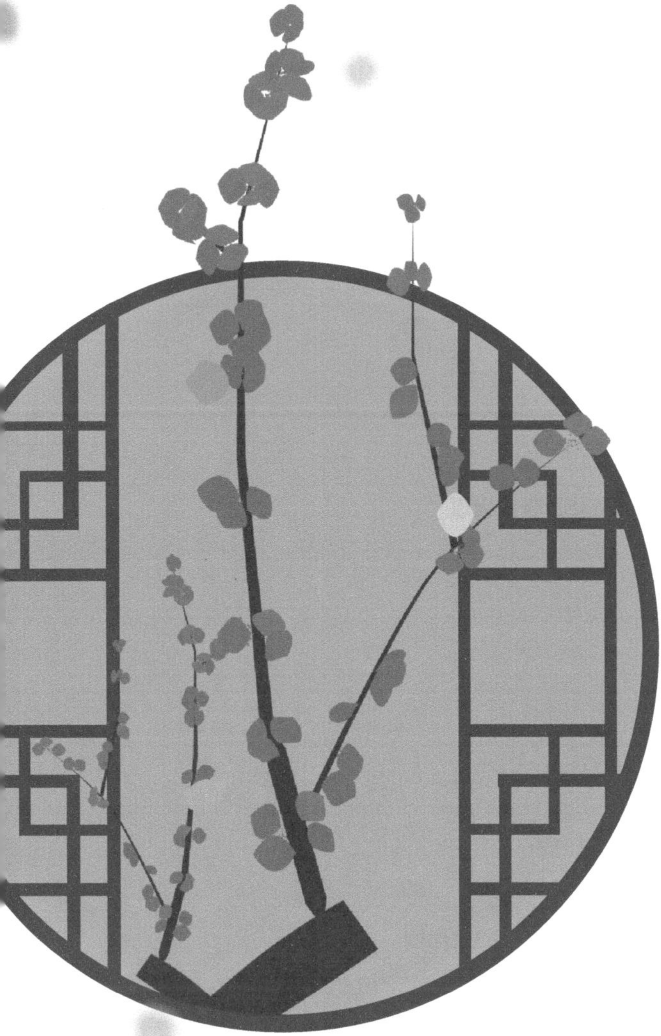

天津出版传媒集团
天津人民出版社

图书在版编目（CIP）数据

西窗 / 李舍著. -- 天津 : 天津人民出版社,
2018.5（2025.4重印）
ISBN 978-7-201-13219-8

Ⅰ. ①西… Ⅱ. ①李… Ⅲ. ①长篇小说－中国－当代
Ⅳ. ①I247.5

中国版本图书馆CIP数据核字（2018）第073400号

西 窗
XICHUANG
李 舍 著

出　　版　天津人民出版社
出 版 人　黄　沛
地　　址　天津市和平区西康路35号康岳大厦
邮政编码　300051
网　　址　http://www.tjrmcbs.com
电子邮箱　tjrmcbs@126.com

责任编辑　张潇文
封面设计　于　芳

制版印刷　三河市同力彩印有限公司
经　　销　新华书店
开　　本　660毫米×960毫米　1/16
印　　张　19
字　　数　243千字
版次印次　2018年5月第1版　2025年4月第3次印刷
定　　价　63.80元

目　录

楔　子

在这疲惫不堪的年代，“西窗烛”会为谁而燃，又会为谁而灭？

听了主人公的故事，我握笔的手在颤抖，心底也只剩唏嘘感叹。她说，她非人间四月天，却一直期盼金岳霖的出现。世上还有没有金岳霖似的男人，她又是谁的人间四月天？

请读者们与我随着下面的文字一起期待。

金岳霖的情感故事，有点文学知识或者说有点情感历练的人，大多能信口说来，他的这段话，人们也无法忘怀：“我所有的话，都应该同她自己说，我不能说。”“我没有机会同她自己说的话，我不愿意说，也不愿意有这种话。”

这是林徽因死后多年，金岳霖面对记者采访时说的话，每每读到，我都会潸然泪下。这短短的两句话，看似轻描淡写，却足以砸得人心尖儿战栗。爱情如禅语，不可说，一说就错。对于为爱坚守一生的男人来说，得饱含多少隐忍和心痛，才能修成这只求深爱而不求得到的理性？

曾经以为“此情只会天上有，人间不可几回闻”，却没想到这凄婉的爱情故事，真真实实地在我的闺蜜伊一身上演绎………以至于病入膏肓的她用尽最后一丝力气，告诉了我一个秘密。她说：作为女人，她幸运非常。她不美丽不灵秀，不是人间四月天，也没有林徽因的才气，却有金岳霖似的男人一直默默爱着她；他总会在她生命的转弯处，默默关心，默默相守，默默支持，犹如她生命里的神光，点点牵引，缄默无声。

难道这世上还真有如此深知大爱玄妙的男人，会在每个夜晚，关闭爱的城门，任那城外的喧嚣浪漫，灯火阑珊，城内那颗为爱独守的心亦不动吗？

无论如何，我不肯相信！

却没想到，骨子里一向清高孤傲的伊一，竟会在她生命的最后时刻，放下所有的自尊与骄傲，用手指蘸着鲜血，在病房雪白的床单上吃力地写下：

我真的不甘心就这么走掉……我怕。我怕，我爱得太理性，隐忍了所有的苦痛与无奈，我们的故事除了我和他，无人知晓。我怕，我只是在爱情中流了许久的那滴泪，若干年后再也找不到一颗心来安置。

伊一无助又凄凉的眼神，让我的心瞬间碎掉。我读懂了她最后的抗争。我说：“亲爱的，别着急，如果你信得过我，请把你的故事说出来，我会一一记录在案。”

伊一笑了，嘴角轻扬，虽然无力，却依然犀利，依然俏皮：“你呀，就是少点艺术细胞。什么叫‘记录在案’，那么美的故事，那么好的人，到你嘴里简直成了凶犯。在我说出来之前，请你务必得先答应我

一个条件，无论如何，我不许你对他有一丝一毫的诋毁和伤害。我的本意是只许你写出故事梗概，并注明本故事‘纯属虚构，如有雷同，实属巧合’。”

接下来的几日，已经不能进食的伊一，开始断断续续向我讲述她和“金岳霖”的情感之旅，直到饮尽最后那份孤独……

我不能辜负她的遗愿。况且，只有我触摸了她的万千思绪，读懂了她血书的含义。可是，要诠释她压在胸腔里的苦涩与甘甜，需要极大的勇气和挑战。毕竟，我了解的也只是在凡尘俗世里表演、生活的江山娇，却难以抵达伊一心灵深处那深不可测的神秘。

自从伊一走后，我变得凄惘、惴惴不安，生怕最终会辜负了她，久久未敢提笔。伊一却不依不饶，每夜都会潜入我的梦里，附着于我的躯体，不厌其烦地催促我赶快动笔。

每次从梦中惊醒，我总要把她臭骂一顿。我骂她阴魂不散，骂她死鬼闲着没事干，净拿活人开涮，“再不让我清静，当心我叫巫婆来治你”。

可是，她说，一个曾经丢弃过整座城池的女人，是不会怕巫婆的；为了她的金岳霖，她宁愿灵魂永不超度。没有办法，只要我闭上眼睛，她就站我跟前催我，即使我打开房间所有的灯盏，把屋子里能发声的东西都弄响，也赶不走她的影子，湮灭不了她的声音。

受不了她的折磨，我无奈地坐在书桌前展纸捉笔……渴望这些笨拙的文字能为她蒙尘的骨头解渴，渴望我敢于扯开“密室”的帷幕，显示她裸露的心灵及腐臭的伤口，将更多的人从生命的梦中唤醒，从坟墓的另一边来挑战命运的真实。让已经冰冷的生命重新焕发生机，给她永恒的美丽，而非用其“自白”来提供不朽。更希望他们这沉默归真的爱，如陈年老酒，沉淀在岁月中，即使不受祝福，也会芳香永久。

第一章　懒对西窗数杏花

一　他来时她已病入膏肓

“山娇，他是谁？……问你呢，他是谁！你们怎么可以、可以这样？”

刚走到病房门口，我就听到了伊一老公近似咆哮的吼声。

这是怎么了？我还从没见过这个沉默寡言的男人，能发这么大的火。莫非……

急急撞开306病房的门，眼前的景象让我惊呆，让我不知所措。

站在床头的李木，一脸猪肝色，撸臂叉腰几近疯狂，脚下是扣在地上的饭盒儿，饭菜洒了一地。

病床上的伊一却被另一个男人怀抱着，旁若无人，淡定自若，无声流淌的泪水就像奔腾的小河。

没看清男人被伊一肩头遮住的脸，只看他那稀疏的头顶，我便确认了这个男人是谁，因为伊一提到过他的“聪明绝顶”……

顾不得许多，我不假思索地走过去拍了拍伊一，并冒昧地扯了扯那个陌生的男人，轻声斥责：“喂，子墨，请你理智点儿，这可是在病房。人家老公就在旁边，你得维持最起码的尊重。”

听我喊他的名字，那男人好像激灵一下，缓缓抬起了头，平整的国字脸激动地抽搐着，被泪水模糊在镜片下的眼睛透着绝望。他把一双大手恋恋不舍地从伊一身上移开，长叹一声，在自己胸前拼命地捶打。

然后，他摘下眼镜，胡乱抹了抹镜片上的泪水，乞求似的看了看李木，又看了看我，有气无力又似乎歇斯底里地说：“理智，我一直都很理智，一直想做金岳霖似的男人，只远远地爱着，并不搅扰伊一平静的生活。可直到现在，我才明白，人最理智的时候就是别无选择的时候。可怜我理智了一辈子，冷静了一辈子，坚持了一辈子，总相信我们的真情和善良上帝都在看着，总会回报给我们什么！可是结果呢？连上帝也是个混蛋，非但不给我们的感情谋任何出路，还要来抢夺我的伊一。如果我再理智下去，我怕永远也见不到她了。”

“‘子墨’！你就是那个像影子一样存在着的‘子墨’？你的‘伊一’？你凭什么？她是我的老婆——江山娇。你有没有搞错？你是个什么东西？一个不敢爱不敢恨的男人，一个不负责任的男人！在她命悬一线的时候你在哪里？你口口声声说爱她，那你怎么不主动捐一个肾救她？你怎么不帮她找肾源？你怎么不帮她筹措医疗款？你怎么不像我一样，卖了房子倾尽所有，为她做透析、做治疗？你到现在才来，除了让她激动，让她情绪不稳定，还能做什么？难道你有回天之术？如果你能让山娇健康地活下来，我愿意，我愿意成全你们。听见了吗？你这个混蛋！”

一听我喊出子墨的名字，李木再也控制不住自己的情绪。他像一头暴怒的公狮，势不可当地冲了过去，一把将那个男人从伊一身边提溜起来，指着他的鼻子连声质问。尽管，李木踮起脚尖也难以够着子墨的鼻子，而此时的子墨还是显得矮了一大截儿。

再回头看伊一，她像一株将要凋零的花朵，蜷缩在那里楚楚可怜。可伊一从来都不拿花自喻，她一直把自己当成树。一直以来，伊一像一棵瘦弱的小树，在男人们的心中顽固地生长着。此时，却被两股同样强劲、同样温暖的风，吹得枝枯叶落。曾经翠绿鲜活的生命，再也难堪风雨，世间所谓的风花雪月，也都只是命运中的擦肩而过。或许，两个男人都想尽量多地给予她阳光雨露，而不忍心再让其沾染半点风霜。无奈，两个人心照不宣，却又一直拧巴着，劲儿总是使不到一块儿去。

在子墨心中，她是永远的伊一，无人能取代。

在李木心中，她是永远的江山娇。李木宁愿她孩子似的饭来张口衣来伸手，时时依赖着他，也不愿将那个多情浪漫的作家伊一与他的妻子江山娇画等号。李木从来都不喊“伊一”这个笔名，他的老婆就是江山娇。对伊一这个名字他潜意识里有不可捉摸的骄傲，又有莫名其妙地憎恨。他一直固执地以为，都是这个笔名惹来的麻烦，都是所谓的文学给他的家庭带来的灾难，他回避这个名字，甚至讨厌这个名字。他暗暗发誓，从他嘴里永远不会喊出这个名字。

此时的子墨，像个做错了事的孩子，面对李木愤怒的质问，他情不自禁地双膝跪地，一步一步挪到伊一跟前，捧起伊一的双手，声泪俱下：“对不起，伊一。伊一，对不起，我来晚了。我这么晚才来，正是为了你的家庭平静，为了你的情绪稳定。可是，你为什么一直不告诉我？其实，在得知你的病情后，我就悄悄去医院做了血型检查，可上帝在惩罚我，我们血型不合，无法配型。听说你已经找到肾源后，我就想办法去筹措手术费……”说着，子墨从包里掏出了一张一百二十万元的支票，双手递给李木。

面对支票，刚强了半辈子的李木，没有做到目不斜视、不屑一顾。他太需要这笔钱来救妻子的命，救他儿子的母亲了。按他的想法，他甚至愿意放下男人的自尊和尴尬，收下这笔钱，劝山娇赶紧做手术。可此刻，他又不敢伸手去接那张支票，只是将手伸向半空，拿眼睛一动不动地盯着山娇，想得到她的意见或者默许。

江山娇明白了李木的意思。她有点愠怒地瞪着老公说：“李木，我知道你心里想什么。谢谢你这么多年对我的好，我的回报不及万分之一，也无以回报。我也曾想过，等老了闲下来之后，我再一切从头学起，重新学做一个女人应该会做的女红、饭菜等，好好伺候老了的你。然而，上帝不肯给我机会，我终将要负了你，真的对不起。但请你一定要相信，在有生之年的任何时候，我的身体并没有背叛过你。或许，精神上的游离会让你觉得更可恶，可是，没有办法，情感这个东西真的不可捉摸。你知道吗？尽管从各方面来说，你都好得无可挑剔，但很多时候，我要的不是一个‘煮夫’，也并非一个生活顾问，我曾经努力和你琴瑟和鸣，相濡以沫，遗憾的是，你从来都不肯给我机会。你不肯花费心思走进我的内心世界，与我的灵魂做深层次的交流。在漫长而又一成不变的现实生活中，不知不觉间，有些时候灵魂终会游离于躯体，这并不影响吃喝拉撒睡的正常状态，也并没影响你认同的幸福指数。只是在对现实生活中的男人感到失望时，有着浪漫情怀的女人总会梦想一位空气中的男精灵。这样一位想象中的情夫，对一个家庭的幸福来说，是再危险不过的了，而你却始终用宽容与挚爱，让我们的家庭稳稳当当地停靠在幸福的港湾里。直到今天，我才真正读懂你的聪明与胸怀。此刻，也请你不要为我丢了男子汉的气魄，失去你做人的原则。你知道我想让你如何做。”

伊一虽然气若游丝、声若蚊虫，却字字铿锵有力，句句不容分辩。

子墨再次无助的走近伊一，握住她的手，与她对望着，想说什么，又好像千言万语都无从说起。

刚开口喊了声伊一，却被伊一用话截住。她一往情深又十分决绝地看了看子墨说：“子墨，如果你还爱我，请给我最后一点尊严。把钱收回去，让我走得安然，手术我是不会做的。也请你不要自责，即使我们能配型成功，我也不会接受你的肾。因为，我宁愿平静地离去，也不愿在以后的岁月里，让那颗无辜的肾脏，时时敲打着我的心肝肺腑，拷问我的良知。你知道吗？我对你并没有你想象的那么坦诚美好，有好多事你是不知不解的。我对你的爱也并非你想象的那么纯粹。也许，从一开始，它就是一种亲情抑或仅仅是一种超越了友情的感情而已。从交往到现在，这许多年来，我们从未有过金钱上的往来。尽管，你一直很富有，再困难的时候，我哪怕借遍身边的朋友，却不会向你开口，也并非怕金钱的铜臭味儿会腐蚀了我们纯洁的感情，我也不是那超凡脱俗、不食人间烟火的精灵……何况，据我了解，现在的你，并没有这么多钱。所以，还是请你拿回去，借谁的赶紧还给谁吧！如果你真想为我做点什么，就请你答应我最后一个请求，无论我的生命还能延续多久，我都渴望你和李木能够联手使官司胜诉。”

子墨含泪点点头说：“伊一啊，你所有的要求我都答应，并会竭尽全力。可是我求你，求你别再倔强了，别再执拗了，这可是生死攸关的大事儿，不能再任由着性子来。就算你不接受你弟弟的肾，我们还可以通过别的渠道找着肾源。医院也在积极联系，说不定明天或者后天就有肾源了，总会有办法的。请你坚强起来，一定要好起来。手术费不成问题，这钱就算我先借给你的，等你好了再努力赚钱还给我，好不好？”

子墨像哄幼儿园的孩子一样，轻声细语地劝着伊一。喉咙里明明藏着哽咽，眼角里深深蕴含着泪水，脸上却挂着父亲般温和的微笑。

这曾经是伊一体会并一直迷恋着的“如父、如兄且如老公”般的爱意。她多么想忘情地叫一声“老爸”，然后撒娇装痴地缠磨他。可此时，她全没了兴致，也无意再计较他这种温情曾经给予过多少女人，她早已把那些为了他而经常打扰她的女人们从她的世界里删除了。

伊一百感交集，眼泪汹涌而出，不仅因为子墨的话。

伊一哽咽着说：“对不起，子墨。你真的很好，只是可惜这天地间有无数的有情事，这人世间却是满眼的无奈人啊。对你，我死了也是个欠债鬼，无法偿还了。这个世界上每个爱我的人，我都欠着他们一笔厚厚的债，今生无法偿还，怕是来世也还不清。谢谢你为我所做的一切。我不知道你的爱是否一直都这么死心塌地。今生我终将会负你，来生我也最终要失约。并非我无情，也并非我决绝，因为，来生我实在不想再转世为人。做人实在是太累了，那么多的弯弯绕绕，俗情道道，真的很累。如果你仍愿意并有能力帮我，就请你向上帝祈祷，来生让我托生成一棵小树苗，任其四季荣枯，一切随缘。同时，我还希望来世爱过我或者我爱过的人能融合成同一个人。这样，就可以赎回我今世的罪孽，不再分裂我的爱恨情仇，无论精神还是肉体……”

没等伊一说完，两个男人几乎是同时抓住了伊一的手，说出的却是近乎同样的话。

一个说：“别再说了伊一，你会好起来的，一切都会好起来的，我一定帮你找到肾源，你一定要做手术，并且一定会手术成功。只要你能好起来，我和李木一定会成为最好的兄弟和朋友。”

“一定如何如何”，几乎是子墨的口头禅。任何时候他都是如此的自信，却并不知道，正是他这种自恋自负般的自信在伊一心里留下了阴影。每当想起他炫耀似的吹嘘着有多少多少女人迷恋并深爱他；每当想起他那成功人士似的不可一世；每当想起与知识渊博的他交流写作后，他贪功似的念叨；每当想起他因为同样的炫耀，让伊一无意中卷入他家人、情妇之间的烦恼；每当想起第一次见面（也是病前唯一的见面）时，他骄傲地拍着自己的豪车故意问伊一老公买的什么车时的表情，还有上车后，与坐副驾驶的女友亲密无间的称呼，以及一会儿情妇电话、一会老婆电话的镜头……

真爱一个人，双方任何的付出都会无怨无悔，一旦成为炫耀的资本，想换取对方的感激之情，或者……再深的爱也会大打折扣。这样的男人会有真爱吗？这样的男人值得真爱吗？这样的男人配伊一吗？伊一的内心一直在怀疑并追问着。

一个说：“山娇啊！人家法院都判你可以做肾移植了，你为何如此固执呢？这半辈子都是我听你的，难道你就不能听我一回？听我一回劝，咱配合医生透析，好好地把手术做了，好吗？我不能没有你，儿子不能没有妈妈。还有，还有你那个多事的娘家，难道你真的都能放得下，就这么走的了无牵挂？再说，你弟弟又不是完全没有行为能力的人，他自己也不止一次求你接受他的肾，这在法律上是不违背的，你为何要这么执迷？他未来的日子还需要你的帮助，就算你借用他的肾帮他过以后的日子，还不行吗？”

伊一猛地捂上了耳朵，用尽所有力气，发疯似地摇着头：“不，这太残忍了，我绝不。我那可怜的弟弟已经够可怜的了，上帝已经亏待了他，我不能再让他捐肾，绝不能，这对他太不公平了。再说，他是我们家唯一的男孩，是我们家费尽心思寻来的一脉香火，也许他将来没能力养父母的老，最起码他还能完成那个神圣的使命，给父母送终。何况，我们家倾尽财力给他娶了媳妇儿，还指望着他们传宗接代，少一个肾怎么能行？”

“唉！老天爷！你咋这么不会安排，她那么多姐妹，那么多亲人、朋友，为何都配不上型，你偏选她这么个弟弟能与她配型成功呢？老天爷，你真是不睁眼啊！这么要强的一个人，你偏给了她那么一个支离破碎的家。那么多的难事、琐事，整天无休止地撕扯着她。多少次她梦里哭醒，都是为了那份对亲人的爱莫能助啊！当所有的事情并不是她的孝心与责任能够担当和解决时，她真的活得无奈，活得害怕啊！”

此刻的李木长叹一声，怨天怨地坐在一边垂头丧气，却在心里默默期待着，期望这个子墨的到来能点燃伊一心中求生的欲望，最终接受手术。

自从和弟弟配型成功后，伊一就开始拒绝一切治疗。理由是，前期通过颈动脉透析，她可以接受，现在由于并发症出现了感染，医生必须将她手腕的皮肤切开，连通动脉和静脉血管，才能做透析，她死也不干。她说，她要维护最后的尊严，不允许医生把曾经被爱人喻为莲藕似的胳膊扎得斑驳不堪，让她连个完美的尸首都不能保全。

实际上，大家都明白，伊一的这些理由只是借口，主要原因还是她不忍心让弟弟捐肾，不想再折腾着烧钱。得了这种病，可不就是烧钱吗？

伊一知道，为了给她看病，李木把家里能换成钱的东西全都卖了，可也只能维持透析，并不能筹够换肾的钱。又能指望谁呢？娘家、婆家及所有亲戚挨个数数，竟没一个有钱人，更没一个当官的，大多都还没有脱离农门，不但指望不上，他们自己都还顾不了自己，如果因为给她看病，到时候欠亲人一大堆无法偿还的人情，给儿子留下一屁股的债务，她将会死不瞑目。至于那些所谓的朋友，不说大难临头各自飞吧，她从心里不想麻烦他们，也没有指望过他们。在与生命较劲时，最好还是让这一切都云淡风轻。

尽管还有他，那个所有人都不知道，且她最爱却又最不想惊动的人。不到万不得已，伊一不想让他出现在人们的视野里，那是她深藏在内心深处最大的秘密。

每次透析，伊一都会在心里默默算计，这次到底又花了多少钱，得花掉几个月的工资？每次她都会想起，想起她把钱递给年迈的父母时，父母脸上的欣慰与不忍；想起妹妹困窘难度时，她有心无力地痛。

想起那年暮春的一个周末，儿子拿着烂了洞的袜子让她补。她不在意地说："这年月谁家还补袜子，赶紧扔垃圾桶吧，一会儿妈妈给你买新的去。"谁知儿子很激动地制止她说："妈妈，不许买，你要会缝就抽空给我缝上我再穿，要是不缝，我就不穿袜子也行，反正往后天快热了。咱家的钱不能乱花，能省一分是一分，好好把钱攒着，留着我以后出国上学。"

儿子的话，伊一当着面时微微一笑，说儿子"野心不小，小子精神可嘉"。转身走进卧室，掩上门后，却哭得稀里哗啦。可那时的眼泪里，很多成分是幸福的，她为这90年代的独生子这份节俭的觉悟而感动，她为儿子有远大志向而欣慰。

从此，她细心地检查着一家人每双袜子上的洞，并学会了缝补，竟然缝得那样不显山露水，不留有痕迹，让一向不擅女红的她，自己都感到惊讶。

儿子的乖巧懂事，曾让她对生活充满了希望。她愿意为了儿子的未来，倾尽全力，努力奋斗，却从来都没有想到过，有一天，病魔会如此顽固地缠上她，花光了她为儿子攒下的所有积蓄。

她觉得此生最对不起的就是儿子了。失却了这个强大的精神动力，她对一切都丧失了信心，她万分难过。不能给儿子留下上学的钱，也绝不能给儿子留下一大笔债。她只在心中暗暗期待，关于引发她得了尿毒症的那场诉讼，最终会有个圆满的结局，好让儿子以后的学费有个着落。

想好这一切以后，无论周围人怎么劝她，她宁肯独自在内心倍受煎熬后，做出生死抉择。

而作为一个旁观者，我的心一点不比她少疼，泪一点也没比她的亲人们少流，但我比较清醒。我知道，此时，也许任何人都没有能力说服伊一，让她顺利手术，即使最爱她的子墨，或者是她最爱的那个人。别说爱情虚无缥缈，灾难面前能经得起考验的爱情少之又少，就算爱得铭心刻骨，她也宁愿选择生离死别，相忘于江湖，而不会伤害人间那份最美好的情感。至于亲人，她弟弟的情况又是那样的特殊。

思绪翻腾时，我一直冷静地观察着子墨。

或许，他是懂伊一的。此时，他并没有像李木暗中期待的那样，苦口婆心地规劝伊一，他只是静静地、不动声色地盯着伊一的眼睛，用眼神和她交流。

沉默良久，子墨悄悄从包里拿出一本文集，慢慢打开。这是伊一早期出版的散文集，封面及版本和所有读者手中的一模一样，里面的内容却大不相同。子墨手中的这本，用红笔点、蓝笔圈，密密麻麻、星星点点，像《红楼梦》的“脂批”。这些圈点，有子墨的批评，也有褒奖。如今，重新朗读时，他除了声情并茂，还像说书似的加进了即兴的评点和解说，不一会儿，就把伊一逗得破涕为笑。

看着此情此景，冷静下来的李木不再愤怒，不再冲动。他悄悄走开，默然地出了病房，抹着泪低头坐在病房外的走廊里。寂静的走廊，静得能听到缝衣针落地的声响，让人感到恐慌。在昏黄灯光的映衬下，李木显得是那样无奈，那样孤单。

看着这三个人，我想起了某部电影里的某个镜头。每次来医院看伊一时，我都看到李木守在病床前，不是细心地喂水、喂饭、削水果，就是给她擦身或者按摩……一个个温馨的镜头，曾让我由衷地羡慕。

我曾在心里说，一个女人能这样被男人疼着，真是前世修来的福气。如今，又冒出这个子墨，不知道是会给她的幸福加码，还是减色？

仔细想想，谁都没有错。却不能想象这三个人的故事最终该如何收场？

不，伊一闪烁的言辞让我预感到，这个故事的主角并非他们三个，或许隐藏着的那个人，才是最重要的角色。可他到底是谁，是她寻找到的金岳霖吗？

我很迷茫。便一遍遍猜想，假如伊一留恋爱情，为子墨所动，或者要为她深爱的那个人留得青山在，并以另一种方式眷顾亲情，坦然接受了手术，当一切真相大白后，可怜的李木又该怎样承受生命不能承受之重？假若伊一坚决放弃一切，与红尘彻底决裂，李木和伊一的家人又该怎样承受生命不能承受之轻？

二　他说了再见就再也不见

病房内，子墨陶醉在好不容易相聚的时光里，伊一则在自己写过的文字里回忆人生。我矗在那里显得有点多余。

在他们不察觉的情况下，我轻轻推门而出，悄悄坐到了李木身边。凝望着窗外寂寥的夜色，再看看李木木然的表情，我很想对这个身心憔悴的男人说点儿什么，一时又不知到底能说什么。

我尴尬地咳嗽了两声，以示和他打了招呼。他缓慢地抬起头看了我一眼，也是一副欲言又止的表情。

我猜测着，他一旦开口会和我说些什么？会不会问我有关伊一的风流情史，且对于她的故事是不是比他知道的还多。如果他真的这么问了，我又该告诉他些什么？可我们只是相互看了看，终究什么也没说。

我和李木寂静地坐着，沉默得像两座不能传递一点温度的冰山。病房里传出子墨那略带磁性的朗读和伊一久违的笑声。

李木若有所思地抬头向病房张望了一下，像要开口，又仿佛要起身，但最终什么也没做，旋即又低头沉默。

“不如你回去歇歇吧？这里有我，今晚我留下来陪伊一。”面对这个老实到木讷，无奈到无助的男人，我实在找不出安慰或者是交流的词汇，只好打破沉默，试探着对他说。

李木神情凄然，好像没听见我的话，就那么向病房张望着，不说行，也不说不行。就在我想再问他时，他却忽地起身急匆匆往外走。或许他是想逃掉，暂时求得“眼不见心不烦”的解脱。

我心里也松了一口气，替他替我也替伊一和子墨。

却没想到，我长出的一口气还没来得及收回来，走廊尽头的李木又快速地折转了回来，轻轻地对我说："不如你也回家休息吧！这里有子墨。在这个时候，有子墨就已足够。山娇的时间不多了，还是留给他们一些单独相处的时光吧！"

我的眼泪汹涌而出，不可抑制。为可怜的伊一，也为这两个优秀的男人，还有伊一深爱且极力维护的另一个男子，尽管目前我还不知道他人在哪里？但我相信伊一，能够被她如此珍爱的，一定会爱得值得。

我只是一时搞不清楚，在这些真实面前，究竟谁对谁错，究竟谁是谁的谁，到底又是谁违背了所谓的伦理道德？这好像不是第三者与婚外情的故事，连一向思想开放的我，都被纠结得心痛不已。

仿佛某部电影的导演，又像是急于了解现场的资深记者，生怕错过了什么，我真的不愿意走。不知沉默了多久，当情绪稳定后，面对李木，我为自己的不愿离去找了个冠冕堂皇的借口。

我说："不如你先回家吧！这么久都是你一个人照顾她，你太累了，正好乘机好好休息一下。再说，只留下子墨我不放心，毕竟他初来乍到，不熟悉这里的情况，遇到突发情况他会不知道怎么处理。我还是待在这儿，有什么事儿也好有个照应。当然，你尽管放心，我只待在走廊里，有特殊情况时我才会进去，比如伊一叫你、叫我或者，或者有其他情况……"

在我的坚持下，李木默默地点了点头，渐渐消失在了走廊的尽头。我木然地坐着，胸腔中犹如江河奔涌，又如万马奔腾，脑子里一片茫然与空白，厘不清这整个故事的线索。

当我昏昏欲睡恍惚入梦时，却被一个男中音叫醒。睁眼一看，是子墨。这个硬朗中又带点儒雅的男人，小心翼翼地走近我说："原来您一直在这里。不好意思，累您了。伊一刚睡着，暂时没什么事儿，要不您也到里面躺躺，稍微休息一下。我在外面守着，有事您就喊我。”

听他这口气，俨然我是个外人，他才是伊一的亲人。感动之余，我未免有点失落，潜意识里，更多的是替李木难过。我沉默着，对他的话没有做出任何表示，只是依然坐着没动。

他有点拘谨地坐在我的一侧，又试探着说：“要是您不想休息的话，我可以和您聊聊吗？”

我侧过头，迎着他询问的目光，盯了他一眼，我不清楚自己的眼神里有没有怨恨、愤怒或者什么，只是不想也不知道和他究竟能谈些什么。

没等我表态，子墨又接着说：“一直都听伊一说起您。她说您是她的闺蜜，是无话不谈的好朋友，那么，想必您是最了解她的人了。我想知道，依据伊一的个性，假如我帮她找着了肾源，也筹够了手术费，她会不会接受手术呢？”

“开玩笑。你能找到合适的肾源，怎么可能？尽管听伊一说起过你的实力，我也毫不低估你的能力，可还是觉得这事有点儿不靠谱。因为伊一已经拖得太久了，她的手术与短时间内肾源的供应，或许谁也不好解决。你要知道，据不完全统计，目前全国每年一百五十万名需要器官移植的患者中，最终只有一万余人能够进行器官移植。而据医学界统计，在一百二十万尿毒症患者中，每年可获肾移植的仅五六千人。在供需矛盾如此突出的情况下，伊一又是O型血，要找到肾源谈何容易？如果你真能找到肾源，那你可真算有本事的。不知你的供体来自哪里？是死刑犯、活体移植、脑死亡，还是传统死亡后的自愿无偿捐献？”我有点不太信任地看着子墨，连珠炮似的发问。

面对我的惊讶和不信任，子墨保持了足够长时间的沉默后，有点忧郁地对我说："对不起，肾源怎么来的我还不能告诉你。因为，这暂时还是个不能说的秘密。但请你一定要相信我，相信我对伊一的爱，为了她我愿意付出一切。同时我也请求你，作为伊一最好的朋友，无论以后发生什么事，什么情况，一旦肾源来到，你都要劝伊一把手术做了，好好活下去。请你一定要答应我。"

还没等我做出回答，病房里忽然传出了伊一惊恐的哭泣声。闭着眼睛的伊一，讷讷地喊着一个人的名字，已经哭得泣不成声。

就在我们迅速往病房里冲的慌乱中，子墨把那张一百二十万元的支票塞给了我，并急急地说，一定要替伊一保管着，以备手术之需。他的口气有点不容分说，好像情况万分危急。

子墨一个箭步冲到伊一跟前，双手把她抱起，像对自己的女儿一样无限爱怜地说："怎么了小乖乖？别吓我，哪里疼了？哪里不舒服，快告诉我，咱去找医生，有医生在呢，宝贝儿，咱不怕。"

伊一双眼含泪，定了定神儿，嘘了口气，缓缓睁开眼睛，给了子墨一个虚弱的笑容。然后，用尽全力钩住子墨的脖子说："对不起，子墨。我刚才做了个梦，梦见他来了。梦见你被一帮警察带走，关进了大牢里，说你和器官非法买卖案有关。我怎么会做这样一个梦呢？器官买卖，我以前听都没听说过，怎么会忽然梦到这样的事情。子墨，你不会为了我去干傻事吧？千万不要啊！现在不是没有肾源，是弟弟愿意捐，我不愿意接受，你懂吗？"伊一焦急地盯着子墨的眼睛，希望子墨能给她解释梦境中的疑惑。

子墨轻轻地在伊一的脸上抚了一下，微微笑着，淡定地说："做梦都梦见'人体器官'，证明你在潜意识里，还有强烈的求生欲望。所以，我求你一件事，请你一定要答应我。我理解你为何不肯接受你弟弟的肾，但不接受弟弟的肾并不意味着就没有了希望，院方不是还在积极寻找肾源吗？万一找着了肾源，你可千万要做手术。至于手术费用，就算你不肯接受我金钱上的帮助，大家也会一起想办法，这点你不要担心。等索赔官司胜诉后，我们再还债也不迟，回头我就和李木一起商量商量，重新整理诉状，一定能胜诉，我有把握，你一定要相信我。只要有一线生机，都请你不要放过。为了你，为了你的儿子，你的家人，也为了我，请你一定要坚持到底。现在，我必须走了，就在你睡着的时候我接到了家里的电话，说家里九十多岁的老母病危，我必须赶回去看看。”

好像这分别来得太过于突然，伊一一时没有反应过来。她不说话，只是静静地看着子墨，眼泪却止不住的溢满了双颊。她担心，她的身体状况，随时都可能让这一别，成为永诀。

子墨更是难分难舍，他把头低下，深深地吻了伊一，然后，泪流满面地抬起头，轻轻捧着伊一的脸：“伊一，我听见刚才你梦里念着的人不是我，也不是李木，能告诉我刚才你梦见谁来了吗？他会不会伤害我？”。

伊一愕然而无助地望着子墨，不安地说：“不会，绝对不会，你们都是好人。但，请原谅我不能告诉你他是谁？因为，李木不是梁思成，你也……我唯愿梦中的他，能是‘金岳霖’”

子墨淡然一笑：“没什么，我只是随便问问，你别想太多，好好休息，积极配合治疗。肾源马上会到，请相信我。”说完，他帮伊一拉了拉被角，慢慢地松开伊一的手，忽地一转身朝门口奔去。

身后传来伊一撕心裂肺的哭声，她轻唤：“子墨，回来，你不要走，我还有好多话没来得及给你说。子墨，不要走，我告诉你他是谁？我要告诉你一切真相，你回来……”

子墨的突然离去及往我手里匆匆忙忙塞支票的情形，让我感觉到有点怪异，我预感到这些怪异的背后好像掩藏着惊人的秘密。我疯狂地追出病房，想问问清楚。然而，已经不见了子墨的踪迹，他像一阵风一样地消失了。却看到了及时出现在走廊内的李木，想必他一直都没远离，病房里发生的一切他都清清楚楚。我无话可说，只示意他进去陪伊一。

在走廊连椅上坐定的我，看着手里的支票，愣了好久，不知道接下来究竟该做些什么。缓过神儿后，我从包里掏出了画笔，仔仔细细地把子墨来后的一个个场景描绘下来。

是想给伊一留下点儿什么，还是想记录下某些有用的东西，我说不清楚自己是怀着怎样的心理。当画到子墨在病房捧了书和伊一共读，及离别难舍的情景时，我感动得眼圈潮湿，自作多情地写下了那阙《雨霖铃》：

多情自古伤离别，更那堪冷落清秋节/今宵酒醒何处？杨柳岸，晓风残月。/此去经年。应是良辰美景虚设。/便纵有千种风情，更与何人说。

捧起画作，自我欣赏良久，一个个缠绵的镜头，本该温馨浪漫，此刻却无一例外的忧伤与冰冷。我弯腰捡起不知何时掉在地上的画笔，颓丧地加上了一句无厘头的话语：疲惫不堪的年代，“西窗烛”会为谁而灭？

接下来，是一个个的不眠之夜。子墨的决绝和匆忙，以及短聊过程中的闪烁其词，让我心里七上八下，隐隐觉得他一定在心里藏着什么事儿不愿说。却万万没想到，没几天，竟意外的在媒体上得知了“中国首例人体器官买卖案”在北京受审，公布的六人团伙中，其中有一人的照片像极了子墨。仔细看了报道材料，罪犯的籍贯、年龄及其他消息，都证明他确是子墨无疑。

子墨在受审过程中交代的犯罪动机和犯罪事实，引来的感叹胜过责怪，同时感动了在场的法官。媒体的陆续报道，让这个为情铤而走险的子墨，一时间在坊间和自媒体传得沸沸扬扬，像炸了锅。

怎么对伊一封锁消息呢？这成了我和李木面临的最大难题。唯一能做的就是李木和我都不再读报给伊一听，当伊一追问原因时，我们也只能本着能瞒几天是几天的想法，一遍遍寻找各种理由搪塞着。

在铺天盖地的后续报道中，我开始收集有关子墨的一切。

原来，子墨在得知伊一生病之后，开始关注有关肾源的问题，无意中他浏览了一个叫“秘密肾源”的网站。抱着能通过此渠道，迅速帮伊一联系到肾源的最初幻想，他毫不犹豫地加入了该网站设立的QQ群。在群里他了解到，人体器官的黑市行情里，一个肾才卖五万元。经济上渐渐落魄的他，便动了在网上给伊一买肾的心思。由于求肾心切，子墨很快联系了自称“肾仙”的群主阿牛。当他拿着悄悄和伊一配型不成功时记录下来的伊一的资料，去阿牛提供的地址寻找“供体”时，他大吃一惊，却原来是“踏破铁鞋无觅处，得来全不费功夫”。

阿牛所说的那个“供体”供养点，就在离自已所在城市不远的小镇上。这个小镇，相比周边的城乡接合部，消费水平相对较低。一个简装的三居室居民楼里，居然养着十几个供体，也就是说住着十几个想卖肾换钱的人。

这些人大都生活在社会的最底层，都来自偏远的农村，有着不同的困难和生活目标，却有着共同的对钱的渴求。有的是因为家里太穷，生财无道，才想着走此极端；有的是因为急需为家里的病人筹措医药费；有的是卖自己的肾，再买和自己亲人能配上型的肾或肝……反正只有一个目的，就是为了急用的那笔钱，他们通过不同的渠道或中介来到这里，随时准备把自己身上的某个器官卖掉，挣一笔钱，解决一时之急需。

这些所谓的“供体”被带到供养基地后，首先要进行体检。因为，如果身体有病，有传染源的器官就买不上好价钱，甚至卖不出去。必须在体检过关后，收养这些供体的中介才肯出钱养活着他们，供他们免费吃住，并给他们买电视、电脑、游戏机，让他们打发寂寞时光。另外的合伙人则守在天津、北京等其他大城市专门做器官移植手术的医院，在自己行业内固定的领地寻找“客户”。因为，这样的黑中介团伙远远不止他们一伙，每个团伙都有自己的“供体”基地。和其他行业一样，这里也存在激烈的行业竞争压力。

这些被养起来的供体，等着供方寻找买主。所谓的工作流程是，一旦寻到买家后，供体来到指定的医院体检配型，配型成功后，有黑中介团伙再找到制造假证的窝点，伪造供体与患者的亲属关系、身份证、户口本等证明。一切办妥之后，他们便开始和做器官移植的买家谈价钱，一般开口就要十五万，必要时，还得几个人一起威胁买主说，“不给钱就把你们废了。”此话颇有威力，基本上屡试屡爽，次次成功。因为，患者家属一是救命心切，很急切的寻找能配上型的器官，二是惧怕夜长梦多，惹不起这帮人，只能乖乖地举债筹钱。

了解到内情的子墨，一看有这么大的利润空间，凭他的聪明才智，他很自信。他如果做的话，会比他们任何一个人做得都好。再想到即使找着了肾源，伊一的手术费依然没有着落，还是做不了手术，不如索性一不做二不休。想到这层，子墨就不甘心只花五万元买个肾回去了，他深知一个肾远远解决不了伊一所有的问题，手术后的后续治疗及长期应用昂贵的免疫抑制剂等开支，将会需要一大笔的钱来维持。要想彻底救伊一，他必须帮伊一找到肾源并筹足钱款。

怀着可以为爱付出一切的壮怀激越，子墨并未意识到从他做出决定那刻起，自己正一步步走向犯罪的深渊。他长叹一口气，只是可怜伊一病得不是时候。

如今，跟刚认识伊一时似的，他正跌落在人生的低谷，先前那些如蝇逐臭般围着他转的女人们，早已不见了影踪。只有伊一，依然那样平淡平静却温暖如初地和他交往着。他也才明白，这个在他心目中一直是“如梦如幻月，若即若离花”的女人，才是他最值得珍爱的。他在心里默默期待着，一切会柳暗花明、逢凶化吉。

一定会的，伊一是天使。

子墨沉浸在了温暖的回忆里。刚认识伊一时，他虽然谈不上是物质上的富翁，但还算是成功男人。那时候，在爱的疯狂燃烧下，他不止一次提过要为伊一买车，买房，要为伊一开作品发布会等。不能否认，在他潜意识里有迫不及待要征服这个女人的想法。但伊一的做法却让他打消了这个念头，又让他感到从未有过的底气不足。

每当他说出那些疯话时，伊一总是不失礼貌，真诚道谢。伊一半真半假，却毋庸置疑。

伊一说：“对不起，无功不受禄。本人虽贫，却尚能独善其身。你的钱还是留给我那些大嫂二嫂三嫂四嫂们花吧，请不要把我划入她们的队列，否则，对我将是个极大的侮辱。世人口口声声追求幸福，事实上又有多少人追求的只是让自己在别人看起来幸福。再说，我一直以为追求和欲望不可等同，爱和施舍是两个概念。请问现在的你真的已经爱得无怨无悔，愿意为我做一切了吗？如果你回答是的，那么你曾经说过的所有话，我就连标点符号都不敢相信了。小女子尽管淡如秋月，并不代表着没有追求，也不代表不能凭借自己的能力过上理想生活。我不会接受任何人廉价的施舍，更不会沦为男人满足虚荣的工具，更何况我也不是你想象中的‘娇’，任何人都甭想铸个金屋把我藏起来。”

听了伊一的话，当时的子墨是不屑的，他在心里说：现在的女人啊，总是既想当婊子又要立牌坊。一个蜗居在煤矿的小小工人，见过多大点儿天啊！装吧你就。你装我也给你装。

子墨装成有点痞气的文化人说：“你这完全是对生活没有追求，或者说是缺少激情，不妨听我谈谈另类三者的关系。为什么一把茶壶必须配有多个茶杯呢？实际上，天地造物时就已注定了雄性动物的不安分，对男人而言仅仅有一个妻子是不够的，妻子只是一个和你没有一点血缘关系却为你深夜不回家而牵肠挂肚的女人。这种牵挂于男人来说却成了一种无形的约束，她会约束你不能随便和别的女人交往，但她永远不能代替情人，因为她没有情人的情调；而情人对男人来说是一种补偿，补偿男人无法得到的激情。情人是一个和你没有一点家庭关系，却让你尝尽做男人的滋味，尽情销魂的女人。悲哀的是，妻子和情人都无法代替红颜知己。红颜知己是一种点拨，点拨你心中的迷津，关照你心灵的需要，不刻意扯上关系，却能无怨的分担你的快乐和忧愁。”

子墨的挑衅，遭到了伊一不动声色却又非常犀利的辩驳。她笑嘻嘻地说："那咱们只有一种可能，就是你尽力争取让我成为你的红颜知己。但我要警告你的是，灵魂是永远不可以做交易的，因为当你护卫时，它无价可比；当你拍卖时，它又分文不值。"

子墨深深叹了口气，无奈地说："面对如此女子，我完全没有信心让你成为我的什么。我只是要告诉你，其实，人生苦短，人一生至少该有一次，为了某个人而忘记自己，不求有结果，不求同行，不求拥有，甚至不求爱，只求此身不向今生度。"

话说到如此地步，伊一也只能轻叹一声道："唉！不如将一切人情冷暖看成自然的花开花谢，想象成一种必然的四季更迭。其实，世间一切美好的东西，得到的不一定能长久。特别是爱情，千万不可因为寂寞而错爱一阵子，更不要因为错爱而寂寞一辈子。"

当初的对话言犹在耳，子墨曾经骄傲的征服欲也渐渐淡成了一个心愿。从来没有这样一个女子让他既动心又动情，他心甘情愿为爱付出。他曾不止一次想，等安排好家里的一切，他就可以有足够的精力，足够的财力，为伊一在山上买一块地皮，建一座木屋，辟一片田园，种几竿修竹，栽一地牵牛花，甚至养一匹骏马……便于她周末、假期或者退休之后写作、种菜，间或偶尔与他共唱田园牧歌。却怎么也没想到，美好的梦想尚未付诸实施，却在伊一急需救命钱时，为钱而窘迫。

更为遗憾的是，复杂的人心，让想法和做法不一定同步。

事实上，和许多家里红旗不倒外面彩旗招摇的男人一样，有钱时的子墨，在真正盘算一笔笔花销时，从来也没有想到过伊一。他花钱在城郊买了别墅，给儿子安排了工作，投资了中长期收益的生意，给情妇开了服装店，给情人投资了文化公司（他说情妇和情人不是一个概念，情妇满足的是男人的原始欲望，情人给的却是销魂蚀骨的感受）……手头那点积蓄全部折腾一空，生意赔得血本无归，情人与情妇的争风吃醋也早已随着他的落魄而偃旗息鼓，作了鸟兽散。

目前，为了这个最后剩下的红颜知己（不知如此定位，伊一是否满意？），要想快速筹钱，他没有别的法子，只能剑走偏锋。

成熟、自信又颇自负的性格，往往使男人觉得所向披靡、无所不能。他曾对伊一吹过牛："就算有一天我变成了一文不名的穷光蛋，也会凭借自己聪明的脑壳儿，咸鱼翻身，东山再起。"

20世纪60年代出生的理工类本科大学生子墨，聪明睿智，从不服输，相当有经济头脑。因此，他加入这个人体器官黑中介后，没费多少周折，就迅速成长为团伙的头目。

这个头目与之前的工作毕竟不同，有点地下工作者的神秘，又如搞特工一样的刺激，一切尽在静悄悄的生活表象下改变着，甚至连他那粗心的老婆都不曾察觉。在单位里他高调做事、低调做人，有着很好的口碑，他不显山不露水。由于经济问题从总经理的位置落下来后，他依然是成熟稳重、受人尊敬的老前辈。

在社交场合，他风流倜傥，新潮时尚，是许多女子追求的偶像。与许多这个年龄的人不同，他不拒绝任何新鲜事物，他提倡无纸化办公，充分利用网络资源了解更多的资讯。他像年轻人一样精通网络并迅速成长为资深网虫，许多新潮的网络语言比80后用得还频繁还多。也正是网络的便捷，给他提供了轻松犯罪的机会，不知不觉中，他就被卷进了一场致命的旋涡。

在同事及下属眼里，这个已不再负责具体事务的老前辈，并没有因为闲职被挂起来而闹情绪，他好像比以前更敬业更忙碌了。谁也不会想到，现在的他，不只是忙着写作，完成未了的文学情结，稍有空闲，就忙着利用网络发布信息，利用一切机会寻找所谓的“供体”。

为了尽快实施救助伊一的计划，凭着自己过硬的文字功底，子墨草拟了一份很有说服力的广告词，在一家网站上挂出了题为“急寻肾源，助人为乐，非诚勿扰”的广告。

广告内容是：

这世上幸福的人都是一样的幸福，不幸的人却各有各的不幸。咱老百姓一不怕苦二不怕穷就怕生场大病，可恨大病往往专爱找吃五谷杂粮的老百姓。无奈人生苦短，病不由人，生活中不可能每天都是阳光明媚，随时可遇大风大浪。朋友们！请不要放弃！不要气馁！这里，希望与您同在，健康与您同行。

如果您是20～30岁的男性，身高在1米67 以上，身体健康，没有肾病传染病等，并且您有助人为乐的精神，愿意当“供体”的话，请您联系QQ：6183****，24小时恭候您的咨询！

我们给自愿捐肾献爱心的朋友们提供环境优美的供养基地，包吃、包住，生活设施齐备，食宿条件优异，并且绝不收取您任何费用，往返路费可报销，各种检查费用全包，保证您可迅速做配型找到患者，绝不耽误您的时间，而且价格公道、速度快。当找到患者，配型成功，我们保证手术前一小时将钱存入您指定的银行账户，术后我们会尽量向患者要求，给予一定金额的红包，作为您的营养费，并且帮您免费安排护理人员照顾，直到出院！

如果您是急需肾源的患者，也可直接与我们联系，我们拥有大量的资源，可在短时间内为您找到合适的供体，并尽量在您指定的医院安排手术。

我们的服务宗旨:信誉第一 诚信为本 助人为乐

注意事项:凡是有人向您收取所谓的保证金，都有可能是骗子。请小心谨慎，以防被骗。

如果您有什么不明之处，可直接与我们联系，咨询详细情况!

子墨发完帖子，起身想伸个懒腰，碰巧有人敲门。他赶忙关闭QQ和网页。谁也想不到这个曾经一人之下万人之上的总经理，会利用工作之便，干如此龌龊的勾当。

开始时，子墨也觉得此举相当不好。曾几何时，他心里就像吃了苍蝇一样的恶心。可转念一想，在这样的社会环境中，面对诸多无奈，为了生存，或是为了实现某个目标，达到某种目的，又有多少人从一开始的自惭形秽，最终越陷越深。如果没有那么多得了病却看不起病的老百姓，也不会有那么多为了筹措高昂医药费，而不惜付出任何代价的人们。在这个只要有需求就会有市场的社会里，存在着太多让人无法规避的潜规则和中国式的黑色幽默……凡是通过正规渠道解决不了的事情，都会应运而生别的市场。这稀缺的人体器官供给，应运而生的黑中介买卖并不奇怪。成为头目的子墨渐渐地由愧疚不安变得心安理得。

索性一不做二不休，任何事情，既然做了，就要全力把它做好。这是子墨的性格，也是它做事的原则。他从来不打无准备的仗，每做一件事情都要运筹帷幄，都想着做大做强。

开弓没有回头箭。如今，他既然已经加入了器官买卖的中介，就没有退缩的理由。尽管这个团伙会被人们不齿，他却依然把其看作一个团队来打造、来运作。

他说，家有家规、行有行规，没有规矩不成方圆，要想使团队在行业内迅速崛起，就要有独具特色的管理体制。于是，他起草制定了相关的管理制度及若干规定，并且充分体现出了人性化管理，在团内喊出了“以人为本、追求卓越”的所谓管理理念。

他规定，凡是来他基地的供体，最终卖不卖器官完全自愿，不愿卖的可以随时走人，不再索回在基地期间的生活费用；找不到买方等不下去要走的，也允许打道回府；一个月之内给供体五天的休假，可以回家和亲人团聚一下，来回路费一律由基地负责……

这真是应了那句话，无论黑道白道，都有说道，无论黑猫白猫，能抓住耗子便是好猫。如果这也算个行业的话，那么真的是三百六十行，行行都可以出状元。而入了哪行方知哪行的竞争之残酷激烈，在这个看似惨无人道的组织中，子墨硬是用他的温情与世故，使团队迅速壮大，一年不到便把供体从十几个人发展到了一百多人，做成了近二十单生意，成了圈里的龙头老大。为了求得利益最大化，他们还把业务范围扩展到以旅游名义来中国买人体器官的沙特、以色列、韩国、美国、日本等外国人的身上。

在矛盾又得意的心境中，子墨深深地体会着什么叫“欲壑难填”，什么叫“丧尽天良以满足欲望”。他甚至会万分感慨，无论社会怎么进步，人类如何进化，人身上还是会印着禽兽的烙印。无论什么时候，挣钱都是有瘾的。

子墨本来打算筹够给伊一看病的钱，找好给伊一提供肾源的“供体”，他就立马撤出不干。起初，他一遍遍地在心里安慰自己，为了爱而去做这一切，完全是被逼无奈，情有可原。遗憾的是，在他准备带着他的战果去看伊一时，还从来没想过要急流勇退。尽管在夜深人静时，他的良心也会与灵魂激烈对决。

直到他真正来到伊一身边，望着伊一那纯净的眸子，感受着她那透明的心灵，特别是了解到她为何死不接受弟弟捐肾的真正原因后，他更加羞愧难当。当他听到伊一不接受他的钱不实施手术的决心，当他体会伊一由于担心或者心灵感应般的梦魇，当他联想到一个个供体背后牵涉的家庭成员……他的意志彻底土崩瓦解，他的良心受到了前所未有的挑战，他的心理承受能力达到了极限，他无颜再面对善良纯真的伊一。凭他对伊一的了解，他知道，尽管他为伊一做了那么多，伊一重新活过来的一天，必将是他们恩断义绝的一天。或者说，伊一离去的一刻，将是他永远无法赎罪的时刻。他心内凄惶，从未有过的悲凉，无法自制，只能逃离。

三　不如意和不容易是一道辨证题

逃离伊一病房后的子墨，不舍得离开伊一所在的城市，也不知道要去哪里。他找了个酒馆，要了瓶烈酒把自己麻醉，漫无目的地浪荡在十字街头。任凭轰隆隆的雷声从头顶滚过，从耳边炸响，任凭铺天盖地的雨水浇透了全身，浸湿了他的毛发，湿透了他的骨头，他不藏也不躲。他知道，再猛的雷声也不能将他的罪一闪而过，再大的雨水也不能洗刷他的罪恶……

一个个供体背后的斑斑血泪史在他脑海里回放。

那个家中老母亲摔断了腿没钱医治的光棍汉许三，为了给母亲接上腿，大字不识一个的他，决心卖肝救母。他的孝心被猎犬一样的中介捕捉到后，由子墨亲自导演了自愿帮他在网上卖肝的义举，并引导他在网上发帖声明：“只要有人买他的肝，他只要三万块，能够给她母亲接上腿的钱就行。”他们打着善意的幌子，用美丽的谎言将他引入到基地，为了利益，进行一步步诱惑。

许三来到基地后，工作人员问他你打算卖多少肝时，这个朴实的农村小伙子真诚地说：“这个我也不懂，至少得把人家买肝的人救活吧。给我留下能活命的肝，其他的就都给人家呗！”不懂医学知识的他，意识不到自己身体存在的危险，更不知道讲价钱。结果，他的肝被切走60%，而约定的三万元报酬他只拿到了两万五。

还有那个被手下几个人欺骗到基地，乘子墨不在用酒掺药将其杀害的流浪汉。他们辗转联系到几位医生，谎称在法院和监狱都有熟人，弄了一名刚刚被执行完死刑的犯人，而高价卖掉了流浪汉的器官。同样是乞丐是流浪汉，比起网红犀利哥的被救助、被关注，子墨的心像是被油煎……一个个血淋淋的镜头，让他头痛欲裂，近乎崩溃。

曾经在大家眼里出类拔萃的他，为何会变得如此龌龊不堪？回想一路走来的成长经历，他撕肝扯肺、泪流满面。扪心自问，这样的举动，难道真的是为情所困，舍生取义吗？不，至少不全是。或许，一切都是潜意识里的贪欲在作怪，面子观念在作怪，不服输的倔强性格在作怪。

子墨曾是一个把面子看得比命还重要的人，这缘于他的成长环境及他的老婆。

子墨出生于鲁北山区一个大家庭，老父亲兄弟六个、姐妹三个，父亲是家里的老幺，当他十七岁娶个地主家的小姐进门时，他大哥家的孩子都已经做了父亲。母亲从进了这个家就没有地位，不受尊敬，直到一连生了四个儿子两个女儿才算立住了脚。待日子风平浪静，儿女双全了，母亲便知足的操持家务，过起了平淡的小日子。

可事情往往是“树欲静风不止”，母亲极力追求的平静，在四十三岁时却被再次隆起的肚皮打破，在那个尚未实施计划生育的年代，她又怀孕了。而此时，她的儿子都已经娶了媳妇。最让她难为情的是，儿媳妇的肚皮好像要和她比着长一样。她悔愧难当，觉得自己是为老不尊，老不正经，在孩子们面前再也抬不起头来。

她深居简出，无脸见人。日日夜夜都在琢磨，用什么法子才能把肚里的小孽种弄掉。家人熟睡后，她在黑漆漆的夜里一遍遍蹦高，并狠命地捶打小腹；她悄悄爬到一人多高的土墙上，使足全身力气往下跳，甚至悄悄找来打胎的偏方……可是，一切都无济于事，无论怎么折腾，腹中的小生命稳如泰山、安之若素。这个小生命就是排行老七的子墨。

在那个年代，子墨的出生并不是父母的期待。在世俗的乡人眼里，这个可有可无的小生命，和他亲侄子同岁，来得实在不是时候。

母亲既要看孙子又要看儿子，的确有点儿尴尬。再加上嫂子们的横眉竖眼、指桑骂槐，街坊四邻的指指点点、冷嘲热讽，大多数时候，母亲都是表现出对孙子相当的亲热和疼爱，对于自己亲生的子墨则不理不睬，十分冷漠。用农村的话说，也就是“权且把他当成个小狗拉巴着，养活养不活只能听天由命。”

直到子墨背着书包自己去上学，母亲怀中抱的依然是她的孙子，抱大了老大家的抱老二家的，抱大老二家的又抱老三家的。抱孙子时，母亲的目光里充满了母性的温情，母亲的脸上挂着慈母般的微笑。曾让背着书包放学后的子墨以为那温情、那微笑原本都是属于他的。

有一次，在学校受了委屈的他，脸上挂着泪道道儿，情难自禁地扑进母亲的怀抱，他的冲动吓哭了小侄子。原本欲揽他入怀的母亲，惊慌失措的一把将他从怀中推开，他踉跄几步，脚跟不稳一头栽倒在了门前的石头上，当时磕掉了两颗门牙。他捂着血淋淋的小嘴，哭喊着叫娘时，娘却怯怯地往院子里瞅瞅，然后抱着孙子头也不回地走掉了。

这一幕刻在子墨幼小的心灵里，从童年到青年到中年，成了永远无法愈合的创痛，甚至影响了他的一生。从此以后，子墨认为自己根本就是捡来的娃娃，不是母亲生的。母亲烦他，不爱他，使他从小就放弃了寻求被母亲保护的念头，而是像浑身长满了刺的刺猬，随时张开刺进行自我保护，且养成了争强好胜，处处想表现自己，凡事不甘落后的倔强性格。

子墨清楚地记得，那一年，就因为母亲无意中夸奖了邻居家九岁的男孩，上山砍了一大捆柴的壮举。八岁的他，便在一天放学后，不声不响地拿起镰刀钻进了深山。当柴砍得足够多时，背柴回去的邻家叔叔看见了他，并邀他一块下山回家，说天黑了山上有狼。

他背起柴捆欲跟叔叔走，走了两步又觉得柴捆不够沉，觉得肯定不如邻居家那个九岁的孩子砍的多，回家后母亲会看轻自己。便又悄悄潜回原地，埋头砍了起来。当把柴砍到让自己满意时，邻家叔叔早已走远了，他只好壮着胆子背着比他高一头的柴捆慢慢往山下挪。

当他听见狼的吼声时，转头看见了对面山头上两匹狼的四只眼睛，放射着咄咄逼人的绿色光芒。

他打了一个寒战，眼里流着泪，却极力装着镇定，把眼睛瞪大到极致，与狼对视。奇怪的是那四只绿油油的灯盏，只随着他的脚步移动，却并不靠近。像天上的星星一样，他快了它们就快，他慢了它们也慢。这对峙的过程，新奇又好玩儿，让他渐渐放松了警惕，忘记了害怕，却万万没想到，狼比狐狸还狡猾。

在临近山坡的一个拐角处，狼忽然改变了战略，兵分两路朝他迂回包抄，他被吓得魂飞魄散，捂上眼睛，拼命地喊“娘，救命啊！娘，救命啊！”没喊来娘，他却真切地听到了三哥的呼唤。

三哥手里拿着家伙，朝着子墨飞奔过来，狼被吓跑了。他趴在三哥的怀里好一顿痛哭。最疼他的三哥接过柴捆，边帮他擦泪边抱怨他说:“你这小子怎么不吱一声，跑到山上砍什么柴啊？有我们哥儿几个呢，你小小年纪不好好学习，操哪门子砍柴的心啊！害得咱娘为你担心。”

子墨撇了撇嘴说：“咱娘巴不得我被狼吃了，她才省心呢，还会为我担心？你别骗我了。我才不信，咱娘根本就不疼我。”

从没打过子墨的三哥，忽地甩开膀子掴了他一个巴掌，打得子墨猝不及防，呆愣愣地瞅着三哥。

三哥眼睛红红地训他：“你小子到底有没有良心？放学这么久了不见你人影儿，咱娘都快急死了，一趟趟往你同学家跑着打听你的下落，正好碰见张叔背着柴捆回来，说看见你在山上砍柴。他本来是喊你一起下山的，不知怎么走着走着就看不见你了。你不知道，把咱娘吓得呀，腿都软了，生怕你被狼给吃了，这不，赶紧命令我来找你。”

见子墨低头不语，三哥又笑着转过身，捏了捏子墨的鼻子，想把他逗笑。子墨没生三哥的气，他在努力地想母亲是不是爱他。三哥不会说瞎话的，原来，找不到他母亲会那么着急，子墨又好像觉得母亲是爱他的。可是他费心砍的柴却没得到母亲的半句夸奖……在母亲眼里，好像子墨做的所有事她都没有满意过，从小到大，娘俩好像一直拧巴着，就连长大后他娶的媳妇也同样没有得到母亲的认可。

说起子墨娶媳妇的事儿，那可是说来话长，这里也只能简短捷说。

子墨娶的是一个干部的女儿，母亲认为官小姐和她们家不是一路人。和父亲当年娶母亲这个地主小姐不同，那时候的地主小姐能嫁个贫下中农，若不是长相特别出色是很难被接受的。子墨的老婆虽然也非常漂亮，只不过不是子墨中意的类型，最终能结合，完全是冥冥之中命运的安排。

本来，子墨在上大学时就已经心有所属，可毕业分配时两个人却被分得南辕北辙。女同学毕业后进了千里之外的钢铁企业，子墨毕业后却被分配在市直机关。

由于长相各方面的优势突出，刚分配不久，就被市委宣传部的女部长看中，执意要选做乘龙快婿。这让子墨犯了难为。同意吧，会辜负美好的初恋；不同意吧，将会直接影响自己的前程。在痛苦与矛盾的挣扎中，他只能一直拖下去，在同学、恋人哪里只字不提，和女部长的千金也在淡淡地交往。却怎么也没想到，他念念难忘的女同学竟先提出了和他分手。

面容姣好的女同学被企业老总的公子看中。或许也有无奈。无奈于她和子墨谁也不肯放弃自己的事业和身边的机会，心甘情愿为了爱而随对方去，两个人都想打拼出一片属于自己的天地。现实是，一方长期不在一起，各自忙起来连鸿雁传书都难以保证。而另一方却是迅猛强劲的攻势，相对优越的条件和看着还算顺眼的人，久而久之，分手定是必然。

女同学想不到的是，她的决裂，无意中正好给子墨解了围。只不过，在男人思维中永远都藏着“只许州官放火，不许百姓点灯”的霸道。面对分手，正中下怀的子墨，顺理成章地成了部长的女婿，从此，事业青云直上，却依然倍感失落。

在官场混迹多年之后，原本单纯正直的农家子弟，愈来愈觉得，其实这社会就是个大染缸，缸里溢满了形形色色的欲望。如果做官也算是一个行业的话，那么这个行当，剥掉种种虚饰，又有多少西装革履遮掩着没有灵魂的俗骨。冠冕堂皇的背后，说白了，大家就只关心两件事儿，那就是女人只关注“身上的肉和布”，男人只关注“上面的嘴巴和下面的阳具”。没意思透了，渐渐地，子墨厌倦了这样的生活，时时都有想逃离的冲动。

可是，又能逃到哪里去呢？他的家不是供他歇息的温馨港湾，他后悔当初没听母亲的话。

他娶的那个官小姐本身就和自己不是一路人，张扬跋扈不说，还给不了子墨正常的夫妻生活。她性冷淡，从新婚之夜到儿子出生，一直到她年老色衰，总共算起来他们的夫妻生活不会超过人家正常夫妻的一年。

那官小姐常挂在嘴边的一句话就是“三代培养不出一个贵族”。子墨即使在她们家的福泽下当了再大的官，在她眼里也永远都是农村出来的土包子，一开口说话就会串出一股高粱花子味儿，所以她从来不让子墨的舌头在她嘴里搅来拌去。夫妻做爱也往往是直奔主题，她不喜欢，似乎也不需要所谓的前戏与后戏……可一旦有人说起子墨的高大魁伟、潇洒英俊，她则会把头颅高高扬起，脸上露出骄傲的神色。

也许，在这个官家小姐的潜意识里，很多时候，子墨只是她用于表演生活的道具。她当初选择子墨时，就赢来了不计贫富只求真情的赞叹。当时，没有激情，没有爱意，极度失落且有点无奈的子墨，把心一横，权当把个花瓶抱回家，就算纯粹当个摆设，不也挺好看吗？

而事实上，于子墨而言，这个貌美如花的女人，却连个花瓶都不如。花瓶还可以安静地任人观赏，随意把玩，这个女人却一点也不安静，除了爱酒只爱她自己。当别人赞叹老婆的美貌时，子墨往往淡淡一笑，不置可否，心里却在嘀咕：切！她空有一副臭皮囊而已，根本就算不上美丽。其实，女人真正看得见的美丽是靠看不见的内涵做基础的。

更加悲哀的是，人家寻常夫妻还经历什么七年之痒，他们则是从结婚就不痛不痒，日子过得少滋没味儿，却又很难平静如水。这官小姐好像对生气有瘾，动不动就会找茬子，让人心里犯堵。用子墨自己的话说，活人终归不能让尿憋死，他必须得给自己找条活路，拯救自己。改变不了婚姻，他决心改变自己，他想尝试一下脱离官老爷庇护的生活味道。都说“天底下坐轿的少，抬轿的多”，可老是坐轿也会坐得皮松骨头酥，也有腻烦的时候。

算了吧！爷宁愿做轿夫也不坐轿了。

子墨出人意料的举动，让所有人大跌眼镜，有些人恐怕奋斗一辈子也爬不到的位置，被子墨一张轻飘飘的辞职信就给画上了句号。辞职后的子墨做起了“倒爷”，成了中国改革开放后下海经商，最先富起来的那部分人。

无官一身轻的子墨，一下子好像与那当官儿老岳家没有了任何关系，却灭不了后院的火。为了保全娘家人及自己的面子，家里那官小姐是不分青红皂白一味地闹腾。为了逼着他重新带上乌纱帽，她搬来了单位的领导、亲朋好友，可没人给她做得了主，其中有些人还羡慕子墨能力非凡，财源滚滚，都说自己要有这能耐，谁还整天在机关里夹着尾巴受那洋罪。

没有办法，这官小姐又使出了最后的撒手锏，搬来了她的官爹官妈。在老丈母娘官腔官调地夹枪带棒，又显得冠冕堂皇、语重心长时，子墨出人意料地把离婚协议书拍在了桌子上，并首次控诉了他的官小姐老婆在家的种种恶劣表现。

老丈人、丈母娘你看看我，我看看你，最终偃旗息鼓，草草收兵。

成了商人的子墨，再也不遵循那些清规戒律。成了富人的子墨，开始糊涂意志，享受生活。吃喝嫖赌疯狂了一些日子后，他又开始觉得生活没意思了。一个人静下来时总感觉从未有过的孤独寂寞。

就在这个时候，一个女人的出现使他眼前一亮、精神振作，这个女人就是伊一。一个只会静静聆听，从不诘问，不探究，只满足他那倾诉欲望，且能善解人意又能真正懂他的小女子。

伊一是在子墨物资最富有而精神最空虚的时候出现的。所以，很多时候，她无意中成了子墨战胜无奈的精神动力，重新点燃了他对生活的激情，对爱情的渴望，对事业的追求。一直以来，子墨就是靠着这份精神动力支撑着，靠着他们相处中的点点滴滴温暖着，而忘记了诸多苦涩。

内心爱得疯狂而热烈时，子墨曾想过离婚，可一旦把这想法说给伊一时，却被伊一冷静理智的阻止。

伊一半嗔半假地对他说："用不着和我商量，离不离是你自己的事儿，和我没关系。你千万别说是为了爱我，也别幻想你离了婚，我们就会有结果，我根本没有勇气打乱现在的生活。如果说我们的相识相知是一场美丽的错，那也是上帝的错，是命运的错，不是我们的错，更不是我们亲人的错，他们是无辜的。就像你的妻子，你口口声声不爱她，可她是你的亲人，是你这辈子绑定了，永远割舍不下的亲人，因为她不光是你的结发妻子，同时还是你儿子的亲生母亲。为了他们，你只能在炼狱中煎熬自己，而别无选择。"

打消了离婚的想法，子墨无法设想他和伊一的爱情有没有结果，也从没想过要和伊一有鱼水之欢。他认为他们的爱是神圣的，而越是神圣的东西，他越是不能轻易亵渎。他曾经走马灯似的和不同的女人上床，对于伊一却不想贸然侵犯。当现实的无奈无法超越时，冥冥中他只好把一切交付给命运，他甚至默默期待着爱酗酒的妻子，忽然在某一次酒醉中再也不要醒来……却从没想过，他和伊一的故事竟会是这样的结局。

行走在凄风苦雨中的子墨，被一片片回忆裹挟着，被一阵阵狂风挟持着，被劈头盖脸的雨水浇灌着，被良心的发现折磨着……不知不觉来到了公安局的门前，准备在异地投案自首。可他掐指算了算，这时候，伊一所需的肾源供体应该还没到，他暂时还不能去自首。

重新回到雨雾中，子墨在深夜里飘荡着，像个幽灵。这个从不服输的汉子，此刻却不知要去哪里？要做什么？只是自言自语地讷讷着："差不多了，差不多再过两三天我就解脱了，最多一周，我会再来的。"

第二章　经年雨洗又霜杀

一　谁知屋漏偏逢连阴雨

子墨在离开伊一后的第三天曾给过我电话，向我打听院方有没有接到肾源，伊一最终愿不愿意做手术。

我告诉子墨，我信守承诺，并没有告诉伊一肾的来源。

在医生的开导劝说下，在她老公、儿子的苦苦恳求下，伊一的态度也突然有了很大的转变。之前坚持不做手术的她，鼓起勇气说，既然天不绝她，她愿意接受手术，并让我想办法把这一好消息转告给子墨。

目前，当地作协已发动文友及网友进行募捐，给她筹集做手术的钱，她的单位也给送来了救济款，子墨那一百二十万我没敢告诉她，只想等着急用时悄悄拿给李木，不知他肯不肯接受，或者到时候和作协沟通，向伊一谎报文友募捐的数额。放心吧，我总会有办法的。

就在伊一情绪稳定，满怀信心准备接受手术时，李木却接到了小姨子江山桃打来的电话。嗯啊地客气了两声后，李木快速走出病房接电

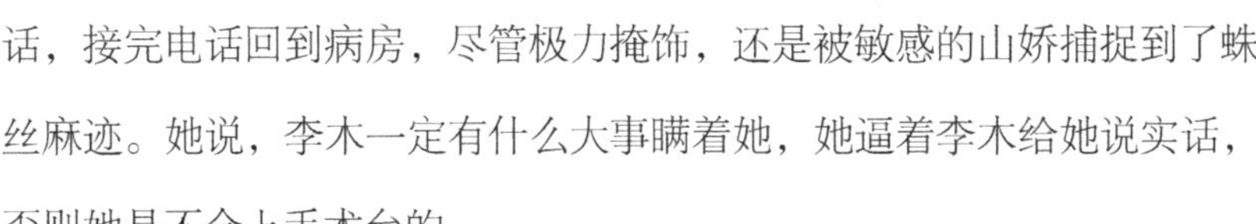

话，接完电话回到病房，尽管极力掩饰，还是被敏感的山娇捕捉到了蛛丝麻迹。她说，李木一定有什么大事瞒着她，她逼着李木给她说实话，否则她是不会上手术台的。

李木难为得抱头流泪，他觉得无论如何这个谎是不能撒的，因为，刚才江山桃在电话里说，她患血癌的父亲最终没挺过这一劫，他选择了自杀。山娇手术时，家里就没办法来人了。如果把这消息告诉给山娇，估计她一定要不顾一切去看父亲最后一眼，手术也做不成了。不行，无论如何还是得撒谎。

无奈，李木狠了狠心，告诉山娇是他自己的父亲忽得脑溢血去世了，劝江山娇不要难过，先做了手术再说。山娇感激地看着老公，默然地点了点头。

决定手术后，医生开始做术前准备工作，首先，医生根据江山娇的血压、心功能，水肿和残余肾功能等情况，为她做了移植前的充分透析，并在透析结束后给予了相应剂量的鱼精蛋白。

最后，却在移植前是否输血的问题上，几位专家意见不同。有人认为移植前输血，对活体肾移植有益，有人认为移植前输血会增加病人的致敏机会，淋巴毒交叉试验阳性率增高达50%以上，使病人等候移植的时间更长。专家们意见不一、争论不休，只好开始新一轮的会诊，再次进行研究手术方案。

没有早一点，也没有晚一点。就在江山娇静静等待会诊结果时，她那智障的弟弟手里举着一把刀，慌里慌张，破门而入，径直走到山娇病床前，张着大嘴哭道：“姐，姐。咱爹临死时说让我给你肾，我给你送来了。我这就给你，我给了你肾，你快点安上，去哭咱爹吧！要不然，咱爹明天被火烧喽，你就再也看不见他了。”说完，他举起手中的刀对着自己的肚子就要剖。

此情此举，把山娇吓得尖叫一声昏了过去。李木则一把夺过他手中的刀，怒目圆睁，一时竟不知说些什么才好。

那傻弟弟却哭得鼻子一把泪一把，不知是因为爹没了，还是兀自委屈的。

待江山娇缓过神来，才轻轻唤过小弟，帮着他擦干脸上的泪痕。然后，指着李木问小弟："杰子，你是怎么找到这儿来的？杰子，不哭。有姐在，别怕。现在你告诉姐，死的那个人，到底是咱爹还是他爹？"

弟弟眨巴眨巴眼儿，一时反应不过来，眼睛直勾勾地瞪着李木，半天憋出了一句："是，是咱仨的爹。"

江山娇虚弱地长出了一口气，耐着性子再次问道："杰子，你别急，慢慢说，好好想。听清楚我问你的话再回答我。我问你，明天要烧的，是李庄的那个爹还是江庄的那个爹。"

这回弟弟似乎弄明白了，他哭着说："是咱江庄上的那个爹啊！"

山娇再次昏死过去，李木吓得赶紧去叫医生。

小杰子却使劲摇晃着山娇，放声大哭："姐，姐，你别死呀，咱爹还没烧呢。你要是死了，谁顾得上去烧你啊？"

再次苏醒过来的江山娇，不顾一切哭喊着："我要去见爹最后一面。"

她用尽全身力气，试图从床上爬起来，可是，她已经不能够。

心已被巨大的绝望撕裂着的李木，紧紧地抱着江山娇安慰道："山娇，你平静一下，平静一下，千万别着急。你放心，我一定会满足你的心愿。你先等一下，我这就去找车，咱们马上回家看咱爹。"

二　长女回家葬老父

几乎就在同时，当江山娇被担架抬到回江庄的车上时，忽然响起了一阵警笛，医院里来了一帮警察，把与江山娇配型成功并等待手术的肾源“供体”给带走了。

归心似箭的江山娇，已经顾不了那么多，她耳边响着的是父亲喊她乳名的声音，她根本没听到警笛声。她一路催促着司机快开快开，再快点儿。怎么还没到家啊？她从来没感觉江庄如此远，远得她走了大半生，走没了身上的所有力气，依然走不到父母跟前。

车子终于停下来了。被担架抬下来的女人，不再是平日里顶着光环回乡探亲的伊一，她是被乡邻们同情的江山娇，她是命运多舛，失去了父亲的江山娇。

她第一次看见了在自己长大的农家小院里搭灵堂、奏哀乐，她肝肠寸断、欲哭无声。作为家里的老大，她再也不是那个尽心尽力操持家里大事小情的大姐了，她是一个被人同情的弱者，她是一位行将就木的病人。她已经无法板正正地下地，给父亲行祭典大礼。

她被抬到父亲跟前。同样是躺着，父亲面南脚北地躺着，抬着山娇的担架则横在那儿，是为了便于她掀开父亲的脸，仔细地见上最后一面。

当山娇的手接近盖在父亲脸上的那层布时，主事的邻家大婶悄悄嘱咐她：“娇啊！咱看看就完，不许哭的。咱不能坏了老古留下的规矩。泪滴在你父亲身上，会诈尸的。”

伊一知道这是乡俗里变相劝慰子女节哀的一种方式，传说中一旦眼泪掉在死人身上，死人就会站起来走路，且只走直路不会拐弯儿，碰到墙墙倒，碰到屋屋踢，碰到人人死，俗称“诈尸”。这种炸尸现象被传得神乎其神，一辈一辈儿的人只是听说，从没人亲眼见过。

从小就不信鬼神的江山娇哭得尽情尽意，毫不惧怕。她强撑着揭起头，半转身，脸对脸看着父亲时，眼泪滴到了父亲那再无生机的脸上。

她看到父亲的眼睛是睁着的，她惊喜地大声向周围人宣告：“你们快看，我爹没死，他还睁着眼呢！不许你们把他火化。”

一旁主事的人长叹一声，对山娇说：“哎呀，我的傻闺女，你爹那是惦记你，不见着你他不舍得闭眼睛，之前你们家里谁来念叨都没用。他就这么大睁着俩眼吓人，魂魄不安呢！你爹临走时，没有和家里人说任何嘱托的话，只是告诉你弟弟‘杰子，别忘了给你姐捐肾’，就决绝地离开了。”

“来，闺女，你快告诉他，你来看他了。快告诉他你找到配型成功的肾源，回去就可以做手术了，让他安心地闭眼走吧。娇啊！说完该说的，你就用手轻轻抚一下你爹的眼睛，他就可以放心地瞑目了。”

那主事的人边劝江山娇说完该说的话，边强抓着她的手轻轻地在父亲脸上抚了一下。再看时，父亲真的闭上了眼睛，且面容安详平静，就像睡着了一样。

江山娇的眼泪汹涌而出，再一次打湿了父亲的脸，也打破了父亲脸上的宁静。此刻，她多么渴望父亲能用手抹一下眼泪，或者是眨巴一下眼睛啊！可是，没等再仔细看上一眼，她便被强行抬走了。

接着，躺在担架上的江山娇就听到了哀乐阵阵，哭声震天，父亲被抬上火化车拉走了。再回来时，那曾经魁伟庞大的躯体，就会变成一撮骨灰。难道这就是人的一生吗？伊一内心万分悲怆。

家乡的习俗是，即使一把骨灰也要装进厚厚的棺椁里盛敛土葬。当地农村丧葬出殡的礼节很烦琐也很讲究，往往吸引全村的街坊都来围观，看到动情处总要跟着落几滴眼泪，发几多感叹。

他们不光看热闹，他们还评点殡葬过程中的“社耗”（纸扎的屋子、家具、汽车、家电及佣人等）的好坏；棺椁的材质及厚薄；“响子”（吹喇叭）的档次高低；“孝子”（凡穿白孝衣守陵送葬的都被称为孝子）的多少；来吊孝的亲戚朋友拿的帐子（能做衣服的布料）谁家的好；在家祭中，要比试祭台上的供品谁家的碗面大，谁家摆的烧鸡嘴里叼的人民币面额大（碗面是用酱上色后油光光的带皮猪肉，一般都是两个碗面、十只烧鸡），孝子中哪个孩子哭得最痛；在路祭中，要观察哪个女婿的祭拜礼行得最标准、最好看等。路祭中最重要的一节，是把死者生前穿过的衣服放在椅子上，长子抱着死者的照片，次子抬着椅子，嘴里念念有词地到大街上去，把死者生前所用的枕头拆开，把里边的荞麦皮和枕头套一起烧掉；摆供上香，念给死者的魂灵来接受焚烧给他的纸钱、香火及衣物，接受各路亲朋好友的隆重祭拜。祭拜礼根据祭者与死者的亲疏远近而有所不同，有二十四拜、揽九拜……

其实，江山娇知道，这一切都是演给活人的节目，是检验家底儿是否殷实、儿女是否孝顺、人脉是否旺盛的依据，所以，这一习俗无论唯物主义者或是唯心主义者，一辈辈儿代代相传，从来没有人违背。

江山娇的身体状况已不容许她过多的关注这些乡俗礼仪。她是个要强的人，要是她好着的时候，肯定会发挥老大姐的权威和作用，与妹妹们商量着好好操办父亲的葬礼，绝不肯落在人家后面。可现在，她关心的只能是弟弟，她担心弟弟的将来，弟弟现在还能与老母亲相依为伴，万一哪天没了母亲，他那媳妇会不会留在这个家，弟弟又该何去何从。

她还担心眼下最重要的两件事儿，弟弟现在能否给父亲“扛幡、摔老盆”，如果把这两样事儿办好了，也算当初没白养他一场，也算没给父亲留下遗憾。

父亲曾说过：“闺女再好再孝顺，也不能扛幡摔老盆；儿子再傻再无能，能把这些事儿办妥了，就算没让人看笑话。如果像东头四绝户哪样，把幡扔在棺材上、老盆儿也没人摔，那多没劲啊！活着不胜人，死后到了阴曹地府也觉得矮人家半截儿。”

在江山娇的家乡，“扛幡摔盆”的习俗是乡村出殡的重中之重，是衡量谁家命好命孬的标准。程序大概是，棺材将要被抬起时，先由主丧孝子也就是死者的长子或长孙，抱起停灵期间放在棺前烧纸用的瓦盆，跪在灵前将其摔碎。按规矩，父死用左手，母死用右手，如果盆儿没摔碎，就由抬扛者踩碎，忌摔第二次。这一习俗叫作“摔盆”，又称“摔老盆”。而这个昔日生活中普通的瓦盆，一旦被置于这种场合就有了多种叫法，有叫“阴阳盆”的，有俗称“丧盆子”的，也有叫“吉祥盆”的……无论它叫什么，这个摔瓦盆的特殊丧仪却十分重要，能将摔盆者与死者的关系迅速拉近，要是没有儿子，由侄子或者别人摔，就算确立了继承关系，跟一道法律文书似的，摔过盆之后摔盆者便有权继承死者的遗产。

还有个民间说法，据说阴间有位王妈妈，要强迫死者喝一碗迷魂汤使其昏迷，以至不能超生。所以，丧家要准备有眼儿的瓦盆，有眼儿的瓦盆可将迷魂汤漏掉，而打碎瓦盆则是以免死者误饮迷魂汤而不得超生。

一般情况下，瓦盆就是号令，只要瓦盆一摔，抬棺的杠夫起杠，则为正式出殡。而杠夫们起杠抬起棺椁，摔盆者扛起引魂幡，驾灵而走，

送葬队伍随行，这一习俗就叫“扛幡”。

在江山娇的老家，出殡还有个讲究，就是棺椁一旦抬起，无论路程远近，路途是否平顺，一路走到墓地，中间都不能停顿，如果出现断杠停棺等现象，则被视为不吉利。因此，出殡时，摔盆者及杠夫们，都各有各的紧张。而此时此刻，最紧张的当是江山娇。已经无能为力操持的她，心里急得火烧火燎似的。她这个娘家，这个没了父亲的娘家，再也经不起一点的伤害和不吉利了，尽管她曾是无神论者，但她不想让人家看她们家的笑话。

在某些情节上，丧葬出殡和结婚时一样，为了让死了的人走得顺利安然，活着的活得吉祥平安，出殡也要讲究吉时，一般都是在中午12点左右起灵。而与结婚不同的是，结婚时新人相见急盼洞房花烛，总嫌时间过得太慢，发丧出殡时，生离死别总恨时间过得太快。

难分难舍、肝肠寸断。眼看起棺的时间快到了，担架上的江山娇再也躺不住了，她央求李木，无论如何都要把她从担架上抱下来，放到爹的灵前。她要最后跪爹，给爹磕头，送爹最后一程，她要嘱咐弟弟一定要使劲儿把老盆摔碎，不能出现半点儿差错。

李木心似针锥，却不得不一一照办。在亲人们的一致反对声中，李木坚持把山娇抱下了担架，而被放下的山娇却是一身瘫软。她屏住呼吸，用尽全力，欲用双手撑地，半卧半坐，行跪拜大礼，却很是艰难。想做磕头的动作，头咚的一声摔在地上，就再也起不来……此情此景，使现场的气氛更显悲凉，姐妹们围着她、架着她，哭得撕心裂肺。曾几何时，这个农家小院里的五朵鲜花，如今就像突遇寒霜，凋败得让人猝不及防。围着看出殡的乡亲四邻，也纷纷沾泪湿巾。一时间，抽泣声、私语声响成一片。

一个说，老江家怎么就这么倒霉，“本来是往好处想的，可谁能想到抱养个儿子却成了个累赘，五个女儿也只有江山娇一个算是赖赖巴巴脱离了农门，如今又病成了这个样子。这可怎么好！”

另一个说：“你说这山娇咋那么傻呢？明明他弟弟与她配型成功，她就是宁死不要他的肾。你说他弟弟那个样子，以后还不得全指望她们姐妹五个养着，割一个肾有啥了不起的。”

还有人说：“这死老头子年轻时有那么多相好的，这儿子说是抱养的，还不知是他哪次喝醉酒后，钻进相好的床上，和哪个浪女人造出来的残次品？要不然，怎么单就他能和山娇配型成功呢？”

一个学生腔说：“听说要想证明是不是亲生的，只需做个亲子鉴定就可以搞定。”

另一个学生腔说：“你懂个屁哇！他爹都死了，他还跟谁去做亲子鉴定？”

……

爹的死，山娇的病和弟弟的肾，让这些看出殡的乡亲们，掬一把同情泪时，也有了更多的谈资。然而，关于山娇的家庭情况，关于她的弟弟，却是大家感兴趣却永远也猜不到谜底的谜。

听着耳边的议论，江山娇心中五味杂陈，她不感激他们的同情，也不排斥他们的非议。她已经没有力气顾及那么多了，唯有的一点精力，只能让她专注于弟弟及弟弟手中的老盆儿。

三声催魂炮响过之后，在唢呐一阵阵哀鸣，孝子绝望不舍的声声哭号中，杠夫们已分布在棺材周围，把杠子放在了肩头，只等着瓦盆摔响的那一声号令，他们将把棺材中的人送进另一段旅程。

望着这一切，江山娇眼里已没有了眼泪，她用尽全部力气，屏息凝

神，一直盯着弟弟。

此时，一脸茫然的弟弟是那样的无助，那样的楚楚可怜。他哭得尽情尽意，死去活来，鼻涕流进了嘴巴，泪水模糊了眼睛。

管事的随手拽过弟弟孝帽后边拖着的长长尾巴，快速地替他擦了一把涕泪。轻声告诉他："杰子啊，别哭了，你现在的任务得把这盆儿摔烂，一定要摔烂啊，使劲摔。"说着，管事儿的引导弟弟去抱盆儿。弟弟用右手抱住盆子，立马就要往下砸，管事的慌忙制止："杰子，不对。别慌摔，那个手，用那边那个手。"管事的只想着摔盆的规矩，大概忘记了杰子左手残疾，平常他只习惯于用右手拿东西。

弟弟像是被人手把手教着摆弄玩具的三岁孩童，懵懵懂懂地把盆儿从右手倒腾到了左手。差点滑落的当儿，盆却被弟弟迅速用左手的小拇指吃力地勾住。

山娇的心提到了嗓子眼儿，她担心，弟弟手中的老盆儿随时都可能掉落。如果盆儿落地不破，再拾起重摔算不算二次摔盆而不吉利？为什么偏偏非得用左手摔盆儿？弟弟的左手残疾，小时候放炮仗炸得只剩下了一个小指头，仅凭这一根小指头，他怎么才能举起盆子摔碎？江山娇紧张极了。别说弟弟，就是智力健全的正常人怕也有一定困难。

弟弟显然是被指使迷糊了，倒过手后只呆呆地站在哪里，木偶一样一动不动，眼睛死鱼似的直盯着棺材的头部，好像等待父亲的命令。是的，可不就是木偶吗？

很多时候，江山娇都在猜想，弟弟的前世肯定是个木偶，要不然不会这么呆，又呆得如此让人心疼。而父亲却常笑着说他儿子不是木偶，是个磨盘，拨一拨转一转，不拨不知道转。

父亲在世时，总是这样拨着弟弟在转，弟弟每做一件事时，都得父亲从旁指点。让他怎么做他就怎么做，从不出错。父亲也总是慢声细语地告诉他，这个应怎么弄，那个该怎么做。如今，那个温情指点他的人，再也不会出现在他的眼前了，弟弟有点不适应。所以，他对别人的指点充耳不闻。显然，他是在等待，等待着父亲的指令。

管事的、杠夫都大声催促着："吉时已到，摔呀，杰子，快摔呀！"

可杰子像是被钉在了哪儿，就是一动不动。

正在大家急得乱吼乱叫时，嘭的一声瓦盆飞离了弟弟的手，碎了一地。还没等弟弟反应过来，已被管事的推着扛幡前行了。

事后，大家都说根本没看见那盆是怎么摔碎的，杰子站在那里整个一根木头，手根本就不知道动，盆就那样不可思议地飞了。大概是江老头儿不舍得看着儿子为难，暗中帮了他一把吧！事后，当许多猎奇探询的眼睛围拢着弟弟问他时，弟弟只是嘿嘿傻笑着说："俺爸让俺摔的。"

"碎了，碎了，瓦盆碎了。是弟弟摔的，江家不是绝户头，江家有儿子，不用过继别人的孩子摔老盆，老父亲应该九泉含笑了。"一遍遍吃力地念叨着，江山娇脸上露出了欣慰的笑容，一直提着的一口气也在那瞬间泄尽。

瓦盆的一声脆响，摔碎的是一个人的前世今生，标志着这个人从此就要与世间的一切长相别离。摔出的是一个人来世的期望，期望打翻王婆的迷魂汤后，来世诸事都能够如愿以偿。

如此想着，江山娇无力地用头拱了拱守在身边的李木，用央求似的口气说："李木，快，快点抱我去送葬，我要送我爹最后一程。"说完，头一偏，再一次昏了过去。

三　一缕香魂随风逝

李木连呼带喊，再次把她抱起，紧紧地抱在怀里，一路小跑去追送葬的队伍。结婚那天，身材瘦小的他因抱不起丰腴的山娇，而被同事们奚落的情景还在脑海晃动，而如今怀中的山娇轻得就像一片落叶，随时刮来的一阵风都会把她带走。

一片乌云飘过头顶，几只乌鸦排成队，呱呱呱不怀好意地叫着，也向送葬的队伍涌去。

听到乌鸦的鸣叫，昏迷着的江山娇，恍惚觉得自己像一块肉片儿，被乌鸦叼着送入了云端。托着她的云，乌蓬蓬的一片漆黑，伸手不见五指，她看不到一点儿光明。耳边是呼呼的风声，她大张着嘴巴，却叫不出声。置身于无边无际的黑暗中，上不着天，下不着地，呼天不应，叫地不灵，她恐惧极了。

忽然，她听到了父亲的声音，父亲说："娇啊，坚持住，前边不远处就是光明。"她听到了子墨的声音："伊一呀！你一定要挺住，我一定让你远离黑暗，看到七色彩虹。"她听到了丈夫哭得是那样无助；她听到了爱人的呼唤，"亲爱的，你看到我了吗？虽然现实中有太多的不能够，可我的灵魂一直在你身边守候……"

"彩虹，彩虹，我看到了彩虹。"江山娇手指天边，惊喜地睁大了眼睛，看到的却是老公李木疲倦不堪的面容，和那盛在绝望眼眸里一直未干的泪水。她想用力举起苍白的手，抚摸一下李木那日渐凸起的颧骨，抹一抹李木眼角那始终挂着的泪珠。就在她举起手的一刻，那片追随而来的乌云好像在空中划了个优美的弧线，恶作剧似的，顿时化作了倾盆大雨。

李木本能地使劲把身子往前探，尽量给老婆挡雨。而山娇却被泥土的香味儿诱惑着，孩子似的一个劲儿把头往外拱，她用苍白的手掌接住雨水。

她想起了和他相约听雨的种种情景，尽管这相约只是通过电话、短信，并不曾和李木这样，如此亲近的共同经历过一场雨。但她知道，有些东西她在李木这儿从来都找不着共有的灵犀，撞不出思想的火花。尽管，李木、子墨和她的他一样都是经过寒窗苦读走出来的学子，尽管，人们常说“三代培养不出一个贵族”，但不能否认，“情商”的不同，可以让一个无法选择出身的人成为精神贵族，也可能令其只会应对俗世中的一日三餐，蝇营狗苟。

李木这个伴侣，在生活中，江山娇挑不出他任何过错，只是隐隐的，总有些遗憾在内心深处纠结不清。很多时候，这种纠结让人几近窒息，总想不自觉地寻找突破口。

此时，想着那些遥不可及的爱情，面对这个一心一意心疼她、呵护她的男人，她也只能轻叹一口气，让生活重新回到原点。她温情地对着李木笑了笑，把目光转向了那个拱起的新土包。

迅猛的雨点把新坟砸出了一个个铜钱大小的坑儿，坟前送葬的队伍手忙脚乱，等人们给新坟添完最后一揿土，等弟弟扛的幡稳稳当当插进坟茔中。

江山娇泪水双涌，却又有几分欣悦地说：“李木，下雨了，你快看，下雨了。这雨下得多好啊！打小我就听人念叨过，说是‘雨打墓，辈辈富’，我弟弟，我弟弟这辈子没事的，会过上好日子，我爹会保佑他的……”

虽然，脸上挂着泪珠，但此时江山娇的病痛，仿佛一下子被雨水浇得无影无踪，她脸上甚至出现了美丽的红晕，少女般的妩媚娇羞。

她好像一时忘记了自己是来给父亲送葬，好像听不见周围的阵阵哭声，全身心地沉浸在某种希冀与遐想中。无论她心里在想什么，眼睛却一直望着那个新筑的坟茔，一分一秒都不曾游离。

李木再次把身子往前探了探，流着泪笑了。他用鼓舞的眼神看着老婆，示意她一切都会好起来，却眼见江山娇脸色苍白，呼吸急促，眼睛上翻……

李木猝不及防，大声喊："医生，医生，306病房有情况，快点救她！"可是，此时的江山娇不是待在306病房，而是在一片悲痛的旷野中。这旷野，除了风声、雨声和哭声，没有医生的身影。

恍惚中，江山娇看见一片洁白的光亮从新坟的方向朝着她快速聚拢，她眼前出现了七色的彩虹，彩虹桥上，她的爱人正含情脉脉地朝她招手。

当几个身着孝衣的弟弟妹妹围拢过来，想用自己的血肉之躯给她遮风挡雨时，江山娇虚弱的微笑着，环视身边的每一个人，她试图在每个亲人的眼中寻找彩虹，结果看到的全是绝望和哀痛。她摇了摇头，缓缓地叹口气，手臂无力地垂下，轻轻地闭上了眼睛，任凭大家怎么呼喊，却再也没有回应……

江山娇像只垂死的小鸟，仿佛没来得及挣扎，就停止了呼吸。不一会儿，雨过天晴，天边真的出现了一道亮丽的彩虹。

撕心裂肺的哭声淹没了理智，流不尽的悲伤冲撞着清醒。姐妹们无法承受连失两位亲人的剧痛。

李木则压根就不相信山娇已经去了，他坚信老婆像之前的每次昏迷一样，不一会儿就会在他怀里苏醒，还会冲着她孩子似的甜甜地笑。因此，他阻止众人的哭号，坚持马上带山娇回医院抢救治疗。

李木的坚持没有得到任何响应，无论反对还是赞同，回应他的只有哭声。

江山娇的姐妹们都哭得天昏地暗，一片混沌，谁都想不到这时候的杰子却异常清醒。

他脱下自己的孝服给山娇盖上，并俯下身子说："姐姐，你赶紧走吧！咱家不能再死人了，你跟俺姐夫回去吧。"又转头拍拍李木的肩膀，小声说："赶紧回吧，姐夫。越快越好，这事千万不能让俺娘知道。"

杰子的话一下子提醒了大家。是啊！要是让娘知道了，就真的要了娘的老命。

或许回医院抢救，山娇还有获救的可能。即使她现在是真的去了，终归也是要跟着李木回去的。因为，她是嫁出去的闺女，是泼出去的水，生是李家的人，死是李家的鬼。此时，即使不怕娘知道了伤心，按照乡俗，她也没有资格再回到那个她生于斯长于斯的农家小院了，她必须跟着李木回家。

李木抱着山娇上了车，没舍得把她放回担架，始终紧紧地抱在怀里。

车子绝尘而去时，身后是追着车子奔跑的人群，这人群全都素衣涕泪，伤痛欲绝，这离别就像另一场送葬。山娇则安静地躺在李木的怀里，无知无觉，听不到亲人的哭声，看不到这悲痛的送别。山娇就这样永别了她的亲人，永别了生她养她的故乡。

车子走在沙尘飞扬的土路上，车子掠过田野里那一幢幢建得半半拉

拉的楼房。村头那块写有红色大字的牌子，高高矗立，特别扎眼。那上边写的是“谁不支持新农村建设，谁就是鹿寨村的罪人”。

李木心头一阵紧似一阵的难过，并下意识地看看怀中已没知觉的老婆，生怕山娇看了这样的字，又会增加一层罪过。虽然老婆已无声无息，再也不会为了此事而抱怨他，但这些所谓为新农村建设而规划的楼房，却像一根根针扎在他的心上。

不久前，正是关系到买这楼房，山娇的妹妹打电话和山娇商量，说全村两百多户人家，多多少少都交了点房款，最少的有交一万元的，相当于定下了房子，有钱的差不多就全部交齐了六万多元，为了能得到各种优惠。

目前也就十来户人家分文未交，其中就有她们家。村干部们当初讨好加信任似的，把江山娇的父亲封了个“农民代表”，让他跟着参与建房委员会的一些工作。结果，没想到他却带头不交钱。

村干部们急了，声称只要不交定金的就不盖她家的楼房，将来老村里停水停电，就看你们孤零零地住在老村，值不值得。

江山娇听说后，心里急得火烧了一样。她和李木商量，先不管村里这样做违不违反上边儿规划新农村建设的政策，现实中，许多事情都是县官不如县管，好政策一旦到了下边实施起来，就全变了味儿。无论怎样，还得少数服从多数，她作为长女，在这个时候应该出头为老爹解围，先拿几万交了定金再说，省得老爹在人前抬不起头，说不起话。而李木却没有答应，江山娇曾因为这事和他吵得天翻地覆。

江山娇的父亲并不知道她们为此事争吵。他只知道，遇着这样的困难，大妮儿绝不会不管不问，肯定会想办法筹钱。为了女儿不为难，他老人家马上打来电话，说是他不打算交钱，就打算当钉子户和他们死抗到底了。他不相信，上边儿要搞的新农村建设，会让农民负债建房、买房，那岂不是越改越倒退了？

其实，江山娇知道，这些理由的背后，归根结底还是她们无钱可交。老爹从心眼里不想让女儿们为了这傻弟弟影响自己的生活，更不想让没有还款能力的傻儿子背上债务，他宁肯那破代表不当，宁肯维护了一世的面子威信扫地，也拒绝贷款交房钱。

如今，岳父带着遗憾离去，老婆最终也不能释怀。李木感到深深的后悔与自责。

车子剧烈的颠簸了一下，李木抱紧怀里的江山娇，生怕她会被颠着似的。而在抱紧的同时，李木分明感觉到了那温热的躯体已经开始慢慢变凉、变硬。他却依然深情地盯着山娇的脸，好像是对她说，又像是给自己说。

他说，其实，好多争吵都不是他的初衷，只是他实在没有能力，没有能力填充像山娇娘家这样的无底洞，无论是金钱或是道义，他的实力都让他做不到。潜意识里，他更不愿意看到自己的妻子整天为娘家的事忧愁焦躁。

李木真的错了吗？或许真的像山娇生气时说的那样，从某种意义上讲，他俩的结合只是一种“美丽的错误”。认识之初，两个人已不是青涩少年，都是因为到了谈婚论嫁的年龄，才不得不考虑推销自己。可为什么就没有考虑到双方农村复杂的家庭背景，会给以后的生活带来多少苦痛。且两个人只是媒妁之言，双方情况，介绍人在之前都已讲得一清二楚。

按说，在一开始的数次约会时，江山娇的冷漠与拒绝，应该让李木清醒。可他偏偏不可救药地爱上了她那份温柔中透着的清冷。最终在猛烈的攻势下，得意地抱回了他的新娘。

迎娶江山娇那天，走的也是这条乡村路。那天送别的笑容、羡慕的赞叹声，仍历历在目。

终于娶到家后，他也从没后悔过，只是一个心眼儿地疼她、爱她、呵护她，山娇是他全部的支撑。如今，孤独的李木茫然四顾，竟找不出一个有能力帮助自己的亲人。没有人，无论在精神上或是物资上，没有人能帮得了他，更别奢望有人能帮他打赢那场打了一半的赔偿官司。

“我只有一个请求，无论我的生命还能延续多久，我都渴望你能和李木联手使那场索赔官司胜诉。”沉浸在对往事回忆中的李木，耳边忽然想起了伊一对子墨说过的话。

“要我和他联手？门儿都没有。对不起，山娇，我做不到，请原谅我。我不能让这个魔鬼一样的影子压抑我一生，我要凭自己的能力为你讨回公道。从此，我们的生活里再也没有子墨。从此，我们的生活里再也没有子墨……”

李木咆哮着摇晃怀中的山娇，可是山娇那干枯如柴的身躯，却冷冰冰地在他怀里僵着，再也不能做出一点点回应，哪怕是厌嫌的。

第三章　西窗偏受夕阳明

一　人生就是一次阴差阳错

伊一的葬礼上没有看到子墨的身影。

子墨在给我打过电话，得知肾源已到，并且伊一已答应做手术后，就如释重负地去公安局自首了。只是他万万没有想到，事情会演变成这个结果。或许，他寻求的是另一种解脱，他只想在牢狱里改造自我，静修身心，为伊一祈福。

伊一至死也不知道在子墨身上究竟发生了什么，失去父亲的悲痛，对娘家未来的担忧，让她没有心情也没有力气再去过多地回味那些儿女情长。最后留在她心里的，只是雨后那道炫目的彩虹。或许，在她脑海里曾闪过她和子墨的一些谈话内容，以及和她的最爱一起经历的甜和痛。

因为伊一的死还瞒着母亲，伊一的娘家人也只来了个妹妹为她送葬。父亲刚入土，还要圆坟、烧七（丧葬过后，每七天为一祭期，逢期便要烧纸祭奠，直到“七七”为止）过百日等，家里人都知道伊一病得很重，如果忽然一下子都拥到伊一这里，怕会引起母亲的怀疑。

可怜伊一，虽然送走父亲后才踏上归途，免除了白发人送黑发人的凄楚，却由于少了亲人的祭拜与送行，使得葬礼更显冷清。尽管也有几多文朋诗友赶到现场掬一把同情泪，但这些人中的大多数也只是伊一生命里的匆匆过客，只是碍于某些情面来举行个生者向死者告别的仪式，恐怕以后都不会再出现在这里，甚至很快就会淡忘此事。

伊一栖息的墓园不同于烈士陵园，身旁陪伴她的是一个个陌生的孤魂，而非“革命战友”。伊一的坟墓也十分简陋，如果说生前由于条件所限，身为工薪族的她住的是经适房，现在住的充其量也只能算作“经适墓”，李木再也没有能力为她死后的消费而奢华。

让我欣慰的是，当我把伊一当初写有“候人兮猗”的碑铭交给李木，并说明伊一的遗愿时。他不问原因，不问出处，只是悲壮地点了点头。此刻，我倒觉得木讷的李木一点也不逊于梁思成。

葬在这里的大都是自杀或者病死的年轻人，也就是俗称的乱坟岗子。按照当地习俗，这样的年轻人，特别是尚未成年的年轻女子是没有资格入老坟的。这规矩，在乡下谁也无法改变，李木也无能为力，只能委屈老婆江山娇与孤魂野鬼相伴。

我不知道这个给自己取名叫伊一的江山娇，这个知性与柔情铸就的灵魂，这个曾感慨“生命只是一次了无新意的轮回，启程就知道结局”的女子，会不会甘心以年轻人的身份栖居在这偌大的墓园里，享受这份常人难以忍受的孤寂。不知道在那个世界里还会不会有人肯为她修建木屋、养马种竹。

我只是看到，随着生命逝去的，是一切都归为零的彻骨的“冷”。

站在清静的墓园里，看着送葬的人群渐渐离去，随着那些或真诚或虚伪的哀悼与嘈杂渐渐远去，墓园里清静下来。

我静静地站在墓前，没有为园里的死寂而过多伤感。因为，我太了解伊一，以她的个性，她肯定会喜欢这里的幽静。她情愿安静地待在此地，并不稀罕要埋进婆家的老坟。活着时被鸡毛蒜皮的家事缠绕，已经让她不堪重负，苦不堪言。

如今，用她的眼光看这里，她一定会夸大其词地感叹：这个“目接荒凉，思接千古”的地方，正是她的理想居所。她活着时整天想逃离，梦想隐居，而终不能够。如今，“英雄骨冷，清泪难收”，上帝成全了她，阴差阳错地被隐藏在这并非水清木荣、山川毓秀的地方，于她来说还算是幸运。或许，在俗人看来，这是一种凄凉和悲哀，而于伊一来说，无论如何，只要能隐藏，就已足够。

地球缓转，日月轮回。眼看着太阳又要落山了，从此以后，伊一必须一个人待在她这个新家，迎接每一个日升月落。面对将黑的夜，我真的不忍心就这么丢下她，只想尽量多陪她待会儿。望着将落未落的夕阳，我再次掏出了随身携带的画笔。

作为一个三流的画家，此刻我只是想画，有想急于表达的冲动和欲望，可究竟画些什么才能表达此时的心情呢？山川草木，风物人情，此刻好像都已冷冻成冰，让人没有了理会的心情。

想着伊一多次想说又欲说还休的那个男人，想着她终其一生想要寻找的金岳霖，在这生离死别的此刻，究竟藏在哪里？他在做些什么？他没有出现在葬礼现场，会不会怀揣着难言的苦衷，徘徊在这墓园周围？

环顾四周，有意无意间，我仿佛看到了一只孤独徜徉在山坡上的羊。

当披着一身残阳的羊出现在画面上时，我惊呆了。这只羊的眼神怎么会那么像伊一？那妄想自由自在的潇洒里，露出的楚楚可怜样儿，那望着天空的眼神里，透出丝丝的哀怨味儿，让我的心猛地一疼。

被这样的眼神和意境诱惑着，我的笔下又画出了一只狼。那是一只在树林里偷窥已久的狼，那是时刻寻找机会，准备着突然窜出树林吃掉羊的狼。羊会怎样？它会下意识地跳起来，拼命用角抵抗，并大声向朋友们求救吗？

谁又能救它呢？我分别画了它最亲近的朋友牛、马、驴、猪、兔子和狗。画完这些后，我静静地看着画面，一遍遍猜想，这几个朋友将如何救它呢？也许，牛会在树丛中向山坡上望一眼，发现是狼后，以牛的性格，只会悄悄躲开。而马才一低头看，发现是狼，就会一溜烟儿地跑掉。驴会停下脚步，发现是狼后，也迅速溜下山坡。猪经过这里，发现是狼，冲下了山坡。兔子一听，更是箭一般地离去。只有离得最远，一直在山下守候着的狗，听见羊的呼喊声后，拼命奔上山坡，一下咬住了狼的脖子，狼疼得嗷嗷直叫，乘狗换气时，仓皇而逃。

思绪随着画笔游走，不知不觉间，它们一一在我的笔下定位。嘿嘿！原来我也有作家的想象力，如果伊一活着，看到这个画面，一定会劝我改行写小说。

我举起画，面向崭新的墓穴，对伊一说："伊一，咱来个看图写话吧。惊魂未定的羊回到家后，正在后悔自己老是特立独行，不和朋友们一起玩时，它那些情深意厚的朋友们陆陆续续都来看它了，并信誓旦旦地各自和她说了一通话。牛说：'你怎么不告诉我？我的角可以剜出狼的肠子。'马说：'你怎么不告诉我？我的蹄子能踢碎狼的脑袋。'驴说：'你怎么不告诉我？我一声吼叫，能吓破狼的胆魄。'猪说：'你怎么不告诉我？我用嘴一拱，就能让它摔下山去。’兔子说：‘你怎么不告诉我？我跑得快，可以传信儿……’在这闹嚷嚷的一群友人中，却唯独没有看见狗。

为什么没有看见狗呢？鬼使神差，怎么会画了这么一幅画儿。我呆呆地捧着画，冒昧地猜测着那个所谓看似远离，实际上时刻关注着伊一的男人。我问伊一，他到底是谁？伊一缄默，我问山风，山风不语；我问斜阳，斜阳欲落……

一场葬礼，寥落凄清。此刻，枝头低鸣的乌鸦，才能让人感觉到这墓园里依然有生命。天，马上要黑透了，再多留一个小时和马上离去并无本质上的区别，就算心有不忍，我也终归要离开墓地。

静静地望着墓碑上仍旧笑靥如花的她，眼泪再一次不自觉地涌出。我不知道该不该向她倾诉，说出我的苦恼。

事情演变成这个样子，子墨硬塞到我手里的那笔钱像个烫手的山芋，叫我不知如何处置。子墨用声誉和自由为伊一换来的救命钱，如今对伊一来说等于一堆废纸。她再也用不着了。钱的主人则待在高墙内，幻想着这笔钱最终会救伊一的命，并不知道外面究竟发生了什么。还有最刺心又最不容回避的一点就是，他可否知道，他并不是伊一要寻找的金岳霖？

捏着那张足以把手烫出燎泡的支票，我在心里一遍遍盘算。如果我可以随意支配，这笔钱用来帮助李木和伊一的娘家人，应当是个不错的选择。可是，没有子墨的同意，我爱莫能助，这钱我没有权利支配，帮不了心情悲痛、生活窘迫的他们。我又别无选择，只能像捂一颗定时炸弹似的，小心翼翼地把它放在一个隐蔽的地方，耐心地等待，等着它的主人出狱后，物归原主。然而，这并不是单纯放一笔钱那么简单，在这个信息发达的时代，要雪藏住这样的秘密，谈何容易。这笔钱没按主人的意愿用到该用的地方，却让它的主人蒙在鼓里、不知真相，我到底有没有权利制造这个善意的谎言，我很迷茫。或许，我当下最应该做的，就是想方设法去狱中看望子墨，征求他的意见，看如何处理这笔钱。

或许是日有所思，又或许是我个人觉得没有完成子墨的嘱托，愧对了子墨。无数个梦里，我都梦见伊一在向我寻问子墨。她问子墨去了哪里，怎么从来也不去看她？她求我去找找他、看看他，她要我答应，见了子墨，一定不要把她的死讯告诉子墨。

思量好久，我终于下定决心，带着伊一的牵挂去监狱探望子墨。

临行时，我找过李木。告诉他："我要去看看子墨，你有事吗，或者有没有什么话要我捎给他？"李木沉默了半天才说："和他，我没啥好说的。你只告诉他，伊一已经顺利做了手术，正在康复中。"

我没想到，就连这个口口声声要把子墨驱逐出他生活的李木，也不同意把真相告诉子墨。是同情子墨，不忍心相告，还是不希望子墨再次出现在他们的生活里，哪怕只是去伊一墓前，以祭拜的方式。

其实，我心里又何尝不交织着矛盾。我不知道，当真的和子墨四目相对时，我如何去圆这个天大的谎言。

连我自己都没想到，当真的面对子墨时，我说的第一句话竟然是："子墨，我是专门来告诉你一个好消息的，伊一最终接受了你找的那个肾源，并顺利地做了手术，目前正在康复中。"

子墨眼中闪着希望的光芒，一连声地说："那就好，那就好。只要伊一能好，我所做的一切都是值得的，就是被判死刑，我也知足了。"

我的眼泪差点就要掉下来，便赶忙转移话题，问及他的近况。可是，子墨只想知道太多关于伊一的情况，根本不搭理我岔开的话题。

他穷追不舍，一直发问。他问，伊一有没有问起他，有没有怪他不去看她。他问，伊一术后恢复得怎么样，现在都能吃些什么。他求我，千万不要让伊一知道他进监牢的事儿，千万要做好肾来源的保密工作。

我不能说出实情，面露难色的片刻停顿后，也只有继续我的谎言：“对，让我最不好应付的，就是伊一总是问你为何不去看他？”

听到这句话，子墨显得有点焦灼，有点坐立不安。他用手来回揉着自己的眉心，直到把眉心揉得通红了，他才问我：“你的手机能录音吧？”

看到我点头后，他又说：“请你把手机录音功能打开，我想给伊一说段话。麻烦你回去后，乘她手机不开机时，把这段话放给她听。她要追问原因，你就说打她手机总是关机，一着急，就打你手机上了。”

“这能行吗？”我疑惑地掏出手机，切换到录音状态，递给了子墨。

接过手机，子墨立马变了一个人，从神态到声音整个都变了。他含情脉脉地对着手机，就好像在深情地凝视着伊一。

他动情地说：“伊一，你还好吧？怕影响你治疗，一直不敢给你打电话。刚才还是先询问了医院，得知你病情稳定下来了，才敢打给你，不巧你却关机了。伊一，你一定怨哥哥不去看你吧？请不要怪哥。真的没办法，那天分别后，我还在回去的路上，就被通知要赶往巴黎，开一个产品交流会，时间太急了，都没来得及告诉你。请你不要生气，好好养病，哥一回去马上去看你。还有，不管你是否同意，我得做一回主，我会专门挑个好日子，铸一把连心锁，刻上咱俩的名字，挂到巴黎那著名的情人桥上去……”

此刻，我看到眼里的情景，像某个电影镜头一样不真实，但又让人泪眼蒙眬地感动。我不知该说些什么，悄无声息地接过了电话。

子墨却低下头失声痛哭，那哽咽的声音，犹如山雨欲来时在空谷内回荡的闷雷，低转徘徊，让人惊悚，让人伤悲。

正在我不知所措不知如何安慰时，监管人员提示探视时间已到。

短暂的探视时间，我全用在了美丽的欺骗上，子墨却沉浸在对伊一深深的思念里，并想以自己的方式把相思传递。遗憾的是，我们两个人都没有，或者说，没有机会说起那笔钱。

在监管人员的再次提示下，我站起身，对着那个呜咽着的男人说：“我走了，你放心，我会照顾好伊一，并把录音放开她听的。”

子墨始终没有抬起头，只是朝我挥了挥手，以示再见。或许，他不愿让我看见一个男人如此失态。

这两个可怜的男女，一个看似彻底解脱，决然去了另一个世界，一个却生活在被美丽谎言制造的虚无中。我不知道，这是不是很残忍。更让我困惑的是，活着的，我尚不知如何去应对，不知道这善意的谎言能维持多久；死了的，又不肯罢手，伊一的魂魄日日夜夜纠缠着我，逼着我讲述她的故事。

二 现实与虚拟冷热交替

我又该怎样描述伊一的故事呢？

如果只是故事，或者说只是庸常的男欢女爱，倒还不难讲述。难就难在他们的缘分，牵涉的却是现实中的一切，小时候的成长背景及他们的社会关系。至于子墨，我对他的了解只限于伊一平日里有一搭没一搭的闲话。如今，我也只能把这些平常听来的零星线条串联起来，凭着想象去写小时候的子墨，去写子墨的生活、婚姻和爱情。关于伊一，我略知的一二中，怕也只是世俗中的生活，在认识子墨之前，我最熟悉的还是江山娇的家庭生活。那么，不妨先从她的家庭说起吧。

江山娇和她的丈夫，都是苦苦挣扎着才脱离了农门，成为一个煤矿上的工人。成家立业后，经济一直不宽裕，消费也一直很保守。如许多穷怕了的人们一样，有了钱也不敢消费，他们总想着预留足够的资金，以应付双方家庭中随时都可能面临的困难，从不敢追逐任何时尚与新潮。在几乎家家都普及了电脑的2003年，李木和江山娇才狠狠心，花掉半年的积蓄买了台联想电脑。面对不算太贵的网费，电脑买回一年后，他们却没舍得上网。

上不上网对于当时的江山娇并没有多大的诱惑，她一直淡如秋水，与书相伴。李木却没抵得住朋友谈论网络时带来的蛊惑，在山娇的不置可否中，他狠狠心连上了宽带。

开通网络后的李木，像个小学生一样新鲜好奇。稍有空闲就会坐在电脑前玩游戏，有时甚至通宵达旦，搞得整个人神色萎靡，疲惫不堪，像是吸了鸦片，这让江山娇很反感。

她不屑地说："难道你每月花几十块钱上网，就是为了玩游戏，就不能干点有意义的事儿，哪怕每天浏览一下新闻，也比这样有劲吧？"

山娇的话不是没有道理，难道每月花几十块钱上网，就是为了玩游戏吗？可玩游戏又的确能够在某种程度上缓解压力，忘掉烦恼。为了化解矛盾，李木决定把山娇也吸引到网络中来。可是，当他连哄带劝地让山娇站在他身后看过他玩的所有游戏后，山娇果断地摇了摇头，又回到了电视机前。她说：“我宁肯蹲这儿看肥皂剧，也不玩你那无聊的玩意儿。一群假人儿在哪儿打打杀杀的，有啥意思？”

看来游戏对江山娇没有任何吸引力。一计不成，再生一计，李木又想到了当下流行的新浪UC聊天工具，在一次无意识的闯入中，他了解到在这个软件的聊天大厅里，有个板块叫“朗诵文学”，这可能会比较适合整天抱着书本儿看的老婆。于是，他悄悄申请了个UC号，给了江山娇，并给她取了个网名叫“冰雪”。

江山娇果然对此充满好奇，不过她不接受李木给她起的网名。她从不认为自己冰雪聪明，又觉得这名字有点冷，她给自己改名“伊一”，既不失浪漫，又简单好记。

只从有了这个UC号，江山娇开始和李木争电脑了。一是为了控制李木玩游戏的时间，二是那个UC大厅里一个个的版块在初涉网络的山娇看来，有点神秘莫测。

开始时，玩惯了的李木不肯让步，伊一便搬个小方凳很和谐地坐在李木身边，两口子商量着同时上UC，都进UC里的聊天大厅。可没想到，进了大厅，和谐的局面就打破了，两个人就起了争执。李木想进有关软件制作的房间，听大家交流有关软件的问题，山娇则十分心仪朗诵文学板块里的“海边草屋”。

一回回的争执，一次次不欢后李木委屈地让步，硬着头皮和山娇一起挤在海边草屋里听朗诵。一开始看着视频里的朗诵者或慷慨激昂或清丽婉约，感觉这声情并茂的方式还真不错。然而，没过上几天，李木就受不了江山娇天天晚上泡在那个海边草屋里。他毕竟对文学不感兴趣，他就不明白，那个朗诵偶尔听听尚可，天天听就不腻歪吗？犟不过老婆，李木生气，从此再也不上UC。

山娇却热情高涨，每天晚上老早地就占上电脑，丝毫没有让步和厌倦的意思。渐渐的，李木于无奈中只好转移阵地，到电视机前看球赛。除了乘江山娇洗澡洗衣服时，在网上浏览一下新闻，看看自己专业上的东西外，他基本上再也不关注电脑。

本来嘛，从本质上来讲，李木就是那种本分、勤快，疼老婆爱家的居家男人。他看老婆高兴，且有始有终有节制，并不像他玩游戏时那样沉迷，他也就忍痛割爱打消了玩游戏的念头，并几乎包揽了所有的家务，把时间让给老婆尽情地玩儿。

江山娇呢，只从知道了这个UC上的小屋，只从她能由白天现实版的江山娇变成夜里网络版的伊一，她就像一只黄昏起飞的猫头鹰，剥去白昼的假面，总算找着了地方，消磨自己过剩的精力，让孤独自闭的她，觉得这样的日子每天都快乐无比。

这个“海边草屋”里，有的人声音很难听，普通话也不标准，读起来哪叫朗诵啊，简直像唱，可人家依然就那么开着视频，摇头晃头地读，那种不怎么美的形象，那种自我陶醉的神态，让伊一忍俊不禁的同时，也惊讶暗夜竟能将白天的道貌岸然统统剥离。

很多时候，她在暗地里偷偷佩服人家的勇气，自己却只想做个旁观者，静静地当听众，没有欲望去参与。每次进入海边草屋，她只是静静地听人家诵读，从不去排麦（排队）也不发表任何言论。

这个有着浪漫名字的虚拟小屋里，尽管形形色色的人聚了又散、来了又走，走马灯似的穿梭，网友们相互间的热情鼓励与友好态度，却让伊一感觉到，在这个虚拟的世界里，人与人之间竟可以如此坦然。

这其中还有一个叫“竹林听雨”的网友，有点与众不同，他不常来，来了也不怎么发言，只是排麦朗诵。每次诵读的文章都比其他人更有深度，有品位。浑厚的男中音有股糯糯的磁性，韵味无穷。他像是很忙，常常是读完就匆匆离去，甚至没时间顾及跳动在荧屏上那经久不息的鲜花和掌声。伊一从来不给任何人赞美，也不会送花，有人给说她悄悄话，她也不知怎么回复。但这个有点神秘的“竹林听雨”，却让她忍不住送上了一束花。

渐渐地，在每次那浑厚的声音里，伊一内心悄悄萌生了想一睹“竹林听雨”庐山真面目的期盼。奇怪的是，“竹林听雨”从没在视频里露过脸儿。尽管UC小屋里一再强调，朗诵文章时必须得开着视频，“竹林听雨”也并不违规，他朗诵时视频倒是开着，可每次视频里能看到的，只是一盆君子兰。

这究竟是怎样的一个人呢？强烈的好奇心像磁铁一样吸引着伊一。如果一段日子，在草屋里听不到“竹林听雨”的声音，伊一心里竟觉得少了点什么，内心竟生出了一丝似有若无的牵挂。

就在这种莫名其妙的情绪催生后，“竹林听雨”仿佛故意捉弄她似的，又一下子消失得无影无踪。他怎么了，是不是病了或是家里有什么事了……这么想着，伊一又偷偷笑自己，她笑自己太过于神经质了。一句话都没和人家说过呢！兴许人家还不知道草屋里有个伊一。

只从有了这个海边草屋，在日与夜并肩坐着的时光里，伊一好像更喜欢夜的黑了。不管“竹林听雨”还会不会来，伊一依然每晚坚持去草屋。在这里，人们可以无所顾忌地扯掉白天应付公事的虚伪面纱，剥去为了臭美而裹在身上的层层累赘。每天洗个热水澡，裹了睡衣，走进海边草屋听人家诵文，成了伊一给皮肉和神经松绑放假的最好方式。

又是一个周末的夜晚来临，洗完澡的江山娇撒着娇哄走正在看新闻的老公，轻轻松松地坐在电脑前，边拿吹风机吹着头发，边迫不及待地点开UC，进入了草屋。

草屋里人不多，有点冷清，伊一习惯性地把所有人拉了一遍，又没看到“竹林听雨”在线。伊一有点失望地咕哝了一句，这人到底做什么去了，这么多天都没动静。

许久以来，只要不是“竹林听雨”在读，伊一就会三心二意地随便听听。此时，她依然像平常一样把聊天大厅点成最小化，点开了新浪首页，漫无目的地翻看新闻、打理博客。老公走了进来，边拉上窗子边咕噜一句：“以前总是责怪我迷电脑，瞧现在把你迷的，下雨了都不知道关窗户。”

啊！下雨了吗？真的下雨了。

听着雨点轻敲窗棂的沙沙声响，伊一欣喜地起身来到窗前。站定凝眸，呆呆地望着如丝的春雨，淅淅沥沥湿了小路，模糊了霓虹。

不经意间，雨雾中的一对情侣走进了伊一的视线。他们共打一把雨伞，相依相偎地前行。女孩调皮地伸出纤纤细手去接那漫天垂落的雨丝，然后再把淋湿的小手捂在男孩的脸上。男孩不怪也不恼，只是憨憨地一笑，轻轻捧起女孩的手放在嘴边轻吻。直吻得无意间偷看的伊一脸红心跳。唉！年轻真好！伊一不由得感叹。遗憾的是，还不算苍老的她，年轻时也不曾有这样相约听雨的浪漫。

没有浪漫的回忆，漫天飘落的雨丝却无端地浸湿了伊一多愁善感的思绪，脑海里不由自主地跳出了海边草屋里读文章的“竹林听雨”。

竹林听雨？如果能在竹林里听雨，那又将是何等的惬意？走进茂盛翠绿的竹林，感微风细细地抚弄竹梢，听雨点在竹叶上沙沙轻弹，那将是怎样的情景。这么想着，“竹林听雨”的名字越发变得浪漫、诗意，不由引人无限遐想起来，让人想象若能和心爱的人携手在竹林里听雨，那将是何等的情调与韵致。

一直以来，梅、兰、竹、菊四君子中，竹是江山娇的最爱。她爱竹清清爽爽的刚劲挺拔，爱竹虚心向上直指天穹的气度，爱竹不畏风雨宁折不弯的品格……遗憾的是，江山娇生在北方，这里没有她一直心向往之的竹林，更难奢望漫步竹林里听雨了。

不知在窗前站了多久，凝望着润如酥的天街小雨，江山娇却无心在夜阑人静时卧听风雨。听着老公如雷的鼾声，带着淡淡的失落与隐隐的期盼，她重新坐回到电脑前，思量着在这样的雨夜，能否在海边草屋里听到“竹林听雨”的诵读。

重新带上耳麦，轻晃鼠标，江山娇立马又变成了伊一。海边草屋的窗口依旧是最小化，耳边却出乎意料地传来了那个磁性的男中音：“好久不见了，问候朋友们！今晚，我这里飘着霏霏细雨，我情难自禁，来约喜欢雨的朋友们一起听雨。呵呵，不说那么多了，下面我给大家读一篇文章，与朋友们共享，尽管这文章大家耳熟能详，但对文章的感悟与理解不同，别有一番滋味儿在心头，诵读的感觉肯定也会不同。”

> 惊蛰一过，春寒加剧。先是料料峭峭，继而雨季开始，时而淋淋漓漓，时而淅淅沥沥，天潮潮，地湿湿，即使在梦里，也似乎有把伞撑着。而就凭一把伞，躲过一阵潇潇的冷雨，也躲不过整个雨季。连思想也都是潮润润的……

伴随着一段轻音乐，《听听那冷雨》中一句句冰冷的方块字在他舌根底下变得珠圆玉润、万千风流，同时还仿佛夹着作者思乡的幽怨。抑扬顿挫间，朗诵者完全进入了忘我的境界，他企图引领人们随着他的声音，和余光中老人一起漫步从金门街到厦门街迷宫式的长巷短巷，走进如烟的细雨里去洗涤想入非非的思绪；又似引导听者手握被风雨吹皱了的中国历史黑白胶卷，在岁月的长河里唏嘘感叹。

雨是精灵，单是凭空写一个“雨”字，便觉点点滴滴，滂滂沱沱，淅淅沥沥。一个“雨”字，亘古至今都蕴藏着空灵清幽的浪漫、绵长的情缘以及泣诉不尽的愁怨。

听雨，听听那冷雨，一切云情雨意，就不动声色，宛然其中，撬开了伊一纷繁的思绪。伊一喜欢看雨，看那细雨斜织，视觉上的美感冲击，又该用什么语言才能满足？翻开一部《辞源》或《辞海》，金木水火土，各自成世界。而一旦汉字以“雨”部打头，神州大地、江河湖海，便在这一个个小小的方块字中千变万化，风情曼妙起来。简单汉字的奇妙组合，往往会让人意醉神迷，“杏花烟雨江南”六个方块字诠释的意境曾令多少文人骚客心向往之。你不得不讶异，原来，这世间美丽的霜雪云霞，骇人的雷电雨雹，无非都是雨的前奏或者延伸。而事实上，夸张一点说，一个方块字就是一方小天地，一旦被文化人掂在手里，它就有了无限的生机与不竭的魅力。只要灵感不灭，中文不老，这小小的雨点，就会有着如磁石一般的向心力。

遗憾的是，在她与李木烟火夫妻的眼眸里展现的雨景，往往没有情的浪漫、诗的韵味，更没有文化的高度……若是硬往文字上扯一下，也只能把其看作神的好脾气与坏脾气罢了。

“竹林听雨”的声音依旧在继续，只听他又读到：

雨是女性，应该最富于感性。雨气空而迷幻，细细嗅嗅，清清爽爽新新，有一点点薄荷的香味，浓的时候，竟发出草和树林之后特有的淡淡土腥气。也许，那竟是蚯蚓和蜗牛的腥气吧，毕竟是惊蛰了啊。也许地上的地下的生命，也许古中国层层叠叠的记忆皆蠢蠢而动，也许是植物的潜意识和梦境，那腥气……

伊一的思绪却被雨带得无边无际，她想起了余老先生的《乡愁》，这乡愁一下子把她带回了那个依然贫穷落后的小村庄。不知在这样的雨夜里，家乡的父母兄妹在做着怎样的梦。他们有没有闹春荒饥寒，有没有……很长时间没敢给家里打电话了，她怕听到那个苍老的声音在耳边絮叨着家里的一切困难与不幸。为了少点爱莫能助的心痛，很多时候她选择了逃避。然而，世间有些东西原本就是无处可逃，尤其是血脉与亲情，因为它嵌在你的内心深处，早已蒂固根深。

竹林听雨。此时，再念一遍这几个字，伊一忽然觉得，到竹林里去听雨，此生于她来说，只是一个遥不可及的梦……

伊一站起身，听着老公均匀的鼾声，来回在屋里踱着步，忽而走到窗边听听现实的雨声，忽而来到屏幕前听听“竹林听雨”读的《听听那冷雨》。

现实的痛与网络中虚拟的轻松，让伊一无所适从。如果可能，她宁愿永远不要回到现实中，去做那个面对诸多事情无能为力的江山娇。思绪纷乱中，她忽然有了好想和人说说话的冲动，确切地说是很想和这个“竹林听雨”聊上几句。可是，怎么聊天，刚刚触网的伊一还没弄懂，她UC的好友栏里除了老公加的几个女友，没一个男网友。

怎么把这个“竹林听雨”加成好友呢？伊一对着屏幕上UC的窗口

研究了半天，终于找着了如何才能把对方加为好友。等伊一下了决心点击那个熟悉而又陌生的“竹林听雨”，要加他为友时，他已经读完文章放麦了。伊一把所有的名单都拉了一遍，他已经下线。

伊一在昵称查找栏里输入了“竹林听雨”，向那个已经灰掉的头像发出了请求，系统显示“等待验证通过”。那个时候的伊一并不知道她发的请求，在对方再次上UC时就能接受到。

这样过了一天，又过了一天，海边草屋里的“竹林听雨”，又一次消失在网友的视线里。

等他再次现身时已是盛夏。这个夏季，雨好像特别多，这场雨还没干地皮又迎来了下一场雨。

经历着这一场又一场的雨，重复着日复一日单调的生活，伊一觉得自己现在的心境很奇怪。反复品读泰戈尔的名句“没有请柬的夏雨降落原野，我渴望甘霖降落心田”。冥冥中，内心寂寞的她，好像真的渴望简单重复着的日子里能有点别的色彩。

到海边草屋听文章依然是伊一排解忧愁的最好去处。百无聊赖中，当她再次点开UC时，“竹林听雨”的头像竟亮在她的好友栏里。她一阵惊喜，忘掉了一贯的矜持和羞涩。

伊一破天荒地主动和别人搭讪，问了句：“你好。”

对方却一点动静没有。

伊一大为恼火，平生哪受过如此冷遇。哼，这人还真是，有啥了不起。小样儿，还不理我，我非得让你理我不可。

犟脾气上来的伊一，噼里啪啦敲出了一行字，没好气地发了过去：“傻瓜们说话是因为必须说点什么。聪明人说话是因为确实有话要说。为何不理人？你认为我是聪明人或是傻瓜？”

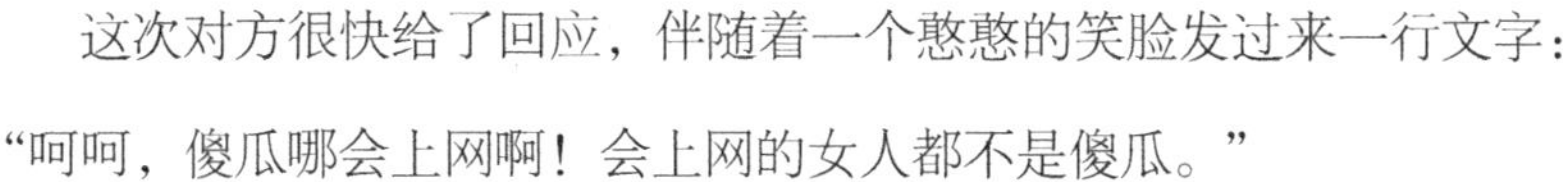

这次对方很快给了回应，伴随着一个憨憨的笑脸发过来一行文字：“呵呵，傻瓜哪会上网啊！会上网的女人都不是傻瓜。”

伊一笑了笑，没有回答。

他却又问了：“怎么找到我的号啊！如果你UC上的资料是真实的，那么我比你大好多岁呢！你不怕我是大灰狼啊？”

“呵呵，我还是小红帽呢，如今，狼外婆的故事怕也早已吓不着我这个年龄的朋友了。”伊一随后又发过去一个吐舌头的调皮表情。

“这丫头还挺伶牙俐齿的，平时上网都做些什么？不会光在这儿与人拌嘴逗乐吧！”

“竹林听雨”这句话明显有点居高临下，甚至有点儿揣度伊一的浅薄了。透过屏幕，伊一仿佛能看见他不屑的表情。

伊一不自觉地撅起了嘴，伴着一个难过的表情，发过去一句：“什么嘛！你为何把我想得这么无聊啊！我从不聊天，你是我加的第一个网友，平时大部分时间我都是挂在海边草屋里听人家读文章呢！”

“噢！真的？你也喜欢朗诵？那么，听过我读的文章吗？”“竹林听雨”惊讶地发过来了一连串的问号。

伊一微笑了一下说：“嘻嘻，是呀！就是刚听完你读的《听听那冷雨》，才下决心加你为好友的。”

“是吗！谢谢你的赏识，这么说我们算是有缘人了。你现在还在草屋里吗？马上就到我的麦了。看来你也喜欢雨吧！喜雨的女子是浪漫的、知性的，往往有着丰富的情感。如果你喜欢的话，我今天就专门为你朗诵一下戴望舒的名篇《雨巷》。”

“我一直在草屋里待着，专门等着听你的朗诵呢！”伊一故意用了“专门等你”四个字。

“噢！真的吗？乖哟！谢谢你了，小宝贝，看来是伯牙终于遇到了钟子期呀……”

“竹林听雨”这句话真是肉麻，麻到伊一起了一身小米疙瘩。这人怎么这样啊！还没刚搭上话呢，就“亲亲”“宝贝”的，不太尊重。

伊一有点接受不了，就回了句：“不好意思，请你放尊重些，别这么喊，我不习惯。”

“竹林听雨”嘿嘿笑了笑说：“嘿嘿！这对于我来说很自然，没觉得有什么不好，我对女性很尊重，也很体谅。如果有兴趣，你可以多花点时间了解我。也许你会喜欢上我，呵呵，好了，该我的麦了。”

伊一没想到“竹林听雨”接过麦说的第一句话是：“朋友们，雨夜好！今天我给大家读一篇戴望舒的《雨巷》，献给我刚认识的网友伊一小妹，也和所有喜欢听我诵读的朋友们共享。”

伊一被他这突如其来的说辞给吓住了，忽然觉得所有网友的眼睛都齐刷刷地向她盯过来一样。伊一的第一反应就是想逃，但又想继续听他读下去，便赶快隐了身，侧耳倾听：

撑着油纸伞，独自彷徨在悠长，悠长又寂寥的雨巷，我希望逢着一个丁香一样地结着愁怨的姑娘。她是有丁香一样的颜色，丁香一样的芬芳，丁香一样的忧愁，在雨中哀怨，哀怨又彷徨；她彷徨在这寂寥的雨巷。撑着油纸伞像我一样，像我一样地默默彳亍着，冷漠、凄清，又惆怅……

激情饱满地朗诵完后，他给伊一发了一行字：“愿你能成为我希望中丁香一样的姑娘，但不要你结着愁怨，愿你是个快乐的姑娘。”

看着这一行字，伊一没敢回话。直觉告诉她，这是个性情中人，说不定就是妈妈说过的那种不可靠的男人。

见没回话，“竹林听雨”沉默了一会儿，又打过来一行字：“喂！忙什么呢？给你留个作业当作见面礼吧！请问著名作家老舍的笔名是怎么来的？除了《家》《春》《秋》，他还写了哪些比较著名的作品？”

看着这个作业，伊一笑了。这个在她心目中深邃得看不见底的男人，竟然把巴金先生的《家》《春》《秋》张冠李戴地说成是老舍的。是卖弄呢，还是故意丢个错，考一考伊一的文学功底呢？

伊一不服气了，这不是小看人吗？俺好歹也读过些书呢？回答他一下，将他一军。于是伊一流利地打出了下面一段话发了过去：

老舍，原名舒庆春，他把“舒”字拆成“舍”“予”两字，取名“舒舍予”，后来干脆叫起“老舍”来。之所以这样，是习惯于北方的朋友会面时亲热的叫法，如“老王”“老马”等。另外，又有舍己为人、奋发励志、“舍我其谁”之意。代表作有：《茶馆》《月牙儿》《骆驼祥子》《二马》《四世同堂》《龙须沟》……

“竹林听雨”发过来一个竖起的大拇哥表示赞赏：“这么快就发过来了，看来不是查资料找出来的，是本来就知道。好，有点文化，说不定你会成为我的红颜知已。我现在有事要下了，请把你的邮箱留给我好吗？”

呵呵！“红颜知已”。伊一瞅着这几个字苦笑了一下，自古红颜难知已。许多人奔波到老，大浪淘沙，却发现身边只剩下陌生人。在如今这个情感多元的年代，“红颜知已”“莫逆之交”更是遥远的传说。寒夜里能有红袖为你添香，开心或是烦恼时，能有知己与你对饮到天明，这是多么奢侈的事情，我压根儿连想也没敢想过。伴随着这段话，伊一鬼使神差地把邮箱发了过去。

“竹林听雨”发过来一个网址，说是一首好听的网络歌曲《隔世离空的红颜》，让伊一不妨听下。然后就匆匆地下了。

伊一点开网址，干净缥缈的音乐伴随着低沉的男中音，在耳边弥漫开来：

谁会相信雨滴会变成一杯咖啡/种子会开成鲜丽的玫瑰/孤寂的旅途是单程的约会/相近相识后各自而飞/多么想让你走近我的心扉/一同承受心灵的忏悔/人生的路上你我紧紧相随/爱过恨过后独自去面对/雨纷飞打湿阴霾的心醉/路儿长长伴随着我的疲惫/心中一直在探询自己人生完美/完美完美完美的干脆/不曾想到咖啡让我无法去入睡/盛开的玫瑰让我心碎/寂寞的旅途会没人来陪/是你是我在创造心灵之间的完美/雨纷飞打湿阴霾的心醉……

听着这梦呓般的泣诉，看着“竹林听雨”灰掉的头像，伊一心里荡起了涟漪。“竹林听雨”莫名其妙地在伊一心里变得越来越神秘。

歌声在回荡，伊一的心却越来越迷茫……仿佛圆润的梦呓已不再是虚无的幻影，滚烫的心随时准备在春的枝头含笑承接雨露。温馨如这脉脉舒展的抒情乐章，流淌的岁月又载着生命栖息季节的小巢，让传统的伊一，下了珠帘，满怀诗意地看雨，试图把一帘幽梦轻轻拾起，织成斑斓的迷离。

二　一不小心撞进了这张网

原本家里买不买电脑江山娇并不在意，1992年就熟练了计算机操作的她，对这个冰冷的机器早已失去了兴趣，除非敲字打东西迫不得已，她一般懒得坐在电脑前。

可自从有了网络，自从有了这个UC，自从知道UC大厅里有了个海边草屋，自从草屋里有了个声情并茂读文章的竹林听雨。不知从何时开始，每天她便在白天急不可耐地等待天黑。她仿佛觉得，只有天黑了，她的灵魂才可能得以回归。与白天的喧嚣无奈相比，江山娇更喜欢做黑夜里那个亲近文字的伊一。

这一切对于自闭的江山娇来说都很新奇，对她有着强烈的吸引力。不知不觉成了网民的她，并不知晓，自从1994年中国开始接入国际互联网以来，中国网民的数量八年多来一直在飞速增长。到了她学会上网的2003年，全国网民的数量已高达八千万，八千万啊！在这八千万网民里，伊一只是沧海一粟。

伊一这才意识到，她一直都是落伍的，很多时候，面对色彩斑斓的生活，江山娇的境界只能是活着而并非生活。她只能满足于现实世界里的温饱，又怎会知道，网络也是个大千世界，现实中的众生相在这里一点也不少。她更不知道，在她刚接触网络时，因特网的便利却早已开始让这个世界改变了模样儿，现实竞争中有太多压力的人们，已开始在网络上寻找解脱，释放真我。网络已不知不觉地成了各类思想、各种精神栖息的家园，成为信息自由流通、民众舆论表达的重要渠道和平台。各种各样的聊天工具，更是成了人们交友解压必不可少的依赖，网友也成了朋友中不可或缺的寄托。伊一也不知晓，随着互联网的便捷，已经有大批的“坐家”不知疲倦地活跃在各个文学的论坛。她更不知晓，诸多如竹林听雨这般风流倜傥的男人，不光会在网上读文章，会在论坛上发帖子，也会去浏览形形色色的情色网站……在这里，人性的善与恶，美与丑，同样让人难耐。

大多数的网友演绎的只是今日相逢明朝分手，分分合合，则更像生命中的匆匆过客。“竹林听雨”也像一阵风，像一阵雨，忽而激情澎湃，忽而无影无踪。只从那个夏天的雨夜简单聊过几句后，草屋里再也没有了他的声音，好友栏里他的头像总是灰着。

江山娇的生活一如既往简单地重复着，静如秋水、平淡无波。听说身边有人因网恋而毁了家庭，有人因迷恋网络游戏，事业上混天度日，得过且过……对于网络，她一边是神奇的向往，一边是深深的恐惧。从心里不想玩游戏，山娇每天上网只是随便乱看，打发时光而已，也不知自己究竟要干什么，毕竟UC上网友不多，邮箱也很少打开。老公也被她在电视机和电脑间赶来轰去，随着时间的流逝，“竹林听雨”渐渐淡出她的思绪。

应付着日复一日，四季轮回，不知不觉间，随着梧桐叶的凋零飘落，迎来了第一场秋雨。萧萧雨声叩击着江山娇敏感而脆弱的心弦。“自古逢秋悲寂寥”，使她凭空多了几许惆怅与迷茫，不由感叹韶光流转，红颜易逝。

点开已经很久没再进来的“海边草屋”。草屋里有人正在诵读：“君问归期未有期，巴山夜雨涨秋池。何当共剪西窗烛，却话巴山夜雨时。”

伊一长叹一声，这萧瑟的寒秋，这绵绵的夜雨，让她不禁又想起了

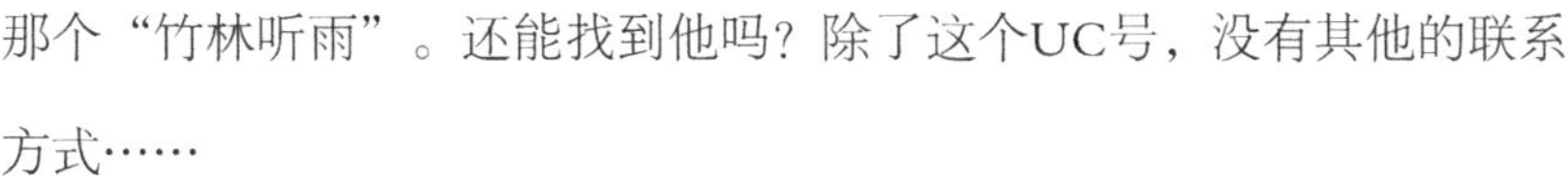

那个“竹林听雨”。还能找到他吗？除了这个UC号，没有其他的联系方式……

噢！对了。不是给他留过邮箱嘛！他会不会有事不能到草屋来，而去邮箱说一声呢！

想到这儿，伊一快速点开了邮箱。果然有几封邮件，已在邮箱里沉睡了足足两个多月，点开一看，落款全是：你多情的哥哥——“竹林听雨”。

第一封：

伊一小妹，久未联系，甚是牵挂。你现在好吗？还去草屋听文章吗？我的UC号忽然上不去了。急死哥哥了，你有QQ吗？请快点申请个Q号，然后加我的QQ：3546****，我在那里等你，急盼！

下面几封都是问伊一为何不和他联系，连一个字也不肯回。

对着屏幕呆愣了好久，对于他自封哥哥的称呼，伊一忽然感到一阵温暖注入心胸。从小她就因为没有哥哥而受别人的欺负，要是生命中真有个哥哥的话，那她的生活将是另一种样子。也许父母的争吵就会少些；也许家里的境况就会好些；也许爹的生活就会收敛一些；也许娘的心就会宽慰一些，也许就不会有那个带来一系列烦恼的弟弟……想着想着，伊一竟流下了眼泪，在她内心深处多么渴望找到一个能相知相帮的哥哥。

虽然对网友还有一定的恐惧，怕在这个虚拟的空间里上当受骗。伊一还是很真诚地给“竹林听雨”回了信：“对不起，哥哥，我一直没看邮箱……”

伊一想说，天天去草屋里等他，从夏等到了秋，见不到他的日子里，心中也满是失落和牵挂，却阴差阳错地没看邮箱。想了想，伊一又迅速删掉了这些话，她没有勇气说出口。

于是继续写道：

谢谢你的挂念，我很好。不好意思，我没有QQ号，有什么事我们就用邮箱联系吧！在这里我也通过邮箱给你送去深深的祝福。祝你身体康健，家人平安！

要点发送时，伊一看到了他那句多情哥哥的落款，不由笑了笑又加上一句：“至于多情，呵呵，学会控制感情是一个人的内在品质。因为一个人的智商决定了事业，一个人的情商却能决定你事业的高度。”

提示邮件发送成功后，伊一吐了吐舌头，松了口气。

由于内心期盼着“竹林听雨”的回信，第二天一大早，伊一早早地点开了邮箱。“竹林听雨”在回信中说帮她申请了一个QQ号，并把Q号和密码都发给了她。

伊一却不知道QQ到底怎么用法。尽管腾讯QQ早在1999年2月就已经诞生，对伊一来说却很陌生。询问朋友后得知，得先下载安装了QQ，申请的号码才能用。

百度上一搜还真找到了免费下载的版本，正欲试试，领导来了电话，有个文件急着要，今天必须赶出来。只得把这个抛到一边儿，点开编辑器开始起草文件。等头晕眼花地把文件弄完，离开电脑时，下载QQ的事儿早已被伊一抛到了脑后。

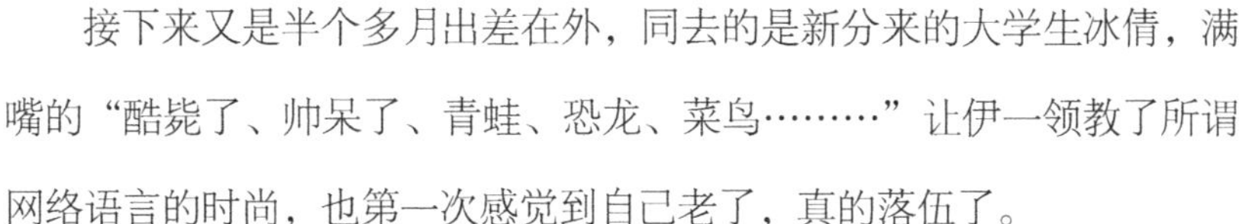

接下来又是半个多月出差在外，同去的是新分来的大学生冰倩，满嘴的“酷毙了、帅呆了、青蛙、恐龙、菜鸟………”让伊一领教了所谓网络语言的时尚，也第一次感觉到自己老了，真的落伍了。

她脱口而出：“我老了，听不懂你的话了。”

冰倩笑弯了腰说：“你这叫老啊！你现在还属于青年行列呢！我妈比你大二十多岁了，人家照样上网冲浪。”

说着话，洗完澡的冰倩，睡衣还没穿好，就急急地提出了笔记本电脑。

江山娇不解：“你这姑娘出来几天，还值当带着笔记本电脑？这么老沉。”

冰倩边麻利地连接着电源，边笑答：“呵呵，不带不行啊！习惯了，离不了，网络这玩意儿，就如吸大烟，能让人上瘾。再说了，用这个省钱啊！上网挂上QQ，天南地北的朋友都可以海聊，不用担心电话费，不用担心为了省钱，事情表达不充分。文字交流，得心应手，想说啥就说啥。哈哈，我觉得腾讯公司推出的这个QQ真是太适合咱们中国人了，太棒了。”

听冰倩如此一番赞美，山娇心里痒痒的，想起“竹林听雨”好心给她申请的QQ号至今还躺在邮箱里睡觉。于是，她放下所谓大人的架子，请求冰倩教她如何下载安装、如何使用QQ。

冰倩很爽快地答应了：“好的，没有问题，阿姨这么聪明，还不一教就会啊！”

她指着屏幕上那个憨态可掬的小企鹅说：“看到了吗？这个可爱的小东西就是QQ的标志，当你下载安装完成后，它就会以快捷方式自动出现在你的桌面上。点击它就会出现一个登录框，只要有QQ号，输入号码、密码后，点击登录就好了，就可以随意畅聊了。”

“这丫头，叽里咕噜地说这么快，我哪能记得住哇！你阿姨是真老了，三十多岁的人了，记忆力不像小青年了，快给阿姨演示一遍，我回去也弄一个赶赶时尚，要不然真落伍成老古董喽。”

山娇边盯着冰倩的电脑屏幕，边随手拿起一个苹果削着：“快点教教阿姨，我给你削个苹果。”

冰倩调皮地笑了笑：“哎呀！阿姨，这会儿不行，我男朋友发短信说在线等着我呢。我们好几天没见面了，人家正想我想得坐立不安呢！”

冰倩说这话倒让山娇脸红了，心想：现在的小青年呀！可真是的，几天不见有那么严重，那就让他再多想一会儿吧！山娇固执地坚持着，把削好的苹果递到了冰倩的手里。

冰倩接过苹果猛咬一口说：“好吧好吧！为了这又香又甜的大苹果，让那傻小子再多想一会儿，也无妨。”

苹果吃完了，冰倩也噼里啪啦给伊一演示完了如何下载、如何安装。然后点了点那个小企鹅，手指翻飞一阵敲打，就出现了一个聊天窗口。窗口里跳出的绵绵情话肉麻得伊一不得不赶紧躲开了。

江山娇想告诉冰倩，其实她也有个好听的网名，叫“伊一”。可她终究没说出口。

躲到桌子前的江山娇，拿起随身携带的《欧·亨利中短篇小说集》，却怎么也看不进去。干脆洗漱上床，却怎么也睡不着，看着滴滴答答走动着的钟表，她想起了那句“钟表，可以回到起点，却已不是昨天。”

比起冰倩，她为不能找回被荒废了的青春和爱情而自艾自怜。侧眼偷瞧冰倩，看她对着屏幕，一会儿娇嗔地撅起小嘴，一会儿嘻嘻地痴笑。

那份惬意与自得让伊一心生羡慕，现在的小年轻真是赶上了好时候，连谈恋爱也有了那么多的花样，手机、短信已不能过瘾，还非得网聊。

此时此刻，山娇脑海里想的除了老公、儿子，还有远方的那个“竹林听雨”。他现在做什么呢？这些天有没有去草屋，有没有再发邮件给我？想着想着，山娇迷迷糊糊地进入了梦境。

朦朦胧胧中，她坐在“竹林听雨”的车上，车里响着的音乐是那首《梦里来去》。他们来到一片在北方从未见过的竹林里，“竹林听雨”坏坏地笑着像抱孩子一样把伊一抱下了车，浅浅地吻了一下，说：“伊一，不要怕我，我不会做出格的事情，我只做你哥，我们尽管开心地享受这属于我们的、有限的快乐，也让你老公尽可放心，我保证会‘完璧归赵’。”

伊一羞涩地牵着他温暖的大手，走进了向往已久的竹林。“竹林听雨”说，他也爱竹，不只因为它的苍劲挺拔、虚怀若谷，还因为它独特的生长过程。一棵竹要在地下孕育三五年才可破土萌芽，大概一年时间就可长大成材。可惜人们只是看到了它在地面上猛长的速度，却忽略了它五年以来默默埋在地下所承受的黑暗。

伊一感叹：“原来，只见过郑板桥笔下的竹，也有人鄙夷‘竹乃外表坚硬却腹内空空’。今天徜徉在竹海，才能感觉到什么是‘胸有成竹’。”

伊一高兴得像个孩子，抱抱这棵，摸摸那棵，最后还情不自禁地折下了一枝。

“竹林听雨”愠怒道：“小妮子真调皮，这么爱竹，怎舍得折断它？”

伊一撒娇地眨着眼睛，不耐烦地看着他：“你懂什么？因为爱所以想拥有嘛！它长在这里就算再美，也只属于大自然而不属于我，把它折下来带回家才是我的。”

“竹林听雨”不说话，沉默了好久后，若有所思地苦笑了一下：“看来你不傻，还懂得这个道理，那你有没有想过，当一个男人爱上一个女人的时候，也与你对这支竹子一样的想法。”

伊一能猜到他想说什么，忙用一根小手指调皮地堵上了他的嘴，“嘘！我懂，千万别说。有些话，不必说。”

此时，“竹林听雨”的眼睛好像着了魔，一眨不眨地看着伊一，无奈、伤感、渴望、疼爱、怜惜……统统在那双大眼里交汇。最可怕的是伊一还隐隐感觉到了，他眼里那一团熊熊燃烧的欲火。这是来自身体的本能，在情感的催化下不能自制的魔。

“竹林听雨”轻轻拿下伊一堵在他嘴上的小手，颤抖着说：“我爱你，请让我说出来。爱，就要大声说出来，因为，我们永远无法知道，明天和意外哪个会先来。”说着，他疯狂地把伊一拉进他宽厚的胸膛，狂热地吻，直到伊一无法呼吸。

伊一的手触到了他脸上的泪水，又忽然难以自控地替他吻着脸上的泪痕。他们就那样相互拥吻着，不知过了多久，竹林里下起了小雨，斜斜地穿过一棵棵翠竹，像上帝特意为他们织就的锦罗。

他们沉浸在爱的港湾里，相拥着，缠绵着，什么也不做。平静后的他，刮着伊一的鼻子：“小妮子，还傻傻地抱着个木柱子做什么。雨越

下越大了，你看上帝都感动得哭了。谁让你有老公，我又有老婆呢！不能把我们的幸福建立在另外两个人的痛苦之上，我们还是回去吧，各人回各人该去的地方。”

两个人相依着走出了竹林，“竹林听雨”打开车门，很绅士地做了个请的姿势：“走，打道回府。”

回首凝望那片竹林。伊一站在那里愣神，真的不想离开，也不想回到各自的生活。伊一充满幻想地说：“如果在这里建个小屋，远离世俗的烦恼，不问尘世的喧嚣。开块菜园，种点儿青菜，静下心来写写文字，那岂不赛过神仙……”

“竹林听雨”苦笑了一下，看着伊一，头摇得像拨浪鼓：“唉！别做美梦了。我们都早已过了做梦的年龄了！上车，上车，快上车吧！”

车子起动，“竹林听雨”转动着方向盘不再说一句话，两个人心里都酸酸的，没有了来时的快乐。迷迷糊糊中，车子驶上了山巅，车子冲下了山崖。

“竹林听雨”和伊一携手见了上帝，“竹林听雨”气愤地质问上帝：“上帝呀！你好不公平，你为什么不让我们早些相识？”

上帝沉默。

他又责问：“上帝，难道爱情分年龄、身份、地位，分场合和原因吗？你老人家为什么要制造那么多没有结果的爱和痛？”

上帝深深地叹了口气无奈地说：“不要怪我，古往今来人们无不以藤与树的关系来比喻恋人的情深，但是，你真的以为相拥着、相抱着、相吻着，相互拥有着的生命就是爱吗？也许这更是一种生死相搏。人生百年，物欲、情欲、权欲皆是人类本能的欲求，然而，三欲归一，逃不过一个占有欲，这是人类的劣根性，连我这个上帝也无能为力。我也只能笑世人可笑之处，活着时挡不住各种诱惑和幻想，躲不开各种各样的烦恼、挫折、失败乃至厄运，苦其一生，到头来也不过是生占七尺床，死亦一抔黄土……我只能告诉你们，爱分大小，唯明者可兼具。请你们俩好自为之，各自回归本真的生活吧！”

说完这番话，上帝把手一挥，伊一往下坠落，不见了“竹林听雨”，下面是无尽的黑暗，伊一吓出了一身冷汗，挣扎着从梦里醒来。

醒来后的山娇，一时不知身在何处，不见了竹林，更没有“竹林听雨”……

冰倩还在电脑前噼噼啪啪地聊着，山娇定了定神，抬头看看表，已是凌晨两点多。就对冰倩说：“小丫头，太晚了，快睡吧！你看都几点了，明天一早还得赶车回去呢？”

冰倩打了个长长的呵欠，站起身使劲地抻着腰：“哎呀！咋这么晚了，累死我了，可得睡了。”说着关了机子，一头扎在床上，被子一拉不再说话。

山娇起身关上了灯，一阵黑暗又让她想起了刚才的梦境，再重新回到床上，却怎么也睡不着。想想刚才的梦，她很奇怪自己怎么会做了这么一个梦，又担心刚才做梦时自己会不会说出了什么，于是她轻轻地叫着冰倩的名字问人家：“丫头，我刚才有没有说梦话？”

冰倩很快酣睡，哪里听得见她的轻唤。

两点，离天明还早着呢！就这么等天亮，实在太惨了。山娇起来把灯打开，不一会儿又重新关上，沮丧地躺在床上，思绪又飘回到那个梦境。她怎么也想不明白，“竹林听雨”这个熟悉的陌生人，为何就能这样轻而易举地走进了自己的梦乡？

想着他信的落款：多情的哥哥。

真的能做个纯粹的哥哥？不过是南柯一梦吧。

要是真有个哥，生活里该省去多少忧烦与重负啊！山娇想着想着，思绪又飘远了，飘回了那个一直让她忧心忡忡，却又难与人言及的农家小院，以及在那个小院里发生的故事，和那些苦乐酸甜的青涩年华。

第四章　西风瘦影东篱下

一　就这样来到人世间

那是60年代末的农家小院，刚刚落成的青砖瓦房，在邻居土坯房、茅草屋的陪衬下，显得格外醒目。乍看房子，觉得这家人日子过得还算殷实。细一打量，这所谓的农家小院，严格来讲根本就不是院儿，四周没有院墙、没有门楼，甚至连个挡人的柴门也没有。屋里更显寒酸，除了一张床，一个烂了半截的破瓮，一个裂了大纹的坛子，就再也难寻一样家什。

这青砖瓦房，是在外工作的江大桥，连攒带借筹集的钱，给他那一穷二白的老爹寄过来，并嘱托专款专用才盖起来的。屋里唯一的一张床也是盖房子挤下的一点钱买下留给江大桥和他媳妇的，妹妹和老爹就只能继续睡草畦子（四周用砖圈起来，中间填满麦秆）。

江大桥心里很难过。他了解他爹，更了解家里的穷，眼睛不太好的老爹领着小妹妹过日子的艰难，他能想象。但他不怪爹，不怪命，只怪

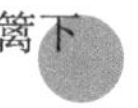

娘死得太早，怪自己生长的时代不好。可他又一直担心老爹把他寄回家盖房娶媳妇的钱买粮吃了，或者是都拿去还了债，怕房子真盖不起来，媳妇回家生孩子连个窝儿也没有，怎么能安心和他过日子。

还好，在江大桥一封封加急电报的催促下，房子终于盖起来了。

青砖瓦房的矗立，让这个破败的小院多少有了点生气，当一声响亮的婴啼划破夜空，从门窗里飘出来时，这个家才算真正有了人气，有了家的样子。

农历一九六九年正月二十七日子夜，在家徒四壁的砖房里，燃着一盆棉柴，为了迎接一个新生命的到来，棉柴跳动出温暖的火焰。接生婆吩咐准备好一盆热水和一把剪刀，一切就绪后，也只能焦急地看着产妇因疼痛而扭曲了的脸，耐心地劝着："快了，快了，再坚持坚持，孩子就快来了，快来到了。"

"露出来小脚丫了。哎呀！这孩子还是'站把子'呢！（胎位不正，先生脚）不过没事儿，在咱村儿我接生过好几个这样的娃了。"

"唉哟，俺的娘啊！疼死俺了，求求你了，婶子，你快给俺想个法子吧！疼死俺了……"

"我的姑奶奶，别喊，别喊了，使劲生，再使点儿劲就生出来了。"

接生婆撸了撸袖子，又擦了擦额头上的汗，继续安慰着："头胎孩子都这样，难生。再说这生孩子，对咱女人来说哪回不是拿大命换小命的事儿，别喊了，省点劲儿吧！孩子……"

经历了数小时的死去活来，一个女婴伴着一个女人撕心裂肺的疼痛来到了人间。爷爷早就给她取好了名字，叫江山娇，有点文化的爷爷想到那句"江山如此多娇"，更希望她长大后像花儿一样娇艳美丽。

可怜小山娇落地后就没有了气息，小脸憋得黑紫。

接生婆一边儿大声驱赶预示着凶兆而跑过来的大黄狗：“去去去，你这不吉利的东西，这会子跑过来造什么孽呀！”一边抱起孩子，用她所谓的经验来回摆弄着。最后重重地叹口气：“唉！这可又是个讨债鬼啊！不成人，就，就扔了吧……”说着，眼泪汪汪地把刚出生的血娃娃放到了农村用来裹死孩子的稻草上，无奈地冲一旁呆愣着的江大桥摆了摆手。

刚生完孩子的女人哭得肝肠寸断，从床上挣扎着起来扑向孩子。江大桥也不顾一切抱起小阿娇，嘴对嘴地吸着她嘴里的脏沫子。没想到，这时候，奇迹出现了，小山娇哇的一声哭了，且哭声响亮，持久，像是要哭尽前世今生所有的委屈。

惊险的一幕平息后，初为人母的女人亲着山娇的小脸蛋数落：“你这小妮子啊！刚来人间就不安分，非要制造点动静吓吓人，娘给你祈福，感谢上帝保佑你大难不死，必有后福哩！”

爷爷好像还没有从惊吓中醒过神来，听当娘的说一个“死”字，心里有点别扭，生怕再有什么闪失，便隔着窗棂嘱咐道：“我说娇她娘啊！以后咱可再不许说这样的话了，不吉利。”

娘抹了把眼泪答应着，她知道全家人都为这孩子捏了把汗。

江山娇的出生给这个祖辈就贫穷的家庭带来了欢乐，也带来了难题。面对家庭的拮据，产妇的虚弱，再加上在一天天的盼望中，也没盼来产妇的奶水。望着嗷嗷待哺的婴儿，江大桥整天愁眉紧锁，不舍得也不放心离开这个家，迟迟不能回去上班，最终结束了他的工人生涯和远在青海省石棉矿上的一切。

妻子奶水不足，江大桥就厚着脸皮到村支书家去借奶粉，第一趟

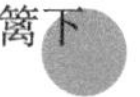

去，人家不光给倒了奶粉，还给了十块钱的贺礼。

第二次去借时，支书就问江大桥，怎么还不回去上班啊！是不放心媳妇，等出了满月再上班吧。

大桥说："回不去了，因为没按时返矿，人家已给解除劳动合同了。"

支书就笑笑说："也好，也好，不回去也好，要不然，老婆孩子丢在家里，就你那家庭现状，也确实让人放心不下。"

第一次热情给大桥倒奶粉的支书老婆，此时去里屋转了一圈出来，却皮笑肉不笑地说："哎呀！大桥啊！真不好意思，这奶粉让孩子给偷喝了，一点儿也没了。"说完又看了看稳坐在椅子上的支书老公说："你看，你这身体不好才弄点补补的奶粉，平时也不舍得给孩子们喝。谁曾想，这一个个的馋嘴猫儿，倒偷吃嘴了。等他们回来，我非狠狠揍他们一顿不成。"

大桥好歹还算见过点世面，一看两口子为了不借奶粉演起了双簧，就苦笑着走出了支书的家。闷着头走路时在心里念叨着：娇妮儿，今天你没奶吃了。爸对不起你，让你受罪了。

其实，这哪是江大桥的错。要怪也只能怪这江山娇命苦，娘怀里没奶，自己又托生得不是时候。

60年代末70年代初，经历了"文革"之后的中国，百废待兴，物资匮乏，一切都要凭票供应，就算有钱也还买不到东西，何况江大桥又没有钱。那个年代，农村的孩子出生后，也只能靠人奶喂养，没奶吃的孩子可就遭了罪。那个时候妄想用奶粉代替母乳，江大桥是有点不切实际。因为，当时普通农民是买不到也买不起奶粉的，那种红黄铁罐的麦乳精和长江牌奶粉，只是少数农村干部门的富贵补品。

借不到买不着也买不起奶粉的江大桥夫妇，只能把玉米粉、红薯粉、高粱面、荞麦或大麦面掺少量白面粉用猪油或牛油炒熟，和成面糊糊，再稍稍放入点儿红糖或白糖，喂养奶水不足的小山娇。可怜放糖时只是小心翼翼地捏上那么一小撮提提味儿。能给山娇改善一下生活的唯一补品就是家养的鸡蛋了，每当孩子喝到闻见面糊糊就摆头、干呕时，山娇她娘才舍得用开水冲开生鸡蛋变成蛋花汤喂她一顿，给她改善一下。

可怜山娇的母亲，本来满怀希冀地嫁了个工人，对生活满是憧憬，如今也只能整天在温饱线上挣扎。身材瘦小的她怀孕挺着大肚子时，就没享受到一点儿特殊照顾，一边靠裁缝手艺挣钱贴补家用，一边出工挣工分儿，否则，到年底分不到口粮，一家人就要去喝西北风。

生完孩子在山娇姥姥的督促下，山娇的母亲好歹算是做了个月子，出了满月就又随生产队上工挣工分儿。不光和江大桥一样上工，晚上还得拖着疲惫的身子应付江大桥烈火一般的欲望。

为此，她不止一次骂江大桥：“我不明白，你咋就这么贱呢？连吃都吃不饱，还天天净想着这下流事儿？人家怀着娃八九个月时你还折腾，如今还没刚出满月，你又来了你。有本事你干脆到外面找女人去吧，我不管你，找个能倒贴的更好……”

不知道是山娇母亲一直没有满足江大桥的欲望，却用一时的气话提醒了大桥，或是他本来就阻挡不了仅凭欲望本身的出轨行为。一时间村里流言四起，不是说大桥钻了西家女人的被窝，就是说偷了东家女人的身体……这一切成了乡邻们茶余饭后谈论消遣的话题，也成了江大桥夫妇引发争斗、激化矛盾的导火索。

从江山娇能懂话起，就天天生活在父母无休止的吵闹中，吵闹的主

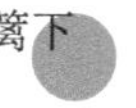

题往往是因为爹除了娘之外的一些女人。江山娇常被他们激烈的争吵，吓得可着嗓子哇哇大哭，却并不知道父母的这种吵闹，原本是她还在娘胎中就已经开始的。

江大桥高大健硕，一表人才，能说会道，机智幽默，生性风流，且很有个性，是那种硬邦邦，一掐一个血印子的男人。可惜就是托生错了地方，家里太穷，从祖辈上就穷，要不然，他指不定能混成龙呢！

江大桥从来都不谈自己的家世，他最忌讳别人谈到他穷苦的童年，每每忆起，也总是伤感中夹杂着些许不甘。

江山娇的奶奶年轻时是个大美人儿，是地主家的娇小姐，家庭破落后不得已才委屈嫁给贫穷的爷爷。这地主家的小姐，本来是过惯了衣来伸手，饭来张口的日子，横针不会拿，竖针不会捏。嫁过来后，孩子们穿的鞋都是东家送、西家给的旧鞋，大多时候都是趿着个鞋片，冬天冻得脚趾头像紫萝卜。

好在阿娇的爷爷是个宽厚乐观的人，从来也没嫌弃过老婆懒，不会做活儿。当别人在他面前说起老婆的种种不是时，他总淡然一笑："人家从小娇生惯养的，又没做过，有啥办法。好歹能跟咱一起受罪过日子，就是最好的女人了。"

江山娇的爷爷身高八尺，脸上有出天花留下来的浅浅麻坑，人送外号"江大麻子"。他没有别的谋生本事，会生长一手好豆芽，每天起早贪黑地长豆芽买豆芽。天天推着个木轮的平头车子，风里来雨里去。由于没鞋穿，老婆也不知道疼他，他无论冬夏都打赤脚，也被人戏称为"赤脚麻豆儿"。

有一次，过一个小桥时，脚下一滑，车翻进了路边的沟里，豆芽全都成了泥巴。他也不生气，嘿嘿一笑，扶起车子推着回家。正赶上老婆生孩子，他高兴得要命，干脆给孩子起名叫大桥。这个当年取名叫大桥的孩子就是江山娇她爹。

江山娇她爹不是奶奶的第一个孩子，却是第一个成活的孩子。一切好像都是命中注定，他在苦难的岁月里降生，尽管饥一顿饱一顿衣不遮体，却从小虎头虎脑，长得特别茁壮。

若不是周围上了年纪的老邻居，常在江山娇面前忆苦思甜地说起奶奶生前的种种，江山娇真不敢相信，奶奶真的什么也不会做。孩子们衣服挂扯了、穿烂了，她不会缝，就找一段线随意地缠起来，哪里破了就缠哪里，结果，孩子们身上就那么独有特色地结了一串串的小疙瘩，惹得街坊四邻都笑掉了大牙。破个小洞能用线缠上，如果孩子们的裤腿扯了，褂子的肩膀头烂得掉了半个，她就没招了，就那么烂着穿。有好心的人实在看不下去时，也会伸手帮着侍弄一下。

唉！真是应了那句俗话：“女人不会当家，家穷半拉。”碰上江山娇奶奶这样好吃懒做，双手笨拙的女人，难怪本就不会精打细算过日子的爷爷，也只会越过越穷了。

好在爷爷是那种心胸宽广之人，无论再苦再难，从不抱怨生活。在他心里天大的事也不叫事儿，他就认准了一个理儿，无论日子有多么艰难，至关重要的是尽量给孩子们弄吃的。够这顿吃饱的就先吃这顿，下顿的再说下顿。就算天塌下来也不能丢了精气神儿，正是爷爷这种性格，才使得江山娇她爹和叔叔，在那么贫穷的家里依然都上了学，并且都长成了大高个。因为他们在吃这方面，比困难时期一般的孩子，少受了很多委屈。难得过不去时，江山娇的爷爷还闯过关东。

现在想想，还多亏了江山娇父亲当时的坚持，才免了如今江家离井背乡的流年之苦。当爷爷为求得一线生机，下定决心要离乡背井，逃荒

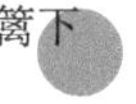

到东北时，正值青春叛逆期的江大桥却坚持宁肯饿死在山东，也不要流离失所。因为，在他心里，东北大地历来是传说中的“极寒之地”“流民之地”，如其告别故土，以“盲流”的身份“闯关东”，倒不如在本乡本土，另寻出路。

江大桥的坚持并没打消山娇爷爷逃荒的念头。1960年5月初，苦于生活没有着落的江大麻子以“支边户”的身份，和老乡们一起乘火车奔赴辽宁。

听说父亲要走，江大桥的妹妹紧紧抱着江大麻子的大腿，哭得鼻涕一把泪一把地央求道：“爹啊，咱不走中不？你没听俺哥说呀，那下关外的都是些什么人啊！你就别去了。只要饿不死曲里蟮(蚯蚓)，就饿不死咱爷们啊，就算饿死，咱也得一发(一起)死吧！”

江大麻子扶起泪人似的女儿，万分不舍地说：“孩儿啊！咱逃几口算几口吧，等我落了脚儿，就来接你。别听你哥那小兔崽子瞎胡咧咧，他有本事让他使去，是混死、是混活，咱都不问。”

说完之后，跟后面有追兵似的，江大麻子跳过门槛，拔腿就跑。他心里只有一个念头，那就是下关外寻找生路。

向着生的希望，一路奔逃，也不知在路上走了多少个日升日落。天黑了，天又亮了，太阳红彤彤的，月亮明晃晃的，火车走走停停，车上的人也睡睡醒醒。一路迷迷糊糊，不知道下一站是哪个省哪个县，只祈盼着能早点儿看到山海关。因为，在一代一代求生逃命的山东人心里，只有越过了山海关，才能证明真的到了关外。到了关外就意味着看见了饭碗。到了关外，无论是进密林、刨黑土、淘黄金，还是下煤窑，都算找了条生路。

怀揣着美好的希望及对家里人的挂牵，江大麻子心事重重地坐在火车“房子”（闷罐车）里，顾不得看什么桃红柳绿，昏沉沉蜷着身子直想打盹儿。

迷迷糊糊听着有人高喊：“别关门，千万别关门，这死窗户不透气不能关门，关门会闷死人的。”

又有人喊着：“快点关上门，这样开着门，孩子万一掉下去就没命了。”

有人高声唱着名字，爬上爬下清点家里的人口；还有人实在憋不住了，就用苇席卷成筒儿放进去尿罐悄悄地撒尿……

天亮了又黑，火车走了又停。在又一个白天停车时，不知谁喊了一句“看，山海关！”男人们全都以最快的速度直起腰杆，伸长了脖子把着门往外探头。

江大麻子那本就不太好的视力，看到的除了一道道铁路，就是一列列冒烟喷气的火车，并没找着他最想看见的山海关。

一路上没瞧见山海关，也不知何时进的关，走了几天后，火车停在了辽宁省清原县的英额门小站。江大麻子他们被等候在那里的几驾马车拉到了一个村子，走进了一溜五间草房的饭厅。酸菜粉儿、白菜片儿、干豆角、土豆丝，一盘一盘地上，不仅管吃，吃完了还可以再添。

吃着这顿饱饭，像是一下子从地狱来到了天堂的江大麻子流下了眼泪。他想起了他的孩子，不知道那犟种儿子到底会怎样？女儿呢，女儿会不会饿死？他出来时，家里就只剩下了一把胡萝卜缨子，还有床头那破篮子中破铺衬烂棉花里藏着的几捧干枣儿……他曾悄悄嘱咐女儿：“不要告诉你哥，自己记住一天最多吃三个，一定不能多吃，否则撑不到队里割麦子，就会被饿死……”

关里、关外。挨饿、饱饭。生活和突变、环境的突换。在生产队里

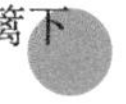

干活发饭票，江大麻子天天能到食堂领苞米面、大饽饽，天一亮就跟着“领头的”去种地。

山上的树绿，沟里的水清，落叶松的芳香沁人心脾……中午还有大马车送饭，大笸箩里高粱米、红小豆干饭散发出的香味让江大麻子一阵阵心酸。

他忽然觉得关外是关外人的关外，不是山东人的关外，他要回家。到底是回家和孩子们同甘共苦，还是要把孩子们都带到这人间天堂，他搞不清楚。心里只是堆积了一个很强烈的念头，他一定要回家。尽管舍不得关外的土豆、大角瓜、高粱米红小豆干饭，他也一定要回关里的家。

没想到江大麻子回到山东老家后，已当了大队会计的江大桥，说什么也不让江大麻子再到关外去了。江大麻子就这么心不甘情不愿地结束了他短暂的闯关东生涯。

穷人的孩子早当家，随着江大桥他们的渐渐长大，江大麻子的生活日益改善。遗憾的是，苦水里泡大的他，在生活刚有好转时就因病医治无效而离开了人世。

江山娇记忆中的爷爷，是一个令人尊敬、和善乐观、慈眉善目的老者。那老者脸上的皱纹纵横交错，把一个个麻坑掩进了岁月的沟壑，两只眼皮上，一边长着一个肉圈圈，像要随时准备串起苦难中抖落的日月星辰。蒙眬浑浊的双眸，整天吃力地半闭半睁着，只有一只眼能模糊地看见路影，生活的磨难与疾病，让老人的眼睛几乎失明。

就是这样的一双眼睛，曾给过江山娇无数的温暖和光明。江山娇少时最快乐的事儿，就是避开父母的吵闹声，躲进爷爷的小屋里听爷爷讲述那过去的事情。

记得每当爷爷谈起江山娇她爹江大桥时，总会长叹一声，眼睛默默地望着远方，不太明亮的眼睛会显得更加迷茫。

沉默好久的一声长叹后，他会说：“唉！你爹呀！从小就淘气得很，不听话。可他不是笨孩子啊！他是当时十里八乡的数得着的聪明孩儿。当年你爹读高中时，有一次参加全县会考，要去离咱村儿八十多里地的县城考试。”

“那可是代表全乡去参加考试啊！你爹惦着考试的事儿，早早地睁开眼。可拿过来棉裤要穿时，却怎么也找不到棉裤的腰在哪里。因为棉裤里的棉絮，早已烂得成了蜘蛛网。（那时你奶奶已病死了，我的眼也越来越看不清了）无论他怎么撕扯，硬是找不到能伸进双腿的裤腰。想着还要走几十里地去考试，肯定要晚了，他急得哇哇大哭。”

“哭声惊醒了爷爷，经过爷爷的一番撕扯，终于让你爹穿上了棉裤。他提溜着裤腰，撒开脚丫子就往县上跑，当他气喘吁吁地跑到考场时，人家都已考完了一场。就这样，到最后公布成绩时，所有的人都惊呆了。这个少考了一场的学生，穿得最烂的学生，竟考了个全县第一名。”

“那时爷爷心里是多么的高兴啊！三天不吃饭都不觉得肚里饥，可是咱家实在是供不起啊！你爹他性格要强，看不得我低三下四求爷爷告奶奶地去借钱，说什么也不肯去上学了。他说，他要自力更生，发誓要自己挣钱养活自己，那年他才十五岁。要是依着我呀，把家里的瓦片揭下来卖了，砸锅卖铁也得供他上学。可在这孩子打小就是个犟种，他说不上了，你打死他也白搭。屁股让我打得一条条的红手印子，他一声不吭，一个泪疙瘩都不掉，就是再也不肯踏进学校半步，爷爷没法子，也只好由着他了。”

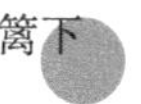

江山娇的爹人小鬼大，有自己的生存办法，凭着自己的聪明才智，辍学后的他，十七岁就当上了大队会计，这在当时那个缺吃少穿的年代是让很多人忌妒的。

在别人家吃了上顿没下顿时，江山娇家吃饱了还能有点余的。在青黄不接的时候，江大桥会偷偷从生产队的地瓜窖里扒几块地瓜，回来给家人烤着吃。

生活好些后，江山娇的爹又不满足于只在村上混口吃的了，他向往着外面的一切，一心想要脱离乡村，去创造一份他认为是男人该要的生活。

得知外面有招工的机会时，他毫不犹豫去报了名。他要摆脱这世代的贫困，闯出一条自己的路。他立志要干一番大事业，绝不会再像父辈那样苟活。

他报名去了最远、条件最艰苦的青海省石棉矿，成了一名矿工。走出家门的那一刻，他在心底暗暗发狠：走出这个家，我江大桥混不出个人模样，誓不回乡。

为了争口气，让爷爷在家乡人面前能说起话，第二年他给家里寄了一笔钱，让爷爷操心盖起了三间瓦房。在家时，人家牵线给介绍的对象，眼看也到了结婚的年龄。考虑到家里的窘况，为了省钱，也为了赶新潮，江大桥只好给江山娇的娘寄了路费，让她去青海结婚。

江山娇的娘当年也是十里八乡数得着的姑娘，家庭条件好，又有文化。还在乡里的裁缝组里学习裁缝，毛主席语录学得好，样板戏唱得棒，还是村里的妇女代表，也是千挑万选后，才看上了江大桥。

江山娇的爷爷江大麻子是那种只顾眼前，过一天算一天不能亏着嘴的人。盖了三间瓦房后，再也不肯往新屋里置办一件东西。余下的钱自然地成了他和女儿的生活费，他压根也没想过，如果有一天儿子要是领着老婆孩子回来了，又该怎么办？一年年老去的江大麻子再也卖不动豆芽了，只能靠讨饭养活女儿。

听说老爹去讨饭，江大桥又生气，又心疼，只好从牙缝里挤出钱来，陆陆续续寄回来贴补家用。

与江山娇她娘结婚时，江大桥已是矿上的知名人物，再加上他人长得好，有才学，嘴皮子又会说，很招女人喜欢，自然身边就没少过风流韵事儿。也就是亘古至今都存在，且永远也撕扯不清的男女之间的那点破事儿。

也许，风流男人的内心往往是最理智的。无论在外面演绎着怎样的风花雪月，江大桥知道穷家薄檐的娶个媳妇儿不容易。

无论在外面怎么样，他对老婆还是百般宠爱，知疼知热，日子过得还算甜蜜。当隐隐约约一些疯言疯语传入耳膜时，江山娇的娘是无论如何也不肯相信的。

直到有一次，到吃饭的点儿了，江大桥仍没回家吃饭，怀着山娇八个多月的媳妇儿，由于惦记他，就腆着个大肚子去办公室找他，结果碰上了令她伤心的一幕。

她受不了江大桥的背叛，哭闹着要回山东老家，要和他离婚，江大桥没招儿了。他扪心自问，想着老婆不嫌自己穷，与家人闹翻后，不远千里来矿嫁他，还辛苦地开起了裁缝铺，为自己分担着经济上的拮据，他心里满是愧疚。

他痛悔地跟老婆认错：“甭听别人乱嚼舌根子，我对你咋样你心里

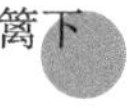

还不清楚。那些疯言疯语你也信，告诉你吧！那都是男人在外面逢场作戏，当不得真的，我最在乎的还是勤俭朴素的老婆，我保证以后再也不犯类似的错误。”

无论他怎么保证，江山娇她娘像是王八吃秤砣——铁了心，硬是没有改变要回山东老家的决心。

后来，娘说起这事时，已没了当时的怨恨：其实不光是因为男人那些烂事儿，主要是她也确实在那儿待够了。

当时的青海省，流传着一句顺口溜“天上无飞鸟，地下不生草”。可见那里环境之艰难。最让娘受不了的就是地域文化的差异。那些少数民族汉子，在去娘的裁缝铺取衣服时，看到精美的做工，一高兴就喊妈妈，实际上是激动得表示感谢的意思。可是对于当时还没孩子的江山娇娘来说，却难以接受。再有就是给他们补衣服时，那些衣服上散发的奶腥味，让当时已经怀了江山娇的她，闻到就恶心呕吐。但是为了挣钱，也为了帮这些单身在外的矿工们，更为了江大桥那个穷家。娘咬牙坚持着。

娘在家为闺女时，可没受过这样的委屈。中华人民共和国成立后成立合作社，江山娇的外公是高级社的社长。“文革”会儿，外公又当了革委会的主任。家里只有娘和姨妈两个女儿，姨妈后来被推荐上了大学。娘也就成了外公最大的牵挂。远在千里之外的娘，腆着大肚子还要艰难地维持生计，还要承受着爹对她的不忠，越发得不能忍受了。

身怀六甲的江大桥老婆执意要回山东老家。这么远，还怀着孩子，独自一人回去是万万不可以的。江大桥无奈，只得告假，陪她踏上了回山东的列车。

只是当时的江大桥，怎么没想到这一去，他竟永远地留在了老家。

回家后的他，面对生了孩子的老婆及家里的困境，迟迟未能回矿而违反了劳动纪律，被解除了劳动合同。

当江山娇能听懂话时，当初接她落生的老婆婆就常对她念叨：“小妮子啊！别看你爹浪里浪荡的，是他给你捡回了一条小命。要不然你早就让狗叼吃了，还能长这么大个闺女？你长大后可要好好孝敬你爹。”

江山娇总是笑笑点头应着，可在内心深处，她却对这个爹又敬爱又怨恨。每当爹和娘吵得不可开交时，她就想：哼！等我长大了，连颗糖豆也不给你买，谁让你整天欺负我娘。

当爹疼她宠她时，她又想：长大了，一定要好好孝敬爹，给他买很多好酒好烟。

爹也常拍着她的头说：“小妮子，长大了要是不孝顺我这当爹的，你可就坏了良心。为了你，老子把工作和前程都给丢了。”

娘的奶水不足，江山娇得完全靠人工喂养。在那买不到奶粉的年代。江山娇她爹无论如何也不舍得只用糊糊喂养女儿，奶粉不好买，他就买来葡萄糖。

江山娇从生下来就身子弱，再加上喂养的孩子，本来营养就差，三天两头生病，每次瞧病打针的，都是爹背了去。“头生稀罕老生娇”，毕竟江山娇是他的头生闺女，爹对她这个女儿很是疼爱。山娇就常听他爹说，阿娇简直是在他背上长大的。

娘却把嘴一撇说：“你说这话也不嫌脸红，你一跑出去就是老些天不回家，能靠得住？还不是她爷爷背得最多。你这样的人要是能靠得住啊，我看太阳得天天从西边儿出来。”

江山娇再大些，渐渐懂事时，知道爹所谓的跑出去，是去做生意。爹也常念叨做生意的苦，有时为了等车会在寒冷的冬夜，蜷缩在候车室

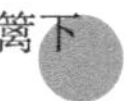

里。有时为了在码头等货船，一站就是十几个小时……他的老寒腿就是那时落下的。那时候做生意还得冒很大的风险，搞不好就得被割“资本主义尾巴”，或者被扣个“投机倒把”的罪名，为挣俩钱养家糊口，江大桥还真是没少受了折腾。

江山娇记忆中，有过一次跟爹出去的经历，那次是爹从烟台拉苹果送往杭州。在江山娇的软磨硬缠下，随行的远房表哥偷偷地将她藏在了车里。

走到离开家乡很远的路上时，路边走着一位丰乳肥臀的女人，爹拿起一个苹果照那女人一走一扭的大腚上砸了过去。瞧着被弹到一边去的苹果，他哈哈笑着说：“哎呀，这娘们儿的大白腚还真有弹性，要是能让我×一盘就好了。”

表哥很尴尬，嗫嚅着对他说：“姑父，你收着点儿，你看你都说些啥啊！”

江大桥疑惑地看着表哥：“呵呵，你小子今天成人儿了呀！装吧你就，假正经。回去之后不许乱嚼舌头，要让你姑知道了，看我怎么收拾你小子。”

表哥并没有别的意思，他只是顾及小山娇。却被不明真相的姑父一顿抢白，急得脸红脖子粗道：“嘿嘿！你看，那——不是，我那意思——是——阿娇她都那么大了，能听懂话了，你以后说话总得注意点儿吧！”

江大桥这回直接就把手伸过去揪住了表哥的耳朵：“哈哈！过来让我看看，你小子今天是咋回事儿？是不是吃斋念佛了？”

这时候，一直躲在司机坐上面那个小卧铺上的江山娇实在是忍不住了。看到那女人被砸得捂着屁股追着车骂，不谙世事的她“咯咯”地笑出了声。

除了表哥，随车的人都被这孩子的笑声搞得莫名其妙。回过神来的江大桥瞪着眼睛，声色俱厉地说：“怎么会是阿娇的声音？你这丫头片子，你可是长了天胆了，竟敢偷偷爬上车跟着我们，你的小屁股蛋子又痒痒了是吧！”说着扬起了大巴掌，眼看就要揍在身上了。

江山娇这才知道害怕。惶恐中，她慌乱地辩解着：“是，是……”她一着急，眼看就要把表哥出卖了。

表哥赶紧上前拦住爹正要落下的手掌，替阿娇求情：“姑夫你就别发火了，你看把孩子给吓得。来都来了，就让她跟着好好玩玩呗，也七八岁的孩子了，带出来见识见识，咋就不好了。”

江大桥在鼻子里哼了一声：“哼！你小子也光一个玩的心眼儿，别忘了我们这是出门做生意，不是旅游。一忙起来，谁顾得上管她，万一丢了或者什么的，回去你那姑姑还不得和我拼命啊！我看，你小子是完蛋了，不是个干大事的料儿。算了，算了，不指望你了，你就给我看孩子得了，但必须看好，一点差错都不能出，否则我饶不了你，你姑更饶不了你。”

表哥鸡啄米似的点着头：“是是是，你放心，我一定给你看好。”等江大桥转过脸去，他轻轻地捏了一下江山娇的耳朵：“都是你这小妮子不听话，害得我跟着受训。”

这次去杭州，虽然狠狠地挨了爹的训，但江山娇还真算开了眼。倒不是因为她记住了多少名胜古迹，而是爹飞快的记数算数能力让她大为惊讶。苹果一大秤一大秤地秤着，江大桥不用纸笔，就那么随意地看着，也不像是记的样子。没想到最后对数时，他报出的数字竟和计算器

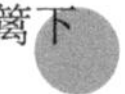

上的分毫不差。

江山娇奇怪极了，爹的记性咋就那么好呢？她一遍遍地跟在爹的屁股后面追问，到底怎么算的。江大桥遗憾地说："闺女呀！不是爸不教你，爸怎么会不愿教你呢。你还小，不急着学它，再说了，这东西它不是教出来的，它是从心里出的。"

这件事后，江山娇稍微了解了爹做生意的苦累，也领教了爹的智慧，当爹和娘再吵架时，阿娇好像觉得娘也有不是，不全都怨爹。其实，爹也挺不容易的。

二　那甜蜜又伤痛的70年代

也许是潜意识里羡慕爹的计数能力，从杭州回来后，江山娇天天闹着要上学。不到上学的年龄，她就成了一名小学生。背上了娘给做的新书包，每次放学后总是先找娘。这天，她也像往常一样一蹦三跳地往家走，快到家门口时远远地就喊："娘，娘，我回来了，我回来了。"

要是搁在平常，只需一嗓子，娘或者爷爷就会赶快走过来接过她的书包。

若是娘和爷爷同时出来迎，娘就会嘟噜着说："这么点小人儿还没个书包大，正是玩的年龄，非要闹着上什么学，背着个书包瞅着怪可怜的。"

其实，娘这是话里有话，是专门说给爷爷听的，话里面带着几分埋怨。怨爷爷没和她商量一下，就直接把江山娇领进了学校。

事情是这样的。爷爷常领着江山娇和妹妹在胡同口玩，看见别的孩子背着书包去上学，小山娇眼都看直了，那个羡慕劲儿，让爷爷看了心疼得慌。

她歪着小脑袋一遍遍地问着爷爷："爷爷，爷爷，我啥时候也能背上书包去上学啊？"

爷爷怜爱地抚摸着她的头说："这憨妮子，别的娃娃到了年龄都不想上学呢，想多玩一年是一年，你还不到年龄急什么。"

阿娇却撅着小嘴不依不饶地缠着爷爷，非要闹着去上学。可巧，就在这个时候，学校的杨老师领着个哭哭啼啼的孩子从胡同口路过。那孩子不愿上学，老师只好到家里去领。

看到老师，江山娇猛地跑过去拉着老师的手说："老师，老师，求您也把我领走吧，我也想上学。"

老师笑笑，看着爷爷说："你还小哇，你爷爷怎么舍得。"

江山娇又转过头去拉爷爷："爷爷，爷爷，你就让我去上学吧。"

爷爷只笑不说，江山娇大哭。

老师为了哄她，就随口说："别哭了，小丫头，你给我写几个数字，看你能从一写到几，我再决定收不收你。"

江山娇破涕为笑，迅速用袖子擦了把鼻涕眼泪，拾起一个柴棒，大大方方地在地上划拉起来。你别说还真像那么回事，从1写到了10，尽管那2和5都弯得不怎么好看。写完，江山娇拉着老师就往学校走。爷爷笑眯眯地在后面跟着，有点担心地嘀咕着："瞧这孩子，我还没和你爹娘说呢。"

自从上了学，江山娇每天都快乐得跳着走，像个大功臣似的，每天

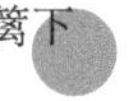

一进胡同口，就开始扯着嗓子大喊："我回来了。"

她的喊，每次都能得到家里人的应和。可是，这天却出现了意外情况，她连着喊了好几声也没见有人出来迎她，她觉得怪怪的。进屋放下书包，看到娘正坐在床上哭泣。江山娇心里一紧，心里猜想，爹和娘又吵架了。她不敢问，也不敢说话，就悄悄去爷爷屋里找爷爷，没想到爷爷也在屋里抹眼泪。从来没见过此景的江山娇也吓得哇的一声哭了："你们怎么都哭了，咱家到底是咋的了？"

爷爷抽泣着说："妮啊！可了不得了，天塌了呀。"

江山娇更不明白了，急忙跑出去看看天，天不是好好地在天上吗？再问爷爷，爷爷说："大救星毛主席他老人家死了。"

不久，广播里清晰地传出《告全党全军全国各族人民书》："我党我军我国各族人民的伟大领袖，国际无产阶级和被压迫民族被压迫人民的伟大导师……毛泽东主席逝世了。" 震惊全中国以至全世界的大事发生了，用当时的话来说，就是"红太阳陨落了"。

那年，江山娇还是才上过几天学的学生，这段历史对她来说是模糊不清的。后来她看到过一张珍贵照片，那是毛主席1976年5月最后一次接见外宾。照片上，他老人家靠坐在沙发上，面容憔悴。

可当时的江山娇想不明白，为什么伟大领袖毛主席也会老，也会死。她更不明白那年中国发生了许多影响深远的大事。

若干年后，当因特网在中国普及时，江山娇曾在网上跟一个很有见地的网友，无意中聊起这段历史，这个年长江山娇很多岁的网友给她补上了那段记忆中的留白。他告诉江山娇：1976年，龙年，是灾难深重的一年。那年，周总理去世、唐山大地震、毛主席逝世、抓捕"四人帮"。听说东北还下了一场流星雨，天上落下了大陨石……

当年放学归家的江山娇，发现娘哭得很伤心，娘说：“毛主席那么伟大的人都会死，我这贱命还活着干啥？不如死了清净。”

说这话时，娘死死地盯着房梁，两眼直直的。

已经朦胧懂事的江山娇听过有人寻死上吊的话，当时就吓得哇哇大哭：“娘，娘啊！你可不能上吊死啊！阿娇没有娘可不行啊！”

娘一把抱过哭得涕泪横流的江山娇：“妮儿啊，娘就是舍不得你，才这么硬撑着。你这苦命的孩子，也没个奶奶照应，就一个瞎眼的爷爷，娘要真是一狠心死了，可把你撇给谁呀。我的孩儿啊！你可把娘难为死了。让你跟着那浪荡的爹，娘不放心，怕他照顾不好你。”

娘俩抱头痛哭，哭声惊动了爷爷。

爷爷走进来劝道：“娇她娘啊，别哭了，别的不说，就看着阿娇往前过吧。好好把山娇养大就是你的福，你不常听人家说嘛，闺女是娘的贴心小棉袄。孩子转眼就长大，将来闺女大了，他再气你时你就去闺女家过，把他一个老头子搁在家里，他爱咋作就咋作。现在说他，他听不到心里去，等他自作自受时，就让他后悔去吧！到时候可没卖后悔药的。”

按江山娇当时的理解，只知道爹常不在家，不顾家，好不容易回家来还爱和娘吵架，难怪娘生他的气，她并不知道真正的原因到底是为了什么。

后来，渐渐长大的江山娇，从爹娘的争吵中模模糊糊知道，吵架的缘由是：在江山娇很小的时候，娘就发现了当时任大队干部的江大桥，曾和一个女知青相好……

写到这里忽然想起了几年前看过的一部小说《达哥》，里面有一个男知青醉醺醺地唱词："爹妈生我不为我，只为一时图快活。"

也许，是那个特殊的时代背景，给男女之间的情感提供了更为赤裸的温床。后来，江山娇看过电视连续剧《孽债》，才有兴趣了解到这些。

与江大桥相好的那个女知青，后来也回城了。或许，她就属于那种为了早日拿到回城指标，委身于村干部吧。据说女知青长得很漂亮，且能歌善舞，活泼激灵，很是妩媚。还有一手绝活儿——样板戏唱得特棒，江大桥就是看了她演的样板戏后，喜欢上了她。

听着风言风语在村里传，山娇的娘没哭没闹，不动声色地好言好语劝江大桥说："她爹啊！你就听俺一句劝吧，要不然，你作得很了，早晚得伤在女人手里。你没听人家说嘛，女人的那个东西，看着是个蜜蜜枣儿，其实是个害人坑啊！"

没想到非但劝不醒江大桥，还换来了他一段恬不知耻的伤人话。他脸不红耳不热地气人道："你懂个啥？男人天生是个猎手，他的生理构造必然导致这样的事情发生。说白了就是男人的物件上有三根筋，弄了谁，谁就跟你亲。实话跟你说吧，凡是我弄了的那些女人，哪个都比你待我亲。"

山娇娘被气得浑身颤抖，也只能以泪洗面。为了孩子，她只能忍耐。并在心里自己劝自己，女知青早晚都是要回城的，一旦回城，他们也就断了。

没想到的是，女知青回城后，爹娘的日子也并没因为女知青的远离而从此太平，吵闹依旧在继续，内容却永远与女人撇不清。

当时的山娇还小，许多事在她脑子里已是模糊不清，无法还原。不过，在江山娇系统的回忆里，她爹江大桥除了能挣钱，小时候给过她们姐妹一份不错的物质生活外，用娘的话说，爹是那种“吃喝嫖赌”五毒俱全的男人。

在江山娇少年时代生活的乡村里，唯有江山娇的爹会从外面领来大汽车，把家乡的土特产拉到外地去卖，再从外地带回好多稀罕玩意儿。比如，好用的农具，没有种过的农作物种子，及各种各样的女人用品。因此，小村里没见过世面的女人们，便都苍蝇一样地盯着他，围着他打转转，后来就成了爹的相好，或者更通俗一点的说只能叫“姘头”。

江山娇记得最清楚的一次是，当爹兴致勃勃地拿出他新买的丝袜让娘试穿时，由于娘脚瘦，本来很漂亮的丝袜，娘穿上后皱皱巴巴显得不舒展。

爹就嘲笑她说：“哼！不是我说你，同样的丝袜你咋就没人家穿上好看呢？”然后摔门而去，一夜未归，娘坐在床头哭了一夜。

还有一次，漆黑的夜里雷电交加，江山娇被一声炸雷惊醒后，却发现爹娘正在院子里打架，娘被爹推倒在地，滚得浑身是泥。

江山娇吓坏了，只知道躲在被窝里哭，也不敢出去。后来在娘对邻家嫂嫂的哭诉中才得知，那个雨夜，娘悄悄跟踪爹，去了一个女人的家里，结果捉奸成双。在两个女人赤裸裸的对垒中，爹觉得尊严扫地。两个人一路吵着回到家中，恼羞成怒的爹，气没地方撒，就狠心地打骂娘。

令江山娇想不明白的是，和爹相好的那个女人，就是那个整天笑呵呵地喊着“妮啊妮”，老给她们东西吃的女人。娘因为她而挨了爹的打，江山娇就再也不想理她了，并发誓要找个机会狠狠地揍她一顿，为娘出气。

要为娘出气的这个计划憋在心里，山娇并没向任何人说起，她只是

在悄悄寻找着要教训那个女人的时机。

机会终于来了。那天，天气阴沉沉的，眼看要下雨的样子，为赶在下雨之前把已经开的雪白的棉花拾回家，娘带上了江山娇急匆匆地走向棉花地。正巧路上碰到了那个女人。

娘笑脸相迎着说："婶子，你也拾花去了。"

那女人冷冷地"嗯"了一声，屁股一扭扭地就走过去了。

江山娇没想到，娘几天前刚因为她挨了揍，却还主动喊她婶子，先和她打招呼。最可气的是她还一脸不屑，爱理不理的。江山娇心里那个气哟，她恨那女人太烧包儿，又怨自己的娘太软弱。

看着女人一扭一摆走远的屁股，江山娇实在是忍无可忍，她不声不响地弯腰捡起一块砖头，照准那个女人肥厚的屁股，狠狠地砸了过去，并在嘴里小声骂着："砸死你，我叫你再浪。"这话是江山娇听娘和邻家嫂嫂嘴里说过的，当时，山娇还不能理解是什么意思。

那时嫂子对娘说："可惜你长得太瘦小了，白受这窝囊气。要是像人家那样的大个子，瞅个空逮着她，狠狠地揍她一顿，看她还浪不浪。"

那时的江山娇并不明白"浪"是什么意思，更不懂这浪和屁股有啥关系。更无法知道，她爹喜欢的正是这个女人的大屁股。在江山娇懵懂的意识里，她只知道爹所谓的和人家相好，就是不回家而惹娘生气，就是买了东西给人家，人家穿着比娘好看，爹一生气就嫌弃娘。她还不懂得男女之事。

砖头飞快地被女人的屁股弹了回来。那女人很凶，回过头来对江山娇大吼："你这孩子是咋搞的，还反了你了，竟敢砸你奶奶。小妮子家的不学好，这么小就会说些不三不四的话，什么浪不浪的，这么点小人儿就知道‘浪’了。”说完宣威似的瞅着娘，好像她还得理了。

娘气得直打哆嗦，但还是强装笑脸给她说着软话：“婶子，你别和孩子一般见识，她一个吃屎的孩子知道个啥嘛，满嘴跑舌头胡说八道罢了，回家去我就撕烂她的嘴。”

那女人越发嚣张起来：“哼！孩子吃屎，大人可不能也跟着吃屎。这么屁大点儿小人儿，能说出这种话还不知是谁教的呢？有本事，自个儿想浪也浪去呀，又没人给你绑上腿。”

娘终于被她的蛮不讲理和那不要脸的嚣张给激怒了，大喊一声：“你这真是给脸不要脸啊！自己偷了人家的男人，你还有理儿了你。今天我就豁出去了，我今天看你到底还要不要这张老脸。”

娘边说便欲扑上前抓那女人的脸。可是，那女人个子高大，腚大腰圆，娇小的娘根本就不是她的对手。刚近她身，就被她狠狠的一个封眼拳打成了乌眼鸡。最后，这场由江山娇挑起来的战争，以娘的惨败而告终。娘的脸被那女人揍得起了个青紫的大包。

回到家，江山娇满腹委屈地把当时打架的一切告诉给爹，并让爹给娘出气，教训一下那个女人。

爹却冷冷地丢下一句话：“我累死累活地挣钱养家，不缺你们吃，不少你们穿的。你娘放着好好的日子不过，偏偏没事找事儿。她活该，谁揍不过谁挨呗，我才懒得管。”

江山娇呆愣愣地瞅着爹，那一刻，面前的这个男人显得是那样的陌生与绝情。她心里恨极了爹。爹怎么能向着外人呢？她不懂大人们所谓的情感问题，只恨爹这个时候了还向着那个女人说话，却一点儿都不心疼娘。

长大成人后，江山娇才从别人的口中，隐隐约约地知道，由于爹常

惹娘生气，一生气就是冷战，十天半月的谁也不理谁。

娘很倔强，觉得爹招惹别的女人后会弄脏了身子，她便不再让爹亲近。他们的夫妻生活早已名存实亡。爹也就更有理由出去打“野食”吃，并越发在心里觉得别的女人好。他说娘像根木头，除了知道干活，不会做个女人。这种恶性循环，苦了正直善良的娘。一辈子就那么守活寡似的守了过来，苦水也只能往肚子里流了。

夫妻之间一旦性生活不和谐了，到处都是不和谐的音符。

江山娇的娘肚皮也不争气，连生了四个女儿却始终生不出儿子。在江山娇读高中那年，出去一年后的爹，领回来一个女人，女人怀里抱着个男娃。当时村里人就议论说，江大桥又领家来一个会生男孩的老婆。

过了两天，那女人却走了，只留下了孩子。只说抱回的孩子是一对大学生的私生子，由于他们还没毕业不能养孩子，所以只好送人。抱孩子来的女人是爹在外面做生意时的房东，听爹说起过家里没有男孩，就牵线把这个孩子送给了爹，由于孩子才十几天大，怕一个男人抱着，路上会出问题，于是就好心抱着，坐火车千里迢迢地给送来了。

接过襁褓中可爱的婴孩，善良的娘什么也没有说，忙着喂奶粉，换尿布。从此，这个男孩就成了江山娇的弟弟，几个姐妹谁也没有感觉过弟弟是从外面抱来的。

娘更是倾注了太多的母爱把他养大成人。为了养他，娘付出了比亲娘更多的精力与母爱，不知有多少个夜晚没睡过个囫囵觉，夜里拉暖瓶给弟弟倒水冲奶，硬硬把一个新毛衣的袖子磨得稀烂。

然而，命运偏偏捉弄人，这个千辛万苦得来的儿子，渐渐长大后，却不得不承认他有智障。从此，爹娘再吵架时又多了一个话题，娘被惹急时也会出言狠毒。

她会扯着嗓子骂爹："这都是你做的坏事太多，老天爷在惩罚你，报应你。要不是我心眼好，连这傻儿子你也荫庇不住，将来连个给你摔老盆儿的人也没有。"

这样的话快活了娘的嘴，却伤透了爹的心，反而也改变不了任何现实，只会引来江大桥的一顿毒打。每当这时，弟弟小杰总是惊恐地瞪着无辜的眼睛，吓得哇哇大哭。

看着没完没了吵闹不休的爹娘，看着可怜的弟弟，江山娇固执地认为是弟弟倒霉，千里迢迢进了这个家。如果让别的人家抱了去，也许他会很聪明，在这样的家庭氛围里，好人也能给逼疯了。

其实，在江山娇的心里弟弟并不真傻，只是智障。当时村里人议论，这孩子根本就是爹的种（后来也证明，弟越长越像爹，说不定是现在所说的酒精婴儿吧），说他出去一年多不回家，就是为了找个女人生儿子去了。

娘听了这话非但不生气，反而很欣慰："是他的种最好啊，总比人家的强。"

现在想来，能有如此胸襟，才真是一个女人对一个男人最大的爱和包容，是内心的一种善念和对未来的希望。可这一切，爹却没能好好地去珍惜。

这个家也并没有像大家希望的那样，因为有了儿子而恢复平静。爹照样出去做生意，回来后照样给村里的女人们带回些小礼物，惹得她们心花怒放，不知羞耻地跟在爹屁股后面说这道那，亲热劲儿让人看了恶心。

娘依旧偷偷落泪，依旧和爹吵架。一开始爹还极力解释着和她们没

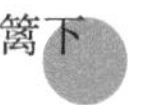

有什么，后来就干脆厚着脸皮气娘：“傻娘们，就知道哭，瞧你那小样吧！我不少你吃，不少你穿的，你也别整天没事找事儿，要是换了别的女人跟着我过这样的好日子，她们唱着过还来不及呢！明着告诉你吧！老子就好这一口，这辈子怕是改不了的，你就识相点，别没事找事儿了，找事也没用，只会自己气自己。”

娘哭得更加激烈了，并喊着要跟他离婚，可是看着这一群孩子，娘最终下不了决心。这也是爹知道的，所以娘说离婚什么的，他根本就不当回事儿，他知道娘舍不下孩子。

江山娇倒是希望他们真的能离婚，她甚至给娘说：“不如离了算了，天天吵什么吵，烦死了。”

娘哭得更厉害了：“要不是因为你当初没有奶奶，一个瞎眼爷爷，你爹又这个德行，我还能跟他承受到现在？！”

江山娇当时并不能理解娘的话，她还不了解母性的力量有多伟大，这种力量可以让一个女人忍受一切，抛开一切。江山娇只是一味地怪娘太懦弱，也在心底深处抱怨这个家，痛恨这个家。

不知是应该庆幸还是应该悲哀，后来的事实却证明，在这样家庭环境中成长出来的女儿们，都很懂事、听话，但也偏执、自卑，常常在父母关于男女之事的纷争中无所适从，甚至惶恐。

从小她们听得最多的，就是娘常在耳边念叨：“女人啊！嫁错了男人，这一辈子就算完了。等你们长大了找婆家，千万记住娘的话，主要看人是不是实诚，是不是能踏踏实实地围着老婆孩子过日子。不能光图人长得好，不能光图他有本事，人长得好又不能挂墙上当画看，也不当吃、不当喝。有本事挣得家财万贯，心不在家里，也算白搭。你爹还不就是个活例子吗？娘这辈子跟他过的是啥日子……”

江山娇的娘一边舔食着自己的伤口，一边怕女儿们再走她的老路，越发想竭尽全力想把女儿调教得更好。

三　那懵懂的青春和朦胧的情爱

80年代的农村，电视还没走进家庭，农村也没有什么娱乐活动，唯有各村轮流上演的露天电影。别家的姑娘都三五成群地去看电影，江山娇的爹娘却从来不让江山娇姐妹去看电影。村里同龄的小姐妹们也都不敢到家里喊她们，只是背地里偷偷地埋怨江山娇的爹："这死老头子，自己浪荡成性，却便要把女儿管得死死的。"在这点上爹和娘的意见却是出奇的统一。

娘认为："小女孩要守家守院守妇道，不能到处疯跑。"爹不说什么原因，就是不让去。也许他太了解女人的脆弱，怕已经出落成大姑娘的孩子们上当受骗。

当时根据路遥中篇小说《人生》改编的电影，在年轻人心中激起了强烈的反响。江山娇捞不着去看电影，只好用自己省下来的零用钱，去书店买了小说捧读。

《人生》通过城乡交叉地带的青年人的爱情故事，开掘了现实生活中饱含诗意的美好内容，也尖锐地揭露出生活中的丑恶与庸俗，强烈体现出变革时期的农村青年在人生道路的选择中面临的矛盾、痛苦心理。通过主人公高加林这一人物形象，折射了丰富斑驳的社会生活内容。小说触及了城乡交叉地带社会的、道德的、心理的各种矛盾，在高加林的性格中，错综复杂地交织着自尊、自卑、自信等方面的性格因素，好像

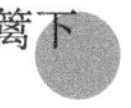

有“无数互相交错的力量，有无数个力的四边形”在互相冲突，互相牵制，从而在一次次骚动和斗争中决定着他的选择，产生一个总的结果。这个结果似乎不以旁人的意志为转移，也是与高加林的本意相对立的。高加林和刘巧珍的爱情悲剧，一次次让江山娇动情落泪。

从能读懂文字的那天起，江山娇就爱上了读书，因为书是她的伙伴，书中有关于人生的矛盾和困惑、甜蜜与忧伤。能安抚她成长中的沧桑，她那颗交织着自尊、自卑、自信的心灵，只有畅游在文字的海洋时才能自由呼吸。

江山娇喜欢安静，从小就是站在一边看着别人玩儿，却没有去参与的欲望。诸如跳绳、踢毽子、扔沙包、跳方块、打球、唱歌等，江山娇都不会玩。每次上体育课她不是躲在教室里看书，就是跑到校园一角背英语单词。不知为什么，任何事情，她都没有积极参与的欲望，只喜欢静静地做个旁观者。她没想到，这种家庭的环境和旁观的态度，竟影响到了她以后的爱情观。当她情窦初开时，对身边优秀的男孩，内心一边是热烈的向往，一边是深深的恐惧。她怕这些男人们，也会像她爹一样，一生有很多的女人。

江山娇读高三时，从外地转来一个俊朗帅气的男生——剑。这个男孩儿皮肤白皙，高挑的鼻子，一双好看的单眼皮大眼睛眨呀眨地，显得很机灵。瘦瘦的高个很挺拔，走起路来特别好看。最诱惑江山娇的是他会说一口标准的普通话，且还会用好听的普通话唱一首首的校园歌曲，常常引得成群的女生围着他叽叽喳喳，争着传抄他笔记本上的歌词。一时间，这样的传抄与仿唱，便成了同学们认为最时尚最快乐的事情。

江山娇对这一切也是动心的，但她却始终矜持着，从来不抄他的歌词，也不跟他学唱，甚至从不正眼看他一眼。江山娇认为这样的男孩子，肯定是属于娘说的不可靠的那一种。

渐渐地，江山娇却发现，不知从什么时候开始，剑有了一个奇怪的表现，就是喜欢和江山娇的同桌换座位，上课时回答问题很踊跃，好像专门证明给江山娇看似的。

自习课时他写完作业就开始小声地拿着歌本唱歌，每次都唱那首《康定情歌》。

江山娇觉得有点暧昧，偶尔偷偷地瞟男孩一眼时，正遇上他深情款款的目光。江山娇一下子就慌了神，脸唰的一下红得像盛开的牡丹花。

这样过了一个星期又过了一个星期。眼看毕业离别的日子一天天近了。江山娇的学习成绩明显下降，她知道为什么。因为剑常常不知不觉地在她脑海里跳动，从他转来那天起，江山娇心里就再也没有放下过他。但是两个人心照不宣，什么都不肯说，直到毕业离别那一天依然什么都没说。

再后来，江山娇落榜，读了大学的剑却因为和另一个女孩儿的情感问题，去南方当了兵，那个时候，当兵是好多年轻人的志向，也是就业的一种渠道。

从此天涯海角，江山娇知道，也许此生，她将与剑擦肩而过。

然而，就在江山娇想极力忘掉那份青涩的感情时，却意外地收到了剑从南方寄来的信。信中说了他在部队的学习生活情况，以及对同学们的思念之情。他劝江山娇不要放弃，复读再考，还说考不上也没关系，他家里的大嫂二嫂都是农业户口（他是非农业），他们现在都过得挺好。

当读到这句话时，江山娇脸红了，在心里嘀咕着：你大嫂二嫂和我有啥关系，他们过得好不好跟我有啥关系，真是的，哪跟哪儿呀。可是

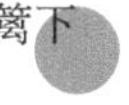

脸上却飞起一片红云，好像生活又有了新的动力，也才明白，所有的语言都不如一种叫作“情感”的东西更具有穿透力。

为了他，江山娇做好了复读备考的准备，她相信自己的实力。然而，命运却无情地捉弄了江山娇，给她开了个不大不小的玩笑。

就在江山娇推着自行车要出门赶往考场时，门口站了几个戴大盖帽的警察，这些人像是天兵天将，一脸森严地站在那里。江山娇吓了一跳，胆怯地问他们找谁。当那些公安出示了证件并说出江山娇她爹的名字时，江山娇吓呆了。

原来，江山娇的爹做生意惹出了大麻烦，赶上了全国的严打风，打击“投机倒把”。江大桥因为一单葵花籽的生意，被黑龙江省公安厅传讯。当这几个威严的大盖帽出现在江山娇家的小院里时，小小的乡村像炸了锅。

眼睁睁看着爹被带走，娘吓得尿了裤子，瘫在院子里不省人事儿。弟妹们一个个只知道扯着嗓子号哭。

江山娇没哭，心里着急地想着怎么才能救出爹。在没有办法可想的情况下，她去了县城姨妈家，去求当局长的姨父，让他无论如何给想想办法；就算救不了，好歹能争取到家乡服刑也比在哪里好。后来，在她的百般努力下，爹被平安保释。其实，本来也就没什么，无论在私生活上怎样放纵，在生意上江大桥还是很讲究诚信与原则的，算得上是个正经的生意人。

这突如其来的变故误了江山娇去参加考试。令江山娇没想到的是，这一误竟给她以后的人生，带来那么多的不如意和不甘心。

落榜后的江山娇很是消沉了一些日子，她把自己关在小屋里，不想与人交流，只捧了一本本的书看。

也就是在这段时间，江山娇静下心来读了许多文学名著，使自己的心灵得到了净化。她在心里暗暗庆幸那些有书相伴的日子。白天到地里拼命干活，用劳动来麻醉自己，充实自己，晚上回到家就去啃那些精神食粮，以消磨孤寂的时光。

每天盼着剑的来信，成了她无聊生活中隐秘的甜味。从南方到她所在的乡村，平信要走十三天，江山娇接到信就回复，剑接到回信就来信，信上写的都是“来信收悉”。时间久了，两个人谁也搞不清楚到底哪是来信，哪是回信了。信中谈各自的生活情况，谈各自的心情，谈诗词歌赋，却从未明确地谈及过情感，但这些信却是江山娇当时最大的精神支撑。若不是那些信件，江山娇不敢想象，她能否平安度过那段灰色的人生。

这些信给过江山娇太多的欣喜与生活动力。她拿到信时的那份开心，溢于言表，家人全都看在眼里。

娘再也不肯相信，那只是同学普通的来信。当邮差再次出现时，信就先落到了娘的手里，识字的娘不管她有没有权利，就强行拆开，每次都是她先过滤剑的来信。

看后她明白了一件事，她的女儿在谈恋爱。对她来说这是天大的事，于是她没和江山娇打招呼，就托人打听了剑参军之前所在学校的校长。她关心的是这男孩的人品如何。

她打听到了什么，江山娇至今也不知道。但回来后，娘很严肃很认真地对江山娇说：“小妮子，你给我听着，我给你打听完了。这个小孩不行，将来你跟了他肯定要受气。你也不用脑子想想，人家那么好的条件，长得又那么好。能真心喜欢你这‘柴火妞’吗？”

娘的疑问，搞得江山娇心里也惶恐，她也不能确定剑对她是一种什

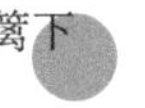

么样的感情。从此，剑的信总是先过娘那一关才能到江山娇手里，有的根本就不给江山娇看。

为了让江山娇早日死心，家里人就开始张罗着给她找对象，并说：“女儿大了不能留，留来留去结冤仇。”接下来，七大姑八大姨的都关心起她的婚姻大事来。今天介绍张三，明天介绍李四。可是，任凭娘跑断了腿，磨破了嘴，江山娇就是不肯照她的安排去相亲。眼看着小村里同龄的女孩儿都谈婚论嫁了，甚至都生了孩子，江山娇却心静如水，无动于衷。

有一天，舅妈冒着大雨来到了她家。这舅妈是江山娇姥姥的侄媳妇，不是亲舅妈，平常也没有太多来往。江山娇怎么也不会想到，这个不速之客是来给她提亲的，而且提的是江山娇的同学。

当她提到这个同学的名字——伟，并说是委托她来提亲的。

伟，是这个舅妈远房的侄子，高考落榜后去外地学了一门木工手艺，听说沙发什么的做得不错。为了巴结舅妈让她给保媒，伟先给她家做了一套沙发，让本身就好显摆的舅妈很是得意了一阵子。在当时的农村，除了村支书家，还没谁家能坐上沙发。就连喜欢东家串串、西家走走的媒婆舅妈，也只是混个肚儿圆，别的她连想也不敢想。这回，她这小侄这么懂事，不但给她家做了沙发，还担着自家的白菜苗老早地给舅妈家栽上了。

这一切都让舅妈感动不已，于是便大包大揽地给人家吹牛了：“放心吧！大侄子，你的婚事包在你姑身上了。俺那外甥女我了解，从小就听话，保证没问题。”为了表示她的诚心，她就顶着大雨来了。

江山娇做梦也想不到这个坐在最后一排，几乎没有和她说过话的伟，还会有这份心事。江山娇从来就没注意过他，如果不说出他的名字，脑子里根本就没闪过他的影子，现在要和他谈对象，简直是不可思议。

当舅妈问江山娇对伟印象如何时，江山娇想不出他突出的优点，也找不出他明显的缺点。至于他长得不是太好看，有点木讷啊，还有点自命不凡啊等，江山娇觉得都和自己没有关系。江山娇怎么也不会把自己和他扯在一起。于是，江山娇只是无关痛痒说了几句，没想到正是这些为照顾同学面子而无心插柳的话，让舅妈传得走了形。

伟更加庆幸自己偷偷退了父母给定下的亲事。直到这时，伟的父母才知道儿子为了班里的一个女生，不声不响地退了亲，并托人到女同学家去提亲。

他父母很生气，因为在山东农村有个习俗，婚事一旦定下，如果是女方不愿意，就要退还男方的全部彩礼，如果是男方先提出分手，女方家一分钱彩礼都不退。定亲时也要花费不少钱，在农村给儿子定亲娶媳妇是头等大事儿，甚至是拼搏半辈子积攒的钱，都砸在孩子的亲事儿上。孩子不吱声把亲退了，就等于白白扔了他们半辈子的血汗钱，这事儿搁谁家父母身上，也是生气。

仔细问过自家孩子，伟他爸了解到儿子中意的是老友的女儿，也很高兴，就没再说什么。以为是两个孩子早已在学校谈好了，只是害羞不好意思捅破那层窗户纸，就得中间搁个媒人而已。为了不让儿子为难，伟的爸慌忙张罗着买了两身衣服、手表、水果、点心等，准备在即将到来的中秋节亲自到媒人家跑一趟，让媒人领着儿子到江山娇家先坐坐。

江山娇记得很清楚，那是1988年的中秋，月亮很圆，把家乡的田埂和池塘都蒙上了一层诗意，也给江山娇的心情增加了些许亮色。

江山娇特别喜欢月亮，无论是新月如钩，勾着江山娇对初恋的怀

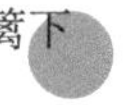

念，还是满月普照，照得江山娇内心波澜起伏，哪怕是残月的一丝清冷，也让江山娇觉得心里少了些许惶恐。

多少个不眠之夜，正是这圆了又缺的月儿伴着江山娇共同度过。它清楚江山娇的点滴心事，它看见过江山娇惆怅的泪滴，它听见过江山娇长长的叹息，它洞察过女孩子所有细密的心事。所以，江山娇觉得月儿懂她，月儿很亲切。就在这个“每逢佳节倍思亲”的月圆之夜，远方的剑又跳出来扰得江山娇心绪不宁，却没想到，来到她身边的却是她从来就没喜欢过的伟。

在舅妈的带领下，伟很自信地走进了江山娇的家门，并拿出了备好的礼物。这让江山娇惊得目瞪口呆，搞不清楚是怎么回事儿。

这时，舅妈说话了。她是对江山娇的娘说的：“既然两个孩子都没意见，我看这事儿就定下来吧！现在的年轻人，我们也不能管得太多。”

江山娇的娘一时回不过神来，只拿眼睛看着江山娇，很不解的。她想不明白，为什么越怕什么越来什么，自己千教万教调教出来的女儿，原来在学校没好好学习，光谈恋爱了。已经有了个斩不断理还乱的剑，怎么又跑出来个伟，且都谈好让人家找上门来要订婚了，还没告诉她妈。这妮子是怎么回事？

江山娇读懂了娘的眼神儿，一时不知所措地失态了。

她对着舅妈大吼：“谁告诉你我愿意了，谁让你领着人家来了，天下哪有你这样当媒人的，难不成你沾了人家小便宜，就偏要逼我嫁给人家吗？”愤怒中的江山娇，一把抓起衣服、手表扔在了盛满月光的院子里。她想让月亮作证，她真的没和伟谈过恋爱。

一旁的舅妈很尴尬，伟更是一头雾水，只是硬着头皮一个劲地向江山娇的娘解释：“婶儿，你别生气，这事怪我，不怪山娇。不过，我是真心喜欢她的，我会一辈子对她好。”看着伟一脸的憨厚，江山娇的娘好像被他的真诚表白感动了，转头看着江山娇。

江山娇真想再对伟吼：“你马上滚，别自作多情了，我不喜欢你，一点都不。”但话到嘴边终没出口。

江山娇知道，像伟这样的人，一旦有勇气表白，那就一定是真的。她相信，伟喜欢她，是真心的。她不忍心伤了一个男孩子的自尊，她更不知道该如何收拾这个残局。她捂着脸转身跑进了自己的小屋，再也不肯出来。

江山娇躲进自己的小屋，哭了一阵子，侧耳听听外面的动静，听到舅妈在劝伟：“伟小子，别在这儿傻坐着了，先回去吧，这事得从长计议，以后再说。”

伟坐在院子里像尊雕像，不肯进屋，也不肯起身，只淡淡地说：“我不走，我要等江山娇一句话，只要她亲口对我说，她不喜欢我，我就死心了。”

小屋的钟表滴答滴答地响着，像江山娇的心跳一样，有点狂乱和不知所措。江山娇直直地盯着那钟表，眼看着时针指上了12点，月光也渐渐地冷了，毕竟已是仲秋，天越发地凉了。

江山娇的娘怕冻着人家孩子，忙招呼伟进屋喝水说话。

伟沉默着不肯进屋也不肯离去，就那么呆呆地坐在院子里，脚边是江山娇扔乱的、他拿来的定亲礼物。

江山娇从窗户里看到了这一切，实在是不忍心了，她理了理繁杂的心绪，走出了小屋，走到了伟的身边，轻轻地说：“伟，天太晚了，你走吧！我送送你。”伟站起来低着头沉默了一阵子，还没忘记向江山娇

的娘告别。

江山娇仔细地拾起了衣服和那一大包苹果，吃力地提着，与伟一前一后走出了家门。

沉默，一路都是可怕的沉默。山娇觉得每走一步都是那么的艰难，又不知如何开口，让伟赶紧回家，结束这痛苦的没有结局的行走。

伟声音颤抖着问："江山娇，难道你就一点儿都不喜欢我，我就那么让人讨厌吗？"

江山娇不知如何回答，伟的性格是忧郁的，江山娇怕他走极端。

江山娇笑笑说："也不是，只是咱们俩没基础，也不合适。"

伟没有说话，只推着车子往前走。

那一大包苹果累酸了江山娇的胳膊，体力不支的江山娇停了下来，对伟说："伟，太晚了，我就送到你这里吧！"

伟站住了，一句话不说地看着江山娇。那眼神像是一下子要看进江山娇的骨子里、心窝里、眼睛里，又仿佛有火要喷出。不一会儿，这双灼热的眼里，无声无息地溢满了泪水。

月光下，江山娇不由后退一步，一时不知如何是好，不知应该说些什么，只是轻轻地、有点胆怯地把衣服和苹果放在伟的自行车上，转身欲走。

没料到，就在她转身的瞬间，伟一个箭步冲了过来，像一头暴怒的雄狮，一把拉过往回走的江山娇，不容分说，紧紧地抱在了怀里。

江山娇被他这突如其来的举动吓坏了，吓得浑身冰冷，上下牙床来回打架，含混不清却十分有力地说："伟，请你不要这样，你快点放开我，要不然我喊人了。"

"你喊吧！我不怕，我就是要抱着你，哪怕回去我就死了也心甘。”伟的手像钳子一样孔武有力，箍得江山娇喘不过气来。

伟的泪水滴在了江山娇的脸上，他颤抖着，喘着粗气，死死抱着江山娇。

江山娇拼命挣扎，想快速逃掉。自行车被碰倒了，苹果撒落一地。

对面的邻居“吱呀”一声打开了门，也吓住了伟不顾一切压过来的嘴。

伟松开了手，江山娇才得以脱身，发疯一样跑回了家。

后来，江山娇的娘听邻居说，撒落的东西，伟一样儿也没拾，蹬上车子飞一样的骑了过去。伟回去后大病了一场，差点送命。

江山娇听说后很是愧疚，却不敢去看他，也没有理由要去看他。江山娇有什么错呢！她同样委屈。这种第一次被男人结结实实拥抱的恐惧及不知所措，缠绕在她心头好多年，阴影一样挥之不去。使她越发觉得男人都是怪物，是可怕的怪物，想着一个女人长大后，必须和一个男人生活一辈子，她就觉得有点不可思议。

这件事后，江山娇再也不想谈及婚嫁。家人却不了解她内心的隐痛，一个劲地给她张罗着对象。为了逃避，也为了某种向往，江山娇告诉家里人：“找对象可以，但我有个条件，必须得找一个有能力把我带到外边去的，越远越好，我才愿意嫁掉。”

知女莫若娘，娘了解江山娇乖顺背后强烈的叛逆，也了解这种吵吵闹闹的家庭环境，给孩子带来的伤害。虽不想让女儿远嫁，她还是无奈地接受了江山娇的条件，并告诉前来提亲的人。

不久，有人给江山娇介绍了一个研究生，说这研究生是她家亲侄子，知根知底的。研究生才高八斗，心地善良，就是人长得不太好，因此高不成低不就，就想着在农村找个质朴善良踏踏实实过日子的女人。

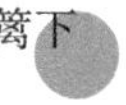

他原来找过一个，并把她带到京城帮着开了店做生意。没想到那女的没良心，卷了他的全部钱财跟人跑了。

听了这些，江山娇心里直发怵：这到底会是一个什么样的人呢？幻想着，这个人或许就是有可能帮她逃离一切的载体，江山娇还是硬着头皮与这研究生见了面。

那研究生长得让人实在不敢恭维，黄黑的皮肤像大病初愈，矮小的个子像来自非洲的难民，突出的前额上两个眼窝深陷，像个骷髅，参差不齐的牙齿让人害怕。天啊！眼前这么个人儿，怎么能和学识渊博的研究生联系在一起呢！江山娇暗自嘀咕。

见江山娇进来，他热情地起身招呼，并忙活着给江山娇倒水。这时候，江山娇还看见他走路的姿势是严重的“外八”，且两条腿细得像麻秆儿。

江山娇立刻想逃，可又不甘心。她想知道，这样的研究生究竟是怎样的一个水平？没想到，简单的交谈过程中，他言语之间不可一世的傲慢，最终使江山娇头也不回地离开了那个相亲的小屋。并在心里恨那个介绍人：哼！把我江山娇看成什么人了，难道认为我想求荣华富贵，随便什么人都能嫁呀！我会把自己交给这样一个人？浑蛋，这也太拿豆包不当干粮，太看不起人了。

又一轮满月悬在天空，江山娇对月低吟：问世间情为何物？这世上到底有没有爱情？为什么非要逼我嫁给一个男人，而又不让嫁给喜欢的人啊？

月儿无声无息，只是静静地挂在天空，洒下一地温柔的清辉。月儿见证了太多的爱情悲欢，却不知如何回答困惑中的她。

四　借他人之力改变的命运依旧茫然

江山娇找对象，一开始并没有引起村人的关注，可一旦高不成低不就，有好事者就开始议论了。在当时的农村，家里养着个二十多岁的大姑娘已经算是不正常了。

一时间唾沫星子满村飞，说啥的都有。有的说江山娇有毛病的。有的说江山娇早已不是处女了，不敢再在这附近的地界找对象了，必须得远嫁。有的说，江山娇心性高，总想找个嫁过去就能享清福的……面对人言可畏，江山娇的爹娘更着急了。

实在没有办法，从不开口求人的江大桥，向江山娇的叔叔求援了："这大妮儿可真是愁死人了，你瞧这二十大几的人了，高不成低不就的，惹得街坊四邻说闲话，可咋办啊？要不你想个法子把她弄走吧！"

也许是命运的安排，就在江山娇苦闷地徘徊在人生的十字路口时，正赶上80年代末具有中国特色的"农转非"政策。

"农转非"在20世纪计划经济时代，曾经是农民可望而不可即的梦想。在农民的潜意识里仍认为，一出农门便会身价倍增，农民们通俗地把农转非、吃商品粮称为"吃国家粮"。到20世纪80年代末九90年代初期，我国不少地方出现"农业人口转非农人口"的热潮，当时，数千元甚至上万元一个的"农转非"名额非常抢手。

赶上这么个好政策，唯一的哥哥向弟弟张口求援，江山娇也发恨求助道："哪怕是去城里挖大粪，也要离开这农村。"

宽厚仁爱的叔叔想尽一切办法帮了这个忙。当时，叔叔全家已在第一批时全部转非，要通过自家给江山娇带个户口已不可能，只好绞尽脑

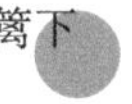

汁另谋他策。这时，正好叔叔的把兄弟赶上第三批农转非，这个兄弟受了工伤，行动不便，农转非的事儿就得由叔帮着跑手续。

也就在办理的过程中，叔叔看到把兄弟家的儿子和江山娇差不多大，忽然眼前一亮，找着了把江山娇带去农村的理由。于是和好友商量，当成儿媳妇带出来岂不是两全其美的事情。这事儿虽然有风险，虽然会得罪把兄弟家里的人，但给唯一的儿子带媳妇谁也说不出什么。最后通过双方大人的协商后，意见达成一致，事情就那么定了下来。

江山娇却蒙在鼓里，她只是感觉有点奇怪。忽然之间，爹娘不再忙着为她张罗对象，家里也没人再来提媒了，一时间，竟难得的清静。

平静地过了一个年头，有一天，家里又来了个说媒的。江山娇在屋里看书时，隐隐约约听到娘说起叔叔给她办户口的事，并婉拒人家给介绍对象的美意，说“俺家山娇已经有婆家了”。

江山娇惊讶了：“有婆家了我怎么不知道。”

等媒人走后，江山娇不依不饶地问起了娘：“什么时候给我找的婆家，我咋不知道？”

沉默许久后，娘终于禁不住江山娇的软磨硬缠，将实情和盘托出，并一再劝她要理解爹娘的苦心。

真是可怜天下父母心！江山娇气得痛哭失声：“你们怎么能这样做，怎么能包办婚姻？！我又不是个小狗小猫，我是个有思想懂爱恨的人，你们，你们也太过分了。”

娘说：“还不都是为了你好。你没看看你的同学，孩子都多大了，你却成了老大难，惹得人家街坊四邻都说闲话。爹娘这样做也是迫不得已。再说，这样也没什么不好，以后你会有个工作，有个稳定的家。再说了，那家的小男孩也不错，不就是比你小点儿嘛，人家能愿意，都算你高攀了。”

江山娇哭了，哭得很凶，她觉得大人们的决定，对她简直是一种蔑视、一种侮辱。

江山娇哭得天昏地暗。白天，在江山娇的哭声中逃遁，黑夜，像个可怕的恶魔吞没了一切。这个晚上没有月亮，漆黑的天幕上，星星眨着诡秘的眼睛。没有月亮的陪伴，江山娇感到了前所未有的孤独。

她不明白，父母费心养大的女儿，为何非要送给一个男人才算甘心？她不明白为什么这么难寻书上说的所谓爱情？她不明白这个她早已待烦了的家，自己为何没有勇气离开？为什么，这一切都是为什么？

硬让自己倒在床上，闭上眼睛，心里却一丝不得安静，江山娇第一次失眠了。在这样的时刻，她特别地想剑。

剑已经好久没来信了，也许又被娘给藏起来了吧！江山娇翻出剑所有的来信和照片，一封封地读着，她想找出一个理由说服娘，说剑是真心爱她的，将来要娶她。可是她一字一句地找，也没找到她要的明确答案。这也是她一直没有给剑照片的理由，无论他怎么要。

江山娇迷茫了，江山娇想到了前些日子读过的一本佛学书。想想这世事的纷乱，爹娘永远不会停止的战争，自己眼前这无休无止的烦恼。江山娇忽然羡慕起那些与青灯古佛为伴的尼姑，她甚至能想象得出自己穿上僧衣，低头敲击木鱼的神态。恬静优美，与世无争。也许这正是最适合她的生活。想到这儿，江山娇首先想到了令她向往已久的古都西安。那里的大雁塔、钟鼓楼、兵马俑、法门寺……都诱惑着江山娇。因为书上说，“哪怕只是站在西安的古城墙下，历史的沧桑都能穿透你多

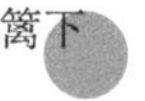

愁善感的心”。

久久不能安睡，江山娇大胆地为自己做了一个决定，她决定斩断三千烦恼丝，去西安出家。尽管她并不知道西安到底有多远，她只听说过西安有个“八仙庵”，香火很旺，但她不能确定哪里到底是否要尼姑。

下定决心后，江山娇开始悄悄想办法筹措去西安的路费。江山娇是个乖女儿，从来没有在父母不知道的情况下拿过家里的一分钱。尽管母亲做裁缝挣的钱也从来不锁，就那么零散地放在抽屉里。

夜，很静，静得能听到老鼠不安分地在屋里走动的声音。江山娇蹑手蹑脚地赤脚来到外屋，凭着对屋内布置的熟悉，她没敢开灯，却依然准确地摸到了娘平时放钱的那张抽屉。

轻轻地，江山娇拉开了抽屉，摸索出了一大把零钞，悄悄地潜回了自己的小屋，偷偷瞄一眼娘的睡房，确定娘及家人仍在熟睡后。江山娇才小心地把钱放在了床上，钻进被窝，披上衣服，轻轻地数着钱，并把这些零钞整理好，可是数来数去只有七十五元。江山娇不知道去西安到底需要多少钱，但她觉得手中的钱出趟远门怕是不宽余。

怎么办呢？她忽然想到了剑曾给她寄过钱。那是一次江山娇在信上说起生活的现状及苦闷时，剑寄钱说让江山娇到他哪里去散散心，说南方有太多好玩的地方。但江山娇没去，因为江山娇知道这可不是随便就能去的，那样她就太对不起娘的教导了，娘也不会原谅她。她不忍伤娘的心，同时她要对自己负责。所以她宁肯出家也不会去找剑。

江山娇从铺板下摸出她用信封装着的，剑寄来的一百五十元钱。这是剑省吃俭用积攒下的，还不知攒了多长时间，当时剑在信上说，他每月只有十八元的补助。

江山娇曾想着用这笔钱买上二斤纯羊毛的好毛线，学着给剑织件毛衣寄过去。为了学织毛衣，她先给爹用旧线翻拆了一件毛衣，织好后爹穿着并不合身。爹在身边，织时江山娇光在爹身上量来量去地就好几回，最终也没织出合适的毛衣。和剑分别了那么久，谁知道他现在是胖了还是瘦了，尽管有剑的照片，但不知为什么，剑的样子在江山娇的脑子里始终是模糊的。江山娇终没有信心给剑织件毛衣，钱也就一直被她隐秘地放在铺板的最深处。

一夜辗转，天刚蒙蒙亮江山娇就悄悄地起了床，站在院子里泪流满面。要离开了，她才忽然又对这个千万次想逃离的家充满了眷恋。前路茫茫，她不知道迎接她的将是什么？留下来又怎么样呢？等着拿自己跟那个非农业户口，跟一个儿媳妇的位置做交换吗？

江山娇抹了把眼泪，狠狠心背起包，走出了这个给了她太多压抑与苦乐的农家小院。要拯救自己，她必须做出一个决定，斩断这红尘的一切烦恼。

然而，万丈红尘，要断何其难！她不知道自己有没有足够的能量。

带着一颗迷茫的心，江山娇辗转踏上了开往西安的列车。这是江山娇第一次独自出远门儿，为了掩饰内心的恐惧，她拿出一本书坐在靠窗的位置。时而凝望窗外，时而低头看书，窗外的风景向后退去，却带不走江山娇内心的凄凉与恐惧。书上的故事动人，也只能引她伤感落泪。真的好悲伤，此时的江山娇，觉得自己像是被整个世界抛弃了的婴孩，世界之大，她却抓不住一根救命的稻草。一路上，她不和任何人说话，哪怕人家善意的帮助，她像一个浑身长满了刺，只求自我保护的刺猬。

中间经历的太多磨难省却不说。只说她一路打听来到了西安的“八仙庵”后发生的故事。

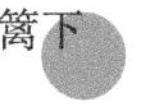

江山娇只知道有尼姑的地方叫作“庵”，也觉得“八仙庵”也许是能接纳她的地方，于是一路打听来到了此地。

“八仙庵”原为唐代兴庆宫遗址的一个组成部分，故亦有“八仙宫”之称。此庵位于西安市东关外北火巷内，坐北朝南，殿宇相连，松柏苍郁，规模较大。宫观内划分为中庭和东西两院。殿堂建筑均系明、清两代风貌，大多为五开间硬山厅堂式建筑，雕梁画栋，金碧辉煌。中庭部分由前至后依次为大照壁，牌坊、商场、山门、灵官殿、八仙殿、斗姥殿。东院建筑为吕祖殿、药王殿、太白殿、厨房院、生活院。西院建筑有邱祖殿、监院寮、云隐堂、西安市道教协会办公院。

看到了西安市道教协会的办公院，江山娇心里有了疑问？莫非这“八仙庵”是个道观而非尼姑庵。

既来之则安之。抱着一探究竟的欲望，江山娇来到了“八仙庵”的主殿“八仙殿”，八仙殿门柱上的两幅楹联跳入她的眼帘，第一幅联为：“桂殿仿琳宫珠箔银屏百二关河凝端色，典章垂柱下琅发玉国五千道德著名言。”第二幅联为：“暮鼓晨钟警醒全凡黄粱梦东华传道钟离授诀广垂慈度，朱鱼清声朗咏步应赞洞玄全真间苑琳官新辉共仰仙踪。”

八仙殿殿前还有铁铸宝塔形丹炉一尊和铁铸长方形大香炉一尊。殿内正中供奉东华帝君，两边供奉八仙，从东至西为韩湘子、李铁拐、张果老、钟离权、吕洞宾、蓝采和、曹国舅、何仙姑等。殿后两棵参天古柏郁郁苍翠。

江山娇猛悟：“噢，八仙庵原来是因此八仙而得名。”

大中庭两厢的长廊内靠近屋檐的斗方形彩板上，还绘有一百六十八幅彩图，集中描述了有关八仙的神话传说故事。由中路上，石栏杆的台阶后为斗姥殿。一斗姥殿外东侧有一通《八仙庵十方丛林碑记》的石碑，为清道光十二年（1832年所立）。殿柱楹联为：“斗转中坦锡庶民以敛福，蟹为大母含万物而化光。”殿门外东西壁各有一壁画，东壁画绘太上老君骑青牛像。殿门东上壁书“道法天地”，西上壁书“真空妙用”。殿门有一楹联为：“人生百年把几多风月琴棋等闲抛却，是看千古问尔许英雄豪杰那个醒来。”斗姥殿殿堂左右有十二星君塑像。上部墙上为“三清”画像，坐像下面与供台平行的地方，依次有玉皇大帝像、三官像，坐像两旁又有一副对联为：“境入上清半点红尘飞不到，坛开无垢满天花雨散香来。”

“人生百年把几多风月琴棋等闲抛却，是看千古问尔许英雄豪杰那个醒来”。“境入上清半点红尘飞不到，坛开无垢满天花雨散香来。”看到这两幅楹联时，江山娇被震住了。

重新审视自己，江山娇心里非常清楚，要清得“半点红尘飞不到”，岂是她江山娇能够修到的境界？因为，此刻的江山娇，心里已经开始想家了。她担心，爹娘找不到她时，该是如何着急。她担心，剑要是有一天向她求婚，写来的信她看不到怎么办。她担心，她能否受得住这青灯古佛映照下的寂寥。她想起了传说中三千年前，希腊德尔斐神庙阿波罗神殿门前的那句石刻铭文：“认识你自己”。这句“德尔斐箴言”曾引起过无数智者的深思。

江山娇忽然顿悟：看来这出家也非易事，这佛门清净地并非俗人逃世的场所。从心理学看，人类潜意识中都有追求“涅槃”境界的倾向，江山娇只不过是妄想透过自我解脱，而进入无忧无虑的境界。

想到这，江山娇扑通一声，双膝跪倒在众塑像前，泪流满面。

这时，冥冥中有个声音告诉她：“回去吧！孩子，你还小，这点事

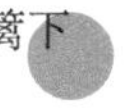

实在不叫磨难。人生就是一场大仗小役，重重叠叠，最终将累积成辛酸、感激，无可奈何。孩子，你这点事算什么，你的路还很长，你的生命才刚刚开始。孩子，请记住。生命像漂洋过海的船，感情像吹动生命之船的风力，理智像掌握生命之船的舵手。想想看，没有风力，生命之船便不能前行；没有舵手，生命之船就会迷失航向。孩子，你现在缺失的正是人生的经历和阅历，因为人的经历阅历越多，理智增长的就越快。有句话说得好‘人的成熟不是因为岁月，而是因为经历。’所以要珍惜每一次所谓的磨难，那都是上帝的偏爱……”

江山娇布满泪痕的脸，不知何时有了笑容，她猛地站起身，头也不回地跑出了“八仙庵”。

从此，佛在心中，她却与佛无缘；道在心中，她却信奉道法自然。

回程的路上，江山娇的身旁坐了一位比自己年龄小的姑娘。小姑娘很漂亮，一双美丽的大眼睛呆呆地望着窗外。坐在一旁的中年男人在不停地给她讲着窗外的风景。江山娇感动于这位父亲的慈爱，孩子都这么大了，他还能不厌其烦地给她讲风景。讲了好久，女孩也许是累了，撒娇地倒在父亲的肩头，缠着父亲给她讲故事。父亲就给她讲起了美人鱼的故事，当讲到小人鱼经过千难万险终与她的王子相守时，小女孩甜甜地睡去了，嘴角上还留着一丝浅浅地微笑。

那位父亲却长长地叹了一口气，也许，在他心里也有太多的沉重需要倾诉吧！望着一直看着他们父女一言不发的江山娇，他打开了话匣子：“我女儿是个盲人，这次是带她来看病，医生说是先天性的，治不了。可女儿问我检查结果时，我却骗了她。我告诉她，医生说能治得好，先吃吃药，过些日子再来手术。她不知道我给她开的全是营养药片。女儿从小喜欢听美人鱼的故事，她说她会像小人鱼一样坚强，也会像小人鱼一样幸运，最终迎来自己的爱情。”

这位父亲的话让江山娇很感动。她没想到小女孩忽闪着的大眼睛里没有光明。但她心里却有个王子，这个王子在支撑着她寻找光明。看看熟睡中的女孩，江山娇顿时觉得自己很幸运，她毕竟能看到这个世界，能看到生命里太多的颜色，尽管不光是春天里的姹紫嫣红，也有秋风里的沧桑与凄清。何况她生命的不远处也有个王子。

家，越来越近了，近得已经能看到小村上空飘散的袅袅炊烟。江山娇忽然感觉到归心似箭。这个曾让她抱怨过无数次，诅咒过无数遍的村庄，此刻在她的心里，却是如此的神圣和亲切。父母的吵闹声似在耳边回响，仿佛是生活中必不可少的乐章。这是上帝给她的偏爱，她必须勇敢面对，欣然接受。

当她和娘在小院里相拥而泣时，她才明白自己是多么的自私。

“孩子，可别再做傻事了，你想怎么着都随你，没有人会强迫你。”江山娇转过头，泪眼蒙眬中，看到说话的人就是所谓未来的婆婆。此刻听到这句话，就像一个死刑犯忽然被减刑一样，江山娇再也无法控制自己的情绪，扑到阿姨的怀里大哭。

阿姨说：“大人决定的事儿都是权宜之计，都是为了你好，咱就不提了。但是阿姨仍会把你带走，如果你愿意，就做我的女儿吧！”

江山娇哭得更凶了，不知道是为阿姨的承诺，还是为自己的迷茫。

除了江山娇内心深藏的疼痛，日子好像又恢复了原来的样子，唯一不同的是，没有人再提及江山娇的婚事。

与剑的信仍然一如既往地来回往返，娘仍然要先过滤，等江山娇要得实在没办法了才拿出来。这一切剑却不知晓，他只是感觉到江山娇对他越来越淡，回信越来越不及时，他也越来越不敢表白自己的感情了，

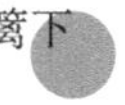

怕说出来后会连朋友也做不成。因此信上忽而一腔愁怨，忽而一腔热情。俩人之间到底是一种什么样的感情，江山娇不能确定，但，这些信却是那些苍白岁月里江山娇唯一的精神支柱。

第五章　红藕残香绿野中

一　向年轻人学习爱与被爱

无论时光怎么改变，那些镌刻在心灵深处的东西，永远不会消失。人到中年的伊一，尽管明白在校时的爱情就像校园的朦胧诗一样晦涩，可她依然时常会想起当年给了她无穷精神动力的剑。她也曾在心里隐隐期盼着，有一天会有奇迹出现，说不定她认识的哪个网友就是剑。甚至，在很多时候，伊一都不自觉地把刚认识的“竹林听雨”当成了剑，正因为他名字里的这个“竹”字，让她忆起了太多的往事。在少女时代哪些读信的甜蜜时光里，或是在读不到信的迷惘惆怅中，以及为人妻母后的诸多不如意里，剑都一直伴她左右，从来都不曾远离。

江山娇爱做梦，尽管现在她早已过了做梦的年龄，但在现实中没有勇气寻到的东西，她依然喜欢寄托于梦境。

剑也曾经无数次走进江山娇的梦里。大多时候，梦里总是少不了有一片竹林，她和剑并肩漫步在幽深的竹径，两个人都穿着古时的衣衫，

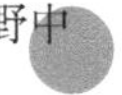

飘逸而轻灵。剑似侠客，她像仙女，忽而飘飘欲仙，忽而不见了影踪。梦中的他们有点依恋，又有点点迷离。

梦境始终虚无缥缈，甚至很多时候，梦中的男子老是不能定形，一会儿是剑，一会儿是老师，一会儿又是电影中某个帅气的男主角儿。伊一始终和梦中的他若即若离，不曾牵手，不曾相拥，甚至梦中男子的面相也总是模糊不清。梦醒后，伊一脑子里往往是一片混沌，剪不断理还乱，任她怎么梳理也厘不清。

或许，世上的好多事情根本就无法说清，奇怪的是，“竹林听雨”也这么轻易地走进了伊一的梦，且梦境是如此的清晰，如此的风情，也可以说这是伊一有生以来做的第一个美梦。梦中“竹林听雨”的每一个动作及他说过的每一句话，都好像已经真真切切地在两个人身上发生过，让伊一不自觉地把心与这个“竹林听雨”慢慢靠拢。

“阿姨，阿姨！你在想什么呢？这么痴迷，人家喊你好几声了你都不入耳。”冰倩手里拿着剥好的橘子，边伸着手递给江山娇，边嚷嚷着。

江山娇猛地涨红了脸，好像自己隐秘的心事已被面前这个小人精洞察得倍清儿。本来还想再问问她有关如何使用QQ的一些问题，此时也没好意思再问出口，只是接过橘子淡淡一笑说：“呵呵！没什么，只是想起了小时候的一些事情，想起了小时候第一次坐火车的情形。”

“哈哈！那时候的火车是什么样子，是不是慢得像蜗牛？”冰倩调皮地眨着眼睛问。

没等江山娇回答她的问题，她的手机就叫个不停，冰倩麻利地回复了短信后，把剩下的两瓣橘子快速塞进嘴里，急火火地又打开了她随身带的笔记本电脑。

“哎呀！小妮子啊！我看你也像电视上说的那样，已经中了网络的毒了吧！眼看着一会儿都离不开电脑了，那还了得。”江山娇不无担忧地对冰倩说。

冰倩一个指头竖在了嘴上：“嘘！求求你，小点声，让人家听见了还以为我是网瘾少年呢！我都怀疑你年轻时到底有没有谈过恋爱，咋就不理解热恋中的情侣‘一日不见，如隔三秋’？刚才男朋友给我短信，说他想我，要我上网和他说说话。”

冰倩一席话，噎得江山娇脸红脖子粗，同时也勾起了她对往事的回忆。

想起自己青涩的初恋，却不曾有过“一日不见，如隔三秋”的感觉。一直漂泊在情感的边缘，不曾触及过爱情的实质。至于现在的婚姻，她不承认她是嫁给了婚姻而不是嫁给了爱情，但她却不得不认同婚姻并不等同于爱情。

回忆把江山娇的思绪拉得好远好远，车窗的缝隙里挤进来一丝微凉的秋风，江山娇打了个寒战，猛地刹住了记忆的闸门。对她来说，有关情感的回味颇似天国的炼狱，她宁愿将其永远尘封在记忆里，让所有的爱恨情仇都在往事中湮灭，永远不允许它复生。

无论对错，剑只是江山娇人生路上错过的一趟列车，老师只是她情感天空里飘过的一片云彩，伟只是她一不小心误伤的一只流萤……一切的一切都成了遥远的过去，在时间的道路上再也无法回头，留下的只有满载着酸甜苦辣的人生阅历和情感体验，对江山娇来说，这已经足够。

也许，人生本来就是不停地相识与告别，其中有太多的难以割舍，又有太多的不堪回首。生活是严酷的，一个人永远无法也不想两次踏入

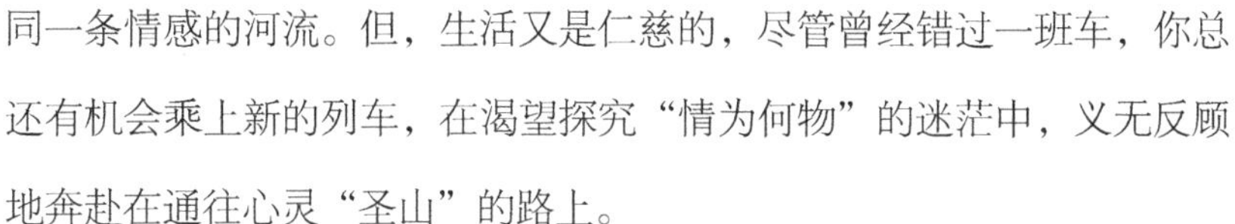

同一条情感的河流。但，生活又是仁慈的，尽管曾经错过一班车，你总还有机会乘上新的列车，在渴望探究“情为何物”的迷茫中，义无反顾地奔赴在通往心灵“圣山”的路上。

列车到站时，天边看不见将沉的残阳，却淅淅沥沥地飘起了秋雨。

冰倩说，男朋友发短信非要来接站，她让江山娇先走一步。

一丝忌妒，江山娇眼前仿佛现出了小青年打着雨伞来接站的情景，心里艳羡着年轻人的浪漫，顶着凉意甚浓的雨滴，她拉着行李箱快步往前走去。

急匆匆地，车站出口处划过来一辆轮椅，轮椅上坐着个西装革履的年轻人。年轻人一只手托一捧鲜红的玫瑰，一只手吃力地划着轮椅。雨水打湿的玫瑰娇艳欲滴，被雨水淋湿了的年轻人倒显出几分狼狈，但依然一脸兴奋。

江山娇稍稍停了一下脚步，有心上前帮他一把，却看他英俊刚毅的脸上堆满了激情与自信，江山娇驻足了几秒钟后，默然离去，她怕伤了年轻人的自尊。

犹豫着与轮椅上的年轻人擦肩而过时，身后却传来一个熟悉的声音：“哎呀！亲爱的，瞧你都淋湿了。”

江山娇回过头时，蓦然发现冰倩早已和轮椅上的年轻人紧紧地拥抱在了一起。

江山娇惊讶了，她没想到，冰倩口口声声热恋着的男友，竟会是这个样子。但可以看得出，小伙子的残疾，并没有影响他在冰倩心中山一样的形象，也并没影响冰倩向他撒娇讨巧。尽管此时是冰倩推着他前行，但冰倩的行李箱却拖在年轻人的手中……

这雨中的一幕带给江山娇良久的感动，深深地震撼了她麻木的心灵。这么两个人将会有着多少感人的故事，那将是一段怎样缠绵悱恻的情缘呢！

后来，江山娇了解到，年轻人叫周同，是比冰倩高三届的大学生。周同毕业后积极响应国家支援西部建设的号召，去贫困山区支教。在他慢慢适应了贫穷落后的西部山区时，一次事故使他失去了双腿，但他没有因为身体遭受重创而失去信心，也没有因为家人的反对与牵挂而退缩不前，毅然决然地留在了条件十分艰苦的山区。

上大二的冰倩和其他学校的志愿者，利用暑假到西部山区体验生活，正好到了周同所在的学校。

当她看到周同一步步划着轮椅走进教室，同学们争先恐后把他腾空架到讲台上的情景时，她被这种淳朴的师生情谊深深地打动。

当她看到周同把一张刷了黑漆的木板放在腿上，认真写下要讲述的内容，然后再用双手高高举过头顶给同学们讲解时，冰倩流下了泪水。这不是同情的泪水，是敬佩，是感动。

一节课下来，周同像是刚淋了一场雪，身上、头上到处都是白色的粉末。他却有点腼腆地笑着对冰倩她们说：“不好意思，山村的条件差，我本人又这个样子，让你们见笑了，实在不好意思。”

“你有啥不好意思的呢！你虽然坐在轮椅上，但你的身躯却山一样的高大。为了山区的孩子们，你每天淹没在粉笔屑里，把知识化成片片雪花，融入孩子们求知的心灵。你把仁爱撒播在山区的沟沟壑壑，让每个石缝里都开出了希望的花朵儿……”

当冰倩激动地说出这些话时，周同竟无语哽咽，在场的同学则你一言我一语地说着老师许多感人的事迹。良久，周同抬起头，给冰倩一个

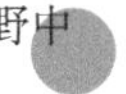

意味深长的笑："谢谢你的理解，有你这些话，我吃再多的苦，受再多的累也值得。"

临别时，冰倩主动地给周同留下了她的联系方式，除了手机号，冰倩还留下了自己的QQ号和E-mail。周同苦涩地笑了笑说："除了手机号，这些怕是都用不上，我们学校至今还没有一台电脑。"

告别了周同，回到学校的冰倩开始四处募捐，把募捐得来的钱买了几台电脑送给了周同所在的学校，同学们一个欢呼雀跃。从此，周同的教案里又多了一项新的任务，那就是教孩子们电脑知识。在僧多粥少的情况下，他分批分期地组织着孩子们学习，也在有限的空闲里和冰倩开始了网上的沟通与交流。

在文字的碰撞中，冰倩从一开始的同情与敬重，渐渐爱上了周同。在她心里早已没有了周同是个残疾人这个概念，有的只是他跳跃在荧屏上那灵动诙谐而又思想深刻的语言，感知的只是他海纳百川的胸怀与仁爱。

当冰倩大胆说出她的爱时，周同无论如何也不接受。他说，冰倩是个优秀的姑娘，应该得到更好更健全的爱。

周同从此在网上消失了，冰倩就千里迢迢地赶到学校去看他，帮他洗衣做饭，忙前忙后，俨然一个妻子的角色。

面对这份真挚朴素的感情，周同第一次大放悲声，抱怨上帝的残忍："上帝啊！求求你，放过我吧！既然你让我成了一个'废人'，为什么还要给我送来心爱的女人……"

当冰倩弄明白周同说的所谓"废人"，就是那场灾难已让他失去了男人的本能，不光腿残疾，还丧失了性功能。冰倩紧紧地抱住了周同，周同像个刚刚跌倒被人扶起的孩子，无助地伏在冰倩的胸前痛哭失声。

两个人抱头大哭之后，冰倩做了一个决定："周同，不管怎样，我都爱你！爱不需要理由，就让我们做一对无性夫妻吧！我不相信除了床笫之间那点破事儿，真心相爱的男女就不能做恩爱夫妻。"

周同在轮椅帮上狠狠地碰了一下头，证实自己不是在做梦后，才对冰倩吐出了心里话："其实，从看见你第一眼始我就喜欢上了你，但是我知道，我已经没有了爱的资格，可鬼使神差，我又偏想和你聊聊天交流交流。我、我，可我不能毁了你一生的幸福哇！"

一切外在的因素终没能断开两颗紧紧依偎在一起的心，周同和冰倩在众人的不可思议中相爱了。

冰倩的妈妈得知实情后气得大病一场，她千辛万苦培养出来的大学生，竟要嫁一个废人，她无论如何也不能接受，更不会同意女儿要到西部去的决定。

孤立无援的冰倩只好采取先斩后奏的手段，把家人的恼怒换成了她和周同红红的结婚证书。可怜这两个真心相爱的年轻人，却不能得到世俗认可的一场热热闹闹的婚礼和祝福。

领了结婚证的第二年春天，冰倩又走进那山花烂漫的校园去看望周同，同学们却告诉她：周老师住院了。冰倩的心立马紧紧地揪了起来，冷静下来找到校长问清情况后，立即赶到医院。直到她跨进病房，看到周同脸上虚弱的微笑，紧绷着的心弦才稍稍放松了下来。

为了挽救学生家长的生命，为了能让他的学生继续学业，周同又从他残缺的身体里掏出了自己的一颗肾。山区里的每个孩子都牵着他的心，每个孩子都是他生命中的一部分。有一个孩子不来上学，他都要拖着残缺的躯体，克服一切困难，艰难地跋涉遥远的山路，去进行家访，看看孩子到底为啥不去上学了。

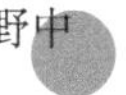

当他得知他班的班长因为父亲没钱换肾，在家坐等死神时，他毫不犹豫地去医院做了一系列的检查，并在心里默默祈祷能够把自己的肾换给学生的家长。同学们知道这个消息后，哭作一团，教室淹没在一片哭声里。

而他们的周同老师却微笑着轻轻拍了一下黑板擦，淡淡地告诉他的学生："孩子们，不要怕，人身上少个零件没事的，照样运转。你们看老师身上少了那么多东西，不照样活得好好的，再少一样也没有关系的。人啊！活得就是一口气儿，只要精气神儿不垮，只要还有理想信念在支撑，人就不会垮。老师给你们推荐的保尔的故事大家都看了吗？老师虽然做不了第二个保尔，但老师希望你们长大了都能成才，都能走出大山或者学有所成再走回大山，用你们的知识和才华改变家乡山水的容颜。为了你们，老师……"

周同老师的话一次次被孩子们的哭声打断，当老师被推上手术台的一刻，不光他的学生，当地的山民也无不被这位外乡支教老师的奉献精神，深深震撼。

面对浑身散发着人性光辉的周同，面对山村居民一个个朴实的面孔，冰倩说不出一句话。她唯一能做的就是坚持留下来，衣不解带地照顾男友。尽管老乡们对他都很好，把他当成了自家的儿子，自家的恩人。

老乡们也被这对年轻人真挚的爱情深深打动了，周同学校的校长含着热泪，执笔给周同的家乡写了封表扬信，信的末尾是上千山民歪歪扭扭的手印。他们大都不识字，只好庄重地按下了自己一生也按不了几次的手印，来诠释内心深处的感动与真意。

这封满载着西部山区孩子和家长滚汤情义的信寄到周同的家乡后，

立即引起了有关领导的重视，在媒体引起了轰动。

但至今没有任何一家媒体能够采访到冰倩本人。在冰倩的意识里，这是她自己的爱情，与媒介没有任何关系。她感谢许多人的关心，但冰倩不想让她和周同的爱情掺进一丝丝杂质和功利。

一阵轰动过后，冰倩的生活恢复了往日的平静，她和周同的感情也随着岁月的流逝愈来愈浓。毕业后的冰倩没有利用任何关系，只是顺理成章地按照奔腾集团定点委培的意向，分到了下属的一个部门，朝九晚五过着平常人的日子。周围没多少人了解她曾经的爱情故事，也没多少人能弄懂她高尚品格背后的坚强付出。

江山娇也只是凭着写字人的敏感，曾经听说过这个故事，却并不知晓近在眼前的冰倩就是这个感人故事的女主人公，更令人难以置信的是，他们常年不能在一起，仅靠网络维持着这份纯精神似的爱情。这个看似稚气未脱的小姑娘，却有着如此不平凡的经历和抉择，江山娇不由从心底里佩服冰倩的人生境界，更羡慕他们这份互相理解与奉献的心灵默契。

在把男友接来小聚时，冰倩依然没有影响工作，接到出差任务后也没有推诿。冰倩说：她不舍得让周同失落，觉得自己会影响到女友的工作，她要让周同觉得他始终是构建这座宏伟爱情大厦的顶梁柱，是她生活的支撑和依靠，是呵护她的伟丈夫，所以冰倩不拒绝出差，也不拒绝周同来接站……

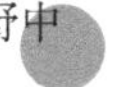

二　李木的爱都融进了柴米油盐

思绪纷乱中，江山娇拖着行李箱来到自家楼下时，天已经黑透了，雨丝在霓虹灯的闪烁中越来越密，江山娇浑身早已被濡湿。其实，不是没带伞，雨伞就放在行李箱中，她只是嫌麻烦不想取出来。

拢了拢有点粘湿的头发，江山娇抬头看见厨房里透出温暖的灯光。她知道，老公李木此时一定是在厨房里忙碌，忙着为她准备一顿丰盛的晚餐。

老公人憨实，没有那么多浪漫的弯弯绕绕，把生活过得也像一日三餐一样实惠。他不会去接站，更不会去送花，他认为哪些都是闲着没事的人生出的花花点子，有哪功夫还不如干点实实在在的事儿。他认为娶老婆过日子，要疼要爱的都得用实际行动，没必要整那些虚的玩意儿，没用……

果然不出所料。江山娇敲开门时，系着围裙的李木一手端着热气腾腾的辣子鸡，一手拉开了门，眼里满是惊喜。“哟！来得真巧啊！你就是有口福，瞧！你最爱吃的辣子鸡刚刚出锅。”说着捏起一块鸡肉塞进了老婆的嘴里，麻利地转身把那盘辣子鸡放到客厅的饭桌上，又接过江山娇手中的行李箱，没问累不累，只献媚似的问：“好吃吗？这次炒得还行不？”

江山娇点着头，嚼着鸡肉咕哝着：“好吃，好吃，这次是用心炒的，我得先去冲个澡，身上淋湿了，怪难受的。”

李木憨憨地一笑：“嘿嘿！哪次都是用心炒的，只不过这次更用心，因为要给你接风。”

看着李木的憨样儿，江山娇对着他开心地笑了笑，忙着去洗澡。

江山娇最爱吃李木炒的辣子鸡，她认为哪个饭店炒得也不如老公炒得好吃，而且她嘴特别刁，要是哪次李木因为时间匆忙或是太累或是其他原因，炒得有点不好时，她只一搭嘴就能品出来，接着就孩子似的撅起嘴："哼！今天又没用心炒。"

儿子也会跟着来句："哼！今天又没用心炒。"

李木不解释也不恼怒，总是说："吃吧，快吃吧！下次注意，一定炒好！"

日子久了，他的宽厚让江山娇不再计较什么浪漫不浪漫。同时，他的包容和爱怜，也让江山娇越来越任性。

江山娇换了拖鞋向卫生间走去，走了一半又折了回来，从盘子边上捏起一块她最爱吃的鸡翅膀放进嘴里。在她脱完衣服的当儿，鸡翅膀在她嘴里已变成了一根细细的骨头，她咂巴了一下香香的余味儿，有点不舍地吐在了便池里，然后学着男人的样子叉开腿撒了泡尿，冲了水，才打开了淋浴头。她每次洗澡时都要这样撒泡尿，不知是想体验男人撒尿的感觉，或是想乘机看一下身体莲花怒放的秘密。

淋浴头里涌出的热水，响起了轻柔的哗哗声，和着外面沙沙的秋雨，像是一首舒缓的小夜曲。不一会儿，浴室里就升起一团白茫茫的水雾，仙境一般。今天，她不由得想起了冰倩，想起了冰倩与周同纯精神似的恋爱。

男女之间的性事有多种说法……尽管夫妻生活包括很多，但老百姓通常所说的"夫妻生活"多指夫妻之间的房事。如果说性交是和动物发情需要时的交配一样，乃人的本能，那么性爱和做爱呢？里面都有个爱字，既然给这种本能赋予了"爱"，也许只有真爱的人做那种事时才会

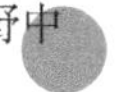

水乳交融、物我两忘吧！

可惜，冰倩和周同那么真心地爱着，上帝却无情地剥夺了他们享受性爱的权利。如果自己遇到了这样的一份感情，能不能像冰倩那样无怨无悔地接受呢！也许不能。

江山娇是个什么样的女人，连她自己也搞不清楚，传统平静的表象下是否深蕴火山一样的激情与强烈的叛逆？就连那没见过面的“竹林听雨”出现在梦中时，还发生了那样不可思议的事情。想到这里，江山娇不禁脸红心跳。也许，要做到冰倩那样是需要一定境界的。

江山娇脑子里乱七八糟地想着，洗澡的速度不知不觉就慢了下来。只听李木在浴室门前轻唤：“山娇，今天怎么那么慢啊？快点洗，菜都要凉了，凉了就不好吃了。我再去热一遍，你快点啊！”江山娇答应着这就好，关了淋浴头儿。

李木的轻唤，又让山娇猛地在现实中清醒。现实生活中她是江山娇，伊一只是她给自己设置的一个虚幻的美梦。

江山娇穿上睡衣坐在饭桌前，李木已端来了稀饭，是用大枣、桂圆和山药煮的糯米粥，伊一最爱喝，菜不好时，她可以光喝粥不吃菜。可是今天实在是太丰盛了，热好的辣子鸡飘着诱人的香气；翠绿的空心菜码在洁白的青花瓷盘中，像件艺术品；炸好的沙丁鱼安静地睡在盘子里张着小嘴像在诉说冤屈；糖拌的西红柿旁边放着一朵雕好的青萝卜花，成了饭桌上赏心悦目的点缀……山娇真的不知先吃那一嘴了，先喝了一口稀饭，又一下子拿起了萝卜花。走了那么远的路，又洗完澡，她实在有点口干舌燥了，想先吃那萝卜爽爽口。

儿子却不干了，她忘了，每次桌上的萝卜花，儿子都是只许看不许吃的。她只好放下，夹起了最大的一块西红柿放进嘴里，凉爽爽的感觉真不错。

捧起饭碗，闻着菜香，江山娇才真的觉得实在是太饿了，便只顾低头吃饭，再也不想聊其他的了。不一会儿，便风卷残云，盘子碗都见了底儿。

放下碗筷，江山娇端起老公早已备好的茶，咕咚咕咚灌了两口，又咕嘟咕嘟漱了漱口，一歪身子就倒在了那张她好几天都没捞着躺的沙发上，四蹄朝天地好好放松放松。

刚躺下，牛犊子一般的儿子一下子扑了过来，偎在她身边，妈妈长妈妈短的。

娘俩亲昵了一会儿，老公已把一切收拾完毕，催促儿子快点准备，去上晚自习。当李木送完儿子回到家时，沙发上的江山娇已呼呼大睡。

老公轻轻地关上门，蹑手蹑脚地走到茶几前找出遥控器，把电视机的音量调到了最低，却还是惊醒了江山娇，她翻了个身。

见江山娇醒了，老公走过来蹲在沙发跟前："山娇，累了吧！到床上去睡吧！在这儿睡不解乏。"

李木走过来，不都说年轻夫妻小别胜新婚嘛。其实，她也想了，在洗澡时，她就开始想了。此时，她多么希望老公什么都不说，抱起她就上床，吻遍她仔细洗过的全身，折腾个你死我活。

可李木不会那么做，他要时总是那么含蓄，生怕惊着她似的，又总是那么直接，往往掌握不准战机。

……短兵相接，火气十足，两个人很快就坠入了仙境。

江山娇起身去洗，想着洗完回来给李木说说冰倩和周同的故事。

可是当江山娇洗完澡回客厅时，李木却早已是鼾声如雷。

他每次都是这样，完事后便会沉沉地睡去，山娇想和他说点什么，

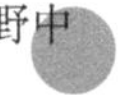

听到他的鼾声早已没了兴趣。有时候她就想，李木对她那么好，一个心眼儿地疼她爱她，可她独处静思时，为什么老是会感到心里空落落的，像是少了点什么。

在为周同和冰倩的故事感动时，江山娇又似乎突然意识到：也许，她和老公之间缺少的就是沟通，是精神上的交流。刚结婚时，江山娇也曾试图改变他，然而，“江山易改，本性难移”。改变不了，也只有去适应。李木就是这样的性格，这与他的人品和修为没有任何的关系。

李木有错吗？他又何错之有呢！想到这儿，江山娇轻轻地叹了口气，也蹑手蹑脚地走到茶几前拿起遥控器，胡乱地翻键换台，找了一通也没找着自己想看的节目。

对于婚姻生活，江山娇微妙的不满只能放在内心深处的某个角落，悄悄地隐藏着。

老公的爱，老公对这个家的尽心尽力，以及在邻居那里良好的口碑，使江山娇在满足虚荣时不得不隐藏自己真实的内心。

有时女人比男人更爱面子，江山娇是个传统的女性，除了做过与“竹林听雨”那个莫名其妙的梦，她从来没对婚外的男性有过任何幻想，她甚至觉得做了那个梦，就很肮脏，已经很对不起李木了。可是，奇怪得很，那个“竹林听雨”总是在她心绪不宁时闯进她的脑海，赶也赶不走。

想起“竹林听雨”时，她又想做伊一，又想起了在宾馆里冰倩电脑屏幕上那个可爱的小企鹅，想起了冰倩与她老公网上交流时那种畅快耳热的语言。回想着冰倩教给她的下载方法，不知不觉她打开了电脑，令她惊奇的是桌面上已有了那个可爱的小企鹅。她急忙点开了那个带给她无限神往的企鹅头像，可，只出现了一个登录框，并不是像冰倩那样的聊天窗口，下一步怎么弄呢？江山娇一时想不起来。抬头看看表，儿子也快下晚自习了，还是等着儿子回来请教儿子吧！

她起身推开窗户，一阵凉风卷进来，雨还在下。

儿子也够辛苦的，上了一天的课，还要冒雨去上晚自习，回来还要写作业。唉！这21世纪的孩子们，童年和青年时代怕是都要被学习占据而失去许多乐趣了。想和自己小时候那样疯玩疯跑恶作剧已不可能，想跟自个儿小时候那样在屋檐下掏出光腚麻雀把玩，已做不到。整个煤城难见家雀儿的影子，找遍煤城里大大小小的树，鸟窝也是屈指可数……

唉！在这个节奏过快的世界，孩子有孩子的苦衷，大人有大人的无奈。记得有句瑞典的谚语是这样说的："所有的鸟儿上帝都给虫吃，但上帝不会把虫子扔到窝里。"也就是说要吃到虫子你必须辛苦地去奔波去寻觅。在中国这种应试教育体制下，孩子们能学出好成绩，成了老师、家长及所有人的期待，小小的肩头上，便过早地背上了沉重的负荷。

江山娇这边还没感叹完，随着门"咣当"一响，儿子已像一阵旋风似的进了家，书包一下扔在了单人沙发上，嘴里大声嚷着："渴死我了，我要喝水……"现在的孩子呵，可真能夸张。

没等江山娇走出书房，沙发上熟睡的老公早已跃身爬起，给儿子倒好了水，儿子喊着："热、太热了、你想烫死我呀！"

他一句批评的话也没有，只是耐着性子，笑眯眯地给儿子兑凉。

山娇就是看不惯李木对儿子这种过分娇宠溺爱，时不时会嘟噜上几句。说多了，儿子还生她的气，好像在这个家里老公永远唱的都是红脸，黑脸都留给了山娇。后来，江山娇干脆就不说了，这次她也同样撇撇嘴，又折进了书房。

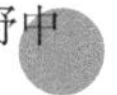

走进书房的江山娇，眼睛看着电脑上的企鹅，手里漫不经心地翻着一本小说。刚一目十行地看了个开头，吃完喝完的儿子走进书房，开始写作业了。

“哟！我儿子表现很不错嘛！这就开始自觉地写作业了，今天作业多吗？”江山娇想试探一下儿子的作业多不多。她想，要是作业多的话，她就不能向儿子请教这个有关QQ的问题了。好在儿子回答作业不多，就两道数学题，一会儿就写完了。

当儿子写完作业站起身说：“妈妈，我写完了，要去洗澡了。”

江山娇板着脸一本正经儿地说：“等一下，我问你，桌面上的QQ是谁下载的？”

儿子肯定是做好了挨训的准备，怯生生地回答：“是我下载的，我们班的同学建了一个QQ群，平常可以问作业题，也可以商量点其他事儿，还有那次剑桥英语组织的夏令营，我们认识了好多外国的小朋友，当时也留了QQ号，他们也加入了我们班的QQ群，可以交流好多信息呢！也能提高英语水平。”

儿子一口气说了那么多后，偷眼看了看江山娇，见她脸上并无怒气，胆子便也大了起来，他说：“老妈，其实QQ是现在流行的联络方式，你老落后，不懂了吧！同学们还请我这个班长做QQ群里的管理员呢！谁表现不好，我就把谁踢出群去，表现好了再把他请进来，权利老大了，很过瘾，也很好玩儿……”儿子冲江山娇做了个鬼脸，又要往外走。

“你这孩子慌什么？不能跟妈妈聊聊天吗？”伊一反常的表现让儿子摸不着头脑，要搁在平常，妈妈早就该催着他洗澡睡觉了。

儿子一再解释着：“妈妈，你就让我洗澡睡觉去吧！我虽然申请了

Q号，只有星期六星期天才能上线，平常作业那么多，哪有时间，你放心吧，我不会影响学习的。”

看着儿子的小样儿，江山娇从心底里高兴，觉得儿子说得有道理，再说自己本身也没有责怪他的意思，只是此时不想失去家长的威严。她抚了抚儿子的头：“嗯！你真能这样做，妈妈就放心了，告诉妈妈你的网名叫什么？你怎么申请的Q号？怎么才能上去和人聊天？

问到这儿，儿子忘记害怕，变得滔滔不绝了。他告诉江山娇，他的网名叫“疯狂地跑”。

“‘疯狂地跑’？你这孩子咋起这么个网名，这跑就跑呗，干吗还弄个‘疯狂地跑’呢？”江山娇很奇怪，上初一的儿子会起这么个网名，她搞不清儿子是否理解“疯狂”二字的含义。儿子怪笑着，说：“随便起的，觉得好玩。”

江山娇让他登录QQ，聊天给她看看，并向儿子请教怎么申请QQ号。儿子听妈妈说让他登录QQ聊天，不知妈妈葫芦里到底卖的是啥药，光顾着开心了。

只见他一阵噼里啪啦，比冰倩还要快得多，可还没顾得聊上几句，妈妈又让教给她申请QQ号。等儿子弄出了那个申请的步骤后，江山娇看明白了，又忙催着儿子去洗澡睡觉。儿子好像恍然大悟：“噢！原来你是想申请QQ啊！”

“去去去，快去睡觉，你看看都几点了，快点儿，快点儿，别磨蹭了，省得明天上学起不了床……”刚把问题搞明白的江山娇不耐烦地催促着儿子。

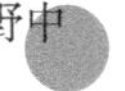

三 试图网住一片诗意栖居的精神家园

也许，每个人都有两个自我，一个属于白天庸碌的躯壳，一个属于黑夜孤单的灵魂。相对于白天的喧嚣繁杂，钩心斗角，江山娇更喜欢黑夜的宁静与幽深，喜欢在家人鼾声轻起时，细细品味内心深处谁也无法洞悉的孤寂。较之于白天的江山娇，她更愿做夜晚的伊一，她更愿意把梦想和心事交付给伊一，让现实中诸多的不甘，伴随着轻风细雨慢慢地浸入夜的深处。

在儿子的一番指点下，江山娇终于有了自己的QQ号，看着自己的图像是一个扎着丝巾的小企鹅，想着周同和冰倩能通过这个小可爱，无拘无束地传情达意，想着自己也将要通过它走向另一种交友之旅，江山娇兴奋不已。她打开了邮箱，找着“竹林听雨”留在邮箱里的QQ号，可到底怎么添加好友聊天，她还是迷迷糊糊，搞不清楚 。

窗外还在飘雨，在这样的雨夜，“竹林听雨”会不会去那个UC小屋读雨呢！想到这儿，江山娇摆脱了白天现实的一切，开始全心全意做网上的伊一。她点开了UC进入海边草屋，把名单拉了一遍也没见“竹林听雨”。无奈，江山娇只得给他写了封电邮：“听雨哥哥好！我申请了Q号38234****，可是我不知怎么添加好友，还是你有空加我吧！”

刚点完发送，这边的QQ里就有了消息，伊一一阵欣喜。按着提示点开、确定，一个名字叫“易之”的人出现在了好友栏里，伊一知道女皇武则天有个“面首”叫张易之，凭她在UC里了解的“竹林听雨”，如果在QQ里起这个名字倒显得肤浅了几许。

当易之的头像一直在工具栏里跳动时，伊一满腹狐疑地点了上去。

当窗口洞开时，屏幕上闪烁出一大捧鲜红的玫瑰。伊一呆呆地看着，尚未来得及回话，那边又发过来一个乍着臂膀的小人儿。伊一不懂什么意思，只是礼貌地回应："晚上好！"接下来易之的话却让伊一感到非常失望，不是亲亲抱抱之类，就是问你多大了，一定是位美女吧……

费尽周折申请来的QQ，难道就是为了这样无聊的语言游戏吗？这样的聊天让伊一不屑，她一时懒得回话。再看这个小企鹅时，便觉得此刻的它，可爱中倒多了几分俗气。她甚至开始十分厌恶这个流里流气的易之，恨不得说句"滚你母亲的"。这样的水准，怎么能与那个抑扬顿挫读文章的"竹林听雨"同日而语？接下来，无论易之再怎么挑逗，伊一均置之不理。只带着几许失落，心不在焉地浏览新闻。

见伊一沉默不语，易之耐不住了："怎么了朋友？为何不说话？是不是我的话让你生气了？"

伊一仍不说话，易之开始道歉了："对不起朋友，也许是我的话太浅薄，惹你生气了，那么我收回我说过的话，请你不要生气好吗？其实生活中我是很真诚的人。"

"为何在网上就不能和现实生活中一样真诚呢？"伊一禁不住问他。

"刚开始触网时，我也和你一样的想法，可惜网上真的是鱼龙混杂，我的真诚换来的却满是伤痛，所以我再也不敢相信网上有什么真情，说起话来也有点玩世不恭，如果伤害了你，再次请求你的原谅。"

易之的解释倒蛮真诚。

没等伊一回话，易之又发过来一个网址。

伊一点开后看到：《神雕侠侣》炒翻天，2003年7月，《神雕》筹备开机，第一个上场被炒的是谢霆锋，但没多久就传来金庸老人家坚决

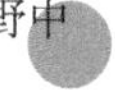

“不认”的消息。接着是陈柏霖。从今年开始又轮到了聂远、黄晓明、佟大为，甚至是刘翔。“小龙女”选角更是炒得天昏地暗：全智贤、张柏芝、王菲、蒋勤勤、孙俪、周迅、刘亦菲、孙菲菲等都没逃脱。这场选角风波，耗时之长、牵扯明星之多在今年的娱乐圈确实罕见……

匆匆扫过几眼后，嘴里自言自语地嘟噜着“无聊”，伊一立马关闭了网页。虽然少时也曾迷恋过金庸的小说，但对这样的娱乐八卦，伊一从来不感兴趣。娱乐圈一直都是乱哄哄一团，你方唱罢我登场。再说了那是明星们的日子，与己何干？

由于从小对文字的偏爱，使得伊一每次浏览新闻时，都会特别留意这方面的信息。对于文化方面的新闻，特别是文学方面的，她有着十分浓厚的兴趣，不但会认真看完，还会用心的圈圈点点。

在这个满心期待，复又瞬间失落的夜晚，百无聊赖中，当“网络文学的兴起与传播”这样一个标题跳入眼帘时，伊一忽然眼前一亮，激动地点开了这个主题（作者：涂苏——南昌大学中文系）：

> “触网而生”的网络文学传播体，开辟了另一个文学创作的时代。而网络文学的出现，对于文学来说不仅意味着文学传播形式的网络化，还意味着文学语言和文学观念的网络化。不同的传播方式迎合了不同的文学特质，不同的文学特质需要不同的传播方式。在不同的时期，总有一种传播方式占据主导地位，却是不争的事实……

让人欣喜的是，这样的一则新闻网页上，竟附着张若虚电子版本的《春江花月夜》。伴随着江南丝竹之乐，领略着“江天一色无纤尘”及

“古人不见今时月，今月曾经照古人”的情景交融之艺术境界。轻柔舒缓的旋律下，那清清浅浅的字里行间，仿佛可以映现出疏影寒梅的场景，能听得到暮鼓晨钟的肃穆……如此的图文并茂、动静相宜，使人充分领略了现代多媒体，化虚幻为真实的现场体验。

伊一像是进入了另一番洞天，陶醉其中，流连忘返，哪里还记得QQ里有个易之的存在。她听得如痴如醉，眼前大片的竹林在脑海晃动，一个翩翩少年手握长笛从竹林深处款款走来，好像是剑，又好像是“竹林听雨”……

直到嘭的一声，头碰在了电脑桌上，方知自己不知何时已在丝竹乐中恍然入梦。

伊一抬起头，打了个长长的呵欠，慢慢起身，伸个懒腰，复又坐下。片刻，瞌睡虫又一个劲儿催她关机睡觉。急点鼠标，逐个关掉一个个网页后，要关闭聊天窗口时，才看到易之的头像已经灰掉，聊天窗口里留下了一个网址，并附言：“偶尔搜到一则新闻，不妨打开看看。”

尽管伊一已经困得睁不开眼睛了，但好奇心又唆使着她点开了易之留下的网址。显示的是张福生的《中苏文学交流史上一段特殊岁月——我了解的“黄皮书”出版》（读书报对作者的访谈）。先看到的是“编者按”：

提起“黄皮书”，不由将人的思绪带回到20世纪六七十年代。在那个精神食粮极度匮乏的年月，一套黄色封皮，上面印有“内部发行”字样的书籍，成为许多人寻觅、传阅的珍宝，那是青年人心中的普罗米修斯，带来异域之火照亮了他们的精神生活。在那些书中，俄苏文学作品占了相当比例，其中一些后来曾以公开发行的方

式一版再版，有的如今已被公认为文学史上的经典。那些作品曾直接影响了新时期文学的孕育、分娩和成长，是中俄（苏）文学交流史上一段离奇而重要的故事。三十多年后的今日，我们仍然在很多人（比如“今天”派作家，比如“先锋”派作家）的回忆著作和文章中，不断看到这些名字：《人、岁月、生活》《带星星的火车票》《伊万·杰尼索维奇的一天》……它们和青春、地下阅读、思想解放等一些词连在一起出现，并未因时间的流逝而褪色。然而，关于“黄皮书”的讲述，基本上都是个人性的、零散的，尚未见到较为全面的介绍，对于其来龙去脉的研究更是付之阙如。

无聊，伊一小声嘀咕了一句“什么黄皮书、蓝皮书的”。等到耐着性子全部看完，她才发觉原来这是一段不可小觑的文学史略。尽管当时的伊一还不算一个写作者，她仍觉得补上这课有着非常重要的意义。

所谓“黄皮书”，是20个世纪六七十年代我国“内部发行”的图书中较为特殊的一种。由于其封皮用料不同于一般的内部发行书，选用的是一种比正文纸稍厚一点的黄颜色胶版纸，故而得了这么一个名副其实的俗称。也有一些书虽未采用黄色封皮，但人们也把它们归入“黄皮书”的行列。

“黄皮书”的封面或封底印有“内部发行”字样，有的书中还夹着一张长一寸、宽二寸的小字条：“本书为内部资料，供文艺界同志参考，请注意保存，不要外传。”开本有三种：小说一般为小32开，理论为大32开，诗歌为小32开本。 60年代初“黄皮书”问世时，每种只印大约九百册。它的读者很有针对性：司局级以上干部和著名作家。这就给它增添了一种“神秘”色彩。据当年负责“黄皮书”具体编辑工作的秦先生讲，他曾在总编室见过一个小本子，书出版后，会按上面的单位名称和人名通知购买。曾在中宣部工作，后调入人民文学出版社任副总编辑的李先生也讲，这个名单是经过严格审查的，他参与了拟定，经周扬、林默涵等领导过目。俄苏文学的老编辑程先生回忆说，他在国务院直属的对外文化联络委员会工作时，具体负责对苏调研，所以他们那里也有一套“黄皮书”，阅后都要锁进机密柜里……

相比改革开放后的当下，那时的读书环境真是让人万千感慨。然而，现在过于优越的条件，又让太多的人丢失了阅读的能力。看完这则新闻，伊一想，一开始谈吐透出痞气的易之，为什么会对这些东西感兴趣，为什么这么关心文化方面的信息？莫非，这个易之真的就是那个“竹林听雨”？曾经给她流里流气印象的易之，此时在伊一心里变得有点诡异，有点神秘。

满肚子疑惑赶跑了伊一的睡意，她再次站起来，伸了伸胳膊活动活动腿，去客厅倒了杯水，哧溜哧溜喝着，一遍遍猜测这个易之在真实生活中到底是做什么的，能不能和他作进一步的交流？

刚学会上网时，伊一便被朋友们“洗脑”——网上都是些蜻蜓点水的游戏，我们是网海里的匆匆过客，一定要当心。网嘛！一不小心就会被“网住”的，特别是哪些各种各样的聊天工具，那都是人家挣钱的媒介，上面鱼龙混杂，没有真事儿，凡事万万不可认真。

本来就传统谨慎的伊一，被洗脑后，面对这个互联网，一边是难抵各种诱惑的探秘，一边又是小心翼翼，如履薄冰。渐渐的，读了许多网络故事后，她又开始迷茫了。难道网络真的是“满屏荒唐言，一把辛酸泪，都云网中痴，谁解其中味？”为什么又会有不计其数的人沉迷网络，品味其中的酸甜苦辣？也许，网络本身就是一场游戏，而游戏总也

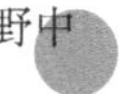

有它的潜在规则，有它独特的魅力，相信只要自己遵守这个潜规则，就不会被网住吧?

正因为网络是个虚拟的世界，人们才有理由无限可能地怀疑它的真。就像《红楼梦》中的“假作真时真亦假，无为有处有还无”一样，难道网上就真的没有真情吗？伊一并不这么认为。

自从她学会了上网，自从她喜欢上了从白天的江山娇过渡到夜晚的伊一，她心里总掩着一股难以言说的激情。在每个细雨飘飞或是月光皎洁的夜里，她静静地坐在UC那个小屋的一角，聆听着一个个由陌生到熟悉的声音，她就找着了排遣孤寂、抖落无奈的载体。而且她相信世上不尽人意事时有八九，人间更有太多的不尽人意之人，当苦闷淤积于心时，网络便成了人们医治“伤痛”的良药，也许每个人上网交友的初衷，都是在潜意识里寻找一个倾诉的对象，并无他意。因为，这个掩在ID背后的对象是看不见摸不着的，用荧屏上跳动着的古老汉字交流是最好的方式，它消除了面对面交流时的诸多不便与尴尬。所以，许多的人虽然心怀疑虑，但在权衡利弊后，还是义无反顾地选择了它。

在现实的茫茫人海中，人与人之间的热情日益冰冷，信任日益匮乏，身在其中的人们，为了自私地保护自己，日益垒高戒备的围墙，而这戒备的壁垒不经意间就会把自己孤立起来，在弄伤自己的同时也会碰伤别人的善良和自尊。

为何会这样？也许，应该怨上帝造人时，把人心造成了一个小小的物质实体，却试图让它的容量承载着整个世界。如果这扇心门时刻保持着戒备的关闭，再多的温暖和美好也难以找到扎根的土壤。因此，江山娇不想考证网络上真实的概率到底是多少，她更愿意逃遁白天的虚伪与矫情，摘掉面具，坦坦荡荡做夜晚的伊一。她宁愿相信，在网上活动着的都是像她一样抛却白天庸俗肉体后的洁净灵魂。她想象着如果两个洁净的灵魂能够相遇，将会碰撞出多么惊心动魄的奇迹。

伊一甚至在潜意识里有个强烈的渴望，她期盼着能在网络的精神家园里找到一块灵魂的栖息地。很多时候，她也为自己的多愁善感感到气恼。就像现在，别人早已进入了梦乡，她却眼睁睁看着时针指上了零点，任思绪纷乱、毫无睡意。室外冷雨敲窗，却难寻雨打芭蕉的韵意。她强迫自己，不如睡去。明天还有一大堆事等着做。

关闭所有的页面，准备点关机程序时，她又瞥见了那个憨态可掬的小企鹅，不知何时那里蹦出一个戴眼镜的帅哥，不知疲倦地在那里跳动着……

四　这个“金岳霖”如梦似幻

有人说，一个人在短暂的一生里大约会与1.5亿人相遇，假如其中的某次相遇结果是令人极为满意的话，那么这个人将可能是改变你一生的关键人物。或许冥冥之中的某次相遇与邂逅，将会成为人生的一个重要转折点。

伊一忽然觉得，她似乎对第一个跳动在QQ好友栏里的易之有点小气了。或许，在这个冷雨飘飞的秋夜，网线那端拴着的也是一颗冷清孤寂，需要取暖的心灵，只是表达的方式不适合她而已。这样想时，伊一傻傻地苦笑一下，嘿嘿！看来“海纳百川，有容乃大”，说起来容易做起来挺难的。

别想那么多了，快睡吧。伊一再次告诫自己。

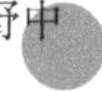

可那个戴着眼镜的头像一直固执地在那儿跳着，他又会是谁呢？他有一个让伊一乍看上去就很喜欢的名字——子墨。莫非这个才是“竹林听雨”？

伊一脸上掠过一抹美丽的笑容，兴奋赶跑了倦意。她纤手急急，鼠标轻移，向那个跳动的小人儿点去。小人儿洞开的一刹那，屏幕上宛如在夜雨朦胧中绽开一朵烟花，聊天窗口里的背景音乐是那首美丽的《神话》，《神话》的伴奏下还有一段诗意的问候：

你好吗，我隔屏相望的朋友。在茫茫网海中不经意的相遇，让我们彼此记住，相互牵挂。每一次上网，都在冥冥中默默地期待，静静地等候着你的出现。

这个子墨，说话的语气太像一个人，女人的直觉告诉伊一，他就是那个UC小屋里的“竹林听雨”。

那磁性的诵读声又在耳边萦绕，撩拨得伊一想说：“每一次看到你上线，心中总有一种莫名的颤动。轻轻点击你的名字，会有一种暖意慢慢袭来，静静听你诵读，时间仿佛凝固在戴望舒曾经走过的长街短巷。可每次你都下线那样快，其实，每次你走后，我都在默默期待，能再次听到你那磁性的声音。”

这些话也只是在伊一心里倏忽地一闪而过，她是不会说出口的。外表笨拙内心高傲的伊一，内心始终裹着一层厚厚的矜持的茧，在现实生活的疾风苦雨中，她像冬天里的一只刺猬，很想取暖却又时时提防着受伤害，只好张开满身的刺捍卫着自己的尊严。

也许，如今的世道，她唯一能守住的也就剩下这可怜的自尊了。尽管有人认为网络是个虚拟的空间，大可以畅所欲言而不必太过周全。可伊一坚信，网上也一样需要真诚相待，也一样需要自尊自爱，她又怎肯轻易向一个看不见摸不着的网友，剥开那层茧而呈现出赤裸裸的内心世界。纵然有万语千言，她也只是淡淡地、口是心非地回了句：“你好，谢谢你！请问你是UC里读文章的那个‘竹林听雨’吗？”

“是的，我是，我看到了你的邮件，上来加你为友，你却不在，怎么这么晚才上来呀？”子墨问。

“我，我刚才来过，可是加我的人不是你，聊了一会儿，话不投机，觉得没什么意思，就看会儿新闻，要关机休息时，你来了。”伊一如实回答。

短暂的沉默，子墨发过来一串哈哈的笑声后，接着说：“也许你刚学会上网的缘故，看来对网络还心存很深的芥蒂。大概更不相信网上的友谊吧？其实，网络也和现实生活一样，只要彼此真诚，同样可以交到知心的好友。”

“真的吗？”发过去这句话后，伊一不由得笑自己天真得有点傻气。

子墨说：“当然是真的了，就看你抱着什么样的心态去上网了，现实中不游戏人生的人，在网上亦会真诚相对。其实，网络是我们最好的精神家园，如果上网的目的不为女色及其他邪念，只想通过文字交流、通过这神奇快速的另一种传媒，坦坦荡荡地交朋处友，根本就用不着时时提防什么。想想看，如果在我们提防别人，保护自己的同时，与真诚的朋友失之交臂，岂不是太可惜。所以我觉得，无论网络与现实，相遇是缘，毕竟朋友都是由陌生变为知己的，人与人之间都应用心珍惜每一次的相遇，你说对吗？”

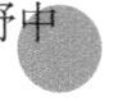

子墨的一番话，让伊一不由打心眼里佩服，但她还是说："可叹，朋友遍天下，知音无几人，自古以来，朋友好交，知己难求啊！有人说，当我们深交朋友时一定要小心，像现代人买车一样，得先弄清楚车型、年份、性能、与配备等，也就是说得仔细了解对方的品德、为人、习惯等底细，才不会'交友不慎'。何况是网络？"

子墨显然被伊一拙劣的比喻逗乐了，他哈哈笑着发过来了几句让伊一吃惊不小的话：

"哈哈！朋友，如果你真心想和我交朋友，那么请你放心，你永远也不会交友不慎。在这里我告诉你三句话，请你记牢。一是，认识我，你绝对不会后悔 。二是，认识我，也许会改变你的人生。 三是，认识我，会给你一个崭新的世界。我说这些不是吹牛，也不是山盟海誓的承诺，只让今夜窗外垂落的雨丝作证，如果我们能做成朋友，这些话到时候会一一兑现。"

"天啊！这还不是吹牛呀！简直就是吹牛不上税嘛！太不可思议了。这子墨，这子墨到底是个什么样的人呢？他是不是喝高了，酒后说醉话？他怎么会如此自信地说出这些话。也许他是个有思想的人，记得有人说过，一个有思想的人才是一个力大无边的人。"伊一暗暗猜度着。面对这么一个人，伊一有点儿乱了神，好像刚一过招就已江郎才尽，接下来真不知该说些什么。

时针已指上夜里12点多，伊一第一次感觉时间过得真快，既然不知再说些什么，伊一赶紧借故时间太晚，道晚安说再见。

子墨说："好吧朋友！祝你好梦，不过，最后再给你说几句，这么说吧！我会算命，要不要我给你算上一卦？"

这下伊一笑了："算命俗称看相，你连我长什么样都看不到，怎么会给我算命，莫非你是神呀！”

子墨哈哈笑着：“至于我怎么算你先别管，且让我算来你听听，看看对否。生活中你是个内向的人，轻易不肯打开自己的心门。为了让你破解此症，我免费送你一段话‘如果你握紧拳头时，好像抓住了许多东西，其实呢，你却连空气都没抓到。当你张开双臂时，好像双手空空，但是全世界却都在你的手心里。’所以遇到我，你必须及时打开你的心门。”

他的话再一次袭击了伊一内心深处最脆弱敏感的部分，他说得太对了。难道他真有隔屏而望的本领？不会吧！莫非他是学心理学的？他怎么会算得准呢！

带着诸多疑惑，伊一愣了好大一会儿没说话。

“哈哈！怎么样，被我算准了吧！”子墨有点得意地说。

“如果你不介意的话，能告诉我你是做什么工作的吗？是不是学心理学的？”伊一问道。

子墨又爽朗的发过来一串哈哈：

“想知道我是做什么工作的啊！说明你对我有了兴趣，想交我这个朋友哟！这有什么好介意的，我1965生人，毕业于×××工学院水利系水利水电工程建筑专业，本科学历，工学学士，工程师。现就职于××市水利局，真实姓名，张福隆，电话，139×××××013……我们这儿有很丰厚的人文风景，随时欢迎你和你的家人朋友来做客。”

子墨这么快就拆穿了伊一的心思，这么轻易就公布了他个人的真实情况，伊一搞不清他这是坦诚或是自傲。她开始对刚上网时朋友给她洗脑的话有点怀疑了。面对一个如此特别的子墨，一个热情又幽默的子墨，伊一内心渐渐消除了芥蒂，轻松了许多。她又担心子墨会突然问起

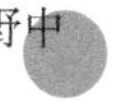

她的情况，她不愿如实相告，也不愿说谎。如果子墨真问到这个问题的话，她肯定会乱了阵脚儿。

伊一的担心纯属多余，子墨好像对这些根本不感兴趣，看到伊一发过去的“谢谢信任”后，子墨发过来一个笑脸。伊一当时还不知道这些QQ提供的所谓表情符号怎么用，只是觉得很好玩，很新鲜，倒也能看明白那是在笑。

伴随着子墨的笑脸还有这么一段话：“你信吗？我好像和属鸡的女人有缘，我妈妈是属鸡的，姐姐是属鸡的，认识个山东的英语教师也是属鸡的。女教师很真诚，我们常在网上用英语交流。”

在子墨的滔滔不绝中，伊一觉得自己的语言越发显得苍白了，只能发过去一句：“是吗？”

子墨说：“不光是，而且我有个预感，我和山东的女子还会特别有缘，自古以来，山东多出才子佳人，说不定你也是一位在水一方的佳人哟！说到水，如果你想听的话，我可以给你讲一讲的。”

没等伊一回答愿不愿意听，子墨就开讲了：

“你们那里地处鲁中丘陵山地西麓和黄河下游冲积扇两个相向倾斜面的交接地带。气候适中，年平均气温13.8摄氏度，年平均降水量671毫米，自然条件比较好。在原始社会时期，已有人类居住……后在黄河和卫河之间开凿一条直通的运河。明代在济宁设都水司，清雍正年间以后，山东河南河道总督驻你们那里……”

子墨天文地理的一番神侃，不得不让伊一另眼相看。自己虽不是土生土长的本地人，怎么说也在此地工作了多年，竟然不如他一个外地人了解得多，真是汗颜。

“谢谢你告诉我这些，让我恶补了一下地理知识，我上学时地理就学得不怎么样。”伊一说。

子墨谦虚地说：“呵呵，谢谢你给我机会让我卖弄了一把，我这叫‘上知天文地理，下知鸡毛蒜皮’。其实，我是学水利工程的，这些对于我来说都是基本知识，应该知道的。”

面对子墨的谦虚，伊一又不知说些什么，只发过去两个字：“嘻嘻。”

子墨看到这两个字后很兴奋：“爱嘻嘻笑的女人，一定很风情。”

伊一红了一下脸：“不，你错了。就像你刚才给我算得命一样，我是个把心门关着的女人。”

“呵呵，那是你还没遇着让你心动的男人，不过，你绝不是一个没思想的女人。”子墨坚定地说。

“何以见得？”伊一有点暗自得意地反问。

“就凭你第一次给我回复的邮件呗，有关情商和智商的那些话像哲学家说的。能否问下你平常的业余爱好是什么吗？”

“不会织毛衣，不会做女红，甚至不会煮饭，唯一的爱好是喜欢看书。”伊一不好意思地如实相告。

“呵呵，还是个书香女人哟！难得。我这里有篇朋友写的文章《书香女人》发给你看看吧！”子墨说。

在子墨一步步的指教下，伊一学会了接受、保存他发过来的文章。点开阅读后，伊一被文章中的字字句句感动着，忘记了网线那端还有个子墨再等着她回话。

一口气读完后，伊一连说了几个：“太好了，太好了，写得太好了，里面正是我想说的话。”

子墨哈哈笑着：“是吗？里面净是你想说的话，那就证明你要提笔

也一样能写得很好的。这是你们山东的一个女子写的，我们是在一个文学论坛上认识的。”

“文学论坛，你也写文章吧？”伊一激动地问。

“不，我不写，工作忙，没时间，只是喜欢文学，喜欢阅读。你如果有兴趣也可以写呀！听说那个论坛选了稿子还给稿费。要不要我介绍你认识写《书香女人》的文友，你和她交流一下，然后把论坛地址发给你，你也去看看。”子墨很热情地说。

伊一很兴奋：“那就太谢谢你了，请你把论坛地址和她的联系方式都发给我好吗！”

“她的网名就叫‘书香女人’，后面是她的QQ号和论坛地址。”子墨很快发了过来。

“非常感谢你告诉我这些，帮人帮到底吧！再麻烦你告诉我这个QQ怎么才能把别人加为好友。”伊一急急地问道。

子墨笑了：“这个嘛，简单得很，只要你发出请求，系统会自动把信息发给你要加的朋友，有的设置了身份验证，按提示填写验证信息等待对方验证即可。有的更省事，设置的是允许任何人加为好友，那么你只要发出邀请，无论你要加的人是否在线，他都会自动到你的好友栏里的……你一试便会，不过现在太晚了，怕线上已经没人了，还是休息，明天再说吧！”

伊一这才想起看看电脑上的计时钟，天啊！已是凌晨3点多钟了。伊一赶紧说：“不好意思呀！这么晚了，怕是误了你休息，明天还要上班，快点休息吧！”

“呵呵！我也没感觉这么晚了，话一投机时间不知不觉就过得快了，不过确实得休息了，女人睡晚了不好，影响美容的，快休息吧！”

子墨发过来一个再见的图像后，下了线。

伊一却兴奋得没有丝毫困意，迫不及待地点开论坛地址，一个版块一个版块地查看着。当点开一个叫“秋夜听雨”的版块时，她便流连忘返了，这是个散文版块，里面的文章让伊一觉得很是新鲜。

此时，窗外的雨点越来越密，听着秋夜的雨声，读着“秋夜听雨”里的文章，想着UC小屋里子墨读的《听听那冷雨》，伊一忽然灵感一闪，提笔写下了《等你看雨》……

正是这篇东西变成铅字后，让伊一走上了所谓的文学创作道路，名字常见诸全国各地的报刊，子墨也成了她的忠实读者及常常指导她的良师益友。

第六章　人生万变皆有因

一　带着“农转非”标签开启并不明晰的未来

出家未果的江山娇，重新回到了那个有时让她温暖，有时让她窒息的农家小院。日子和以往没有太大区别，剑的信她依然不能及时看到，通信也只能时断时续的维持着，使她看不到明确的未来。唯一不同的是，她心里有了隐隐的期盼，期盼她的户口能尽快从农转非，她也好借此机会，赶紧逃离这个让她腻烦了的地方，甩掉老姑娘的名声，及众多问询的目光。

尽管，这期盼中还有某种隐隐的担忧和不安。

转眼到了1990年，为了那个近似虚无又昭示着光明的等待，一帘幽梦竟清瘦了江山娇美丽的青春容颜。当时的她还完全没有意识到，她将要等来的，有一份人生的转折，同时也有一份寄人篱下的无奈和偿还不清的人情债，还有远离父母兄妹后独自经营流年的悲惋。

1990年，改革开放了十年之久的中国在取得了显著成就的同时，也积累了前所未遇的社会矛盾。江山娇在书上看到过当时流传的一首顺口溜：

富了海边的/发了摆摊的/苦了上班的/穷了靠边儿的。

那么，扪心自问，自己到底是属于哪一类人群呢？如果硬要将自己归类的话，也只能归到虽然努力飞翔，却依然卑微得靠边儿的那一类，这让山娇心里感到悲凉。

成长过程中，常听父亲叹息他由农民变成工人又由工人成为农民的失意。毕业后的江山娇想极力摆脱将成为农民的命运，哪怕去摆地摊，她也不愿意面朝黄土背朝天地干庄稼活儿。可父母说什么也不同意，父母只想把女儿养在深闺，不肯让其抛头露面去做生意。

事实上，在这个以农业为主的泱泱大国，十三亿人口就有九亿多农民，农民的子女想要跳出农门，唯一的出路就是拼命地挤那座独木桥，去考大学，或是去参军。再有就是80年代末的“农转非”政策，这个政策一出台，曾让很多农民欣喜若狂，仿佛看到了走出农门的捷径，便想方设法地挤进这趟末班车。在农民的意识里，只要有了城镇户口便意味着获得了终身的保障。因此，当时的“农转非”，应该说是每个中国农民的梦想，苦闷无路的江山娇也不例外。连她自己都觉得奇怪，怎么忽然之间，她会从自视甚高的反叛者变成了一个听从长辈操纵的木偶，甚至在和叔叔谈话时，她还违心地表示：别说煤矿上苦，哪怕出去了当个掏粪工，她也心甘情愿。

然而，事实证明，人在追求和奋进的过程中，要想做到知足，却很难，随着环境的改变，一切也将会被改变。江山娇隐隐约约感觉到，进入90年代以来，伴随贫富悬殊的两极分化，中国社会出现了一个引人注目的现象，那就是所谓的“底层社会”和“弱势群体”，而刚刚由农转非的这个群体，当时无疑是处在社会的底层。这些土生土长的农民，比起哪些老非农业，就算剥去一层皮，也无法根除那种根深蒂固的乡土气息。在这个陌生的生存环境里，这群人处处被排斥，被瞧不起。他们无法在同等条件下与老非农业的人一样去公平就业，就算托关系找后门，和他们干上了一样的工作，也最终无法和他们取得同等的待遇。其间，还有个全民合同制和集体合同制等体制的僵硬分化。更让人悲哀的是，“农转非”这三个字，就想套在头上的紧箍咒，还不知不觉影响着他们的爱情。

曾几何时，农转非来的青年男女成了“素质低下”的代表，甚至无法以一个非农业人的身份去和所谓有身份的人谈婚论嫁。这里讲究起门当户对，比农村更可怕。大多数农转非的女孩儿也只能找个同样农转非的男孩儿成家。在那些城里人的眼中，他们既无地位又没钱，甚至没有高学历、高素质，他们无疑是下等人。

当这群“农转非”的人在夹缝中求生存时，社会经济也进入了一个大变革的时代，好多人清醒地意识到“钱不是万能，没钱万万不能”。在很多情况下，金钱只要足够多，就可以使黑的变成白的，丑的变成美的，错的变成对的，卑贱的变成尊贵的……同时，农转非政策也给老实巴交的乡里人带来了轻微的震荡，已经有少数热血沸腾的年轻人渐渐地拥入城市，独自去闯世界。再回乡时，他们的穿着变了，品味变了，思想变了，甚至连说话的腔调儿也变了。他们带回了很多新鲜的信息。他们说“外面的世界很精彩”，即使在外面受了天大的委屈，硬是把苦水和着唾液悄悄往肚里咽，就是不说“外面的世界很无奈”。

静观时代的变化，受着同龄人的影响，从书本上了解了大量信息的江山娇，也开始不安分起来。相比那一次的离家出走，这次江山娇考虑得更为成熟一些。

她不想再等待那个迟迟不来的“农转非”户口，如其日复一日等待那个所谓的机会，还不如独自出去闯世界。一夜未眠后，她决定要靠自己来改变命运的不公，不想再要那个“疙疙瘩瘩”的农转非户口。这想法她不敢告诉父母，她很清楚，这样的事若和父母商量，肯定行不通。她只有先偷偷出去，等安顿好后，再和家里人联络。至于父母伤心啊什么的，她也管不了那么多了。

下定决心后，江山娇与朋友悄悄约定了行程。

可命运有时候总爱“没事儿逗你玩儿”。就在江山娇诚惶诚恐地偷偷准备晚上起程时，几天未归的江大桥忽然回来了，他手里晃动着一张表格，满脸兴奋地对江山娇说：“大妮，今天下午你和你娘都不用下地干活了，赶快在家收拾收拾，明天拿着这个表格，去矿上找你叔报到上班。”

江山娇呆呆地看着爹，泪下来了：“真的吗？”

江大桥很平静地在纸上写着什么，写完了才抬起头，告诉江山娇去矿的路怎么走，叔家住几排几号楼，下了车应往哪拐……江山娇痛哭失声，欲控不能，不知道是心酸还是高兴。纸条上是爹给江山娇画的路线图。

手里握着哪张能决定她命运的表格，江山娇清醒地意识到，这一次是真的要离开这个家，要远离爹娘了。而且要去走一条别人给设计好的路，从此，江山娇将情债累累，从此，江山娇将隐姓埋名，不知以后的路应该先迈那只脚。

就要脱离面朝黄土背朝天的苦日子了，江山娇却怎么也高兴不起来，心里忽然涌起无限伤感。环顾四周，这个她生于斯长于斯的农家小院，记载了她二十多年来成长的苦乐酸甜。就要离开了，才觉得一切都显得那么可爱，可惜都不能打包带走。江山娇只能带走，也是必须带走的是剑的信和照片，那是江山娇这段人生中唯一的一抹靓丽色彩，是爱情的火种。尽管她不知道他们有没有确定的未来，会不会烈焰沸腾。

家里人不知道她已经定下的外出计划，也无法了解她此时的心情，都在为她高兴。尽管娘也不舍得女儿远行，却流泪微笑着开始为她收拾行装。

妹妹慷慨地拿出了自己所有的新衣服："姐，这身秋衣是新买的，我还没舍得穿，你带走吧！把旧的留下我穿。你上班了，要穿新的、好的。我听咱婶说了，那里的人在澡堂洗完澡都要换衣服的，你要是穿的太孬了，人家会笑话你的。我在家无所谓，穿什么都行。"

其实，江山娇心里清楚，妹妹那身秋衣是和江山娇的一起买的，只不过姐姐的都穿旧了，妹妹却一直放着没舍得穿。

小弟弟拿出了他珍存的糖块和他钟爱的木制手枪："大姐，你要干吗去？带着我吧！二姐都给你衣服了，你吃我的糖吧！我的手枪也给你，要是有坏蛋欺负你，你就把他给毙了。"

看着智障的弟弟一脸天真，江山娇的心更酸了。

江大桥准备好了钱和粮票："这是仅存的几张全国通用粮票，你带上说不定能用得着，因为，目前矿上吃饭还是按饭票供应，你刚去还不知有没有饭票。"

娘一边流泪，一边低头在江山娇的新秋裤上飞针走线，在里面贴上一块布，缝了个临时用的暗衣兜，把钱和粮票统统缝了进去，以防路上丢失。

一切收拾妥当，送山娇上路时，家里人脸上笑着，两腮却挂满了离别的泪水。

踏上远去的列车，泪眼蒙胧中，亲人渐渐变成了一个个小黑点儿。此时，江山娇的心里，却没有了自己曾幻想过千万次，像鸟儿飞出笼子一样轻松，她喉头哽咽着说不出的沉重。随着列车的一路颠簸，江山娇来到了一个国有煤矿，开始了她的另一段人生。

就要上班做工了，江山娇忐忑中多了几许期盼。可她万万没想到，盼了那么久的工作却与她想象的大相径庭。

报到第一天，江山娇来到了一个叫多种经营的办公楼，这是矿上专门安置待业青年的下属机构。负责填报名表的人大概三十多岁，听人都喊他王师傅。

此人浓眉大眼，面庞白净，儒雅亲和。填完表要交五十元钱的报名费，前面有个和江山娇年龄差不多大的女孩子，突然哭了起来。问及原因，说是交不起这五十元。因为父亲工伤落下了终身残疾，从此生活不能自理。农转非的诱惑也没能拴住母亲的心，母亲再嫁，拿走了爹所有的积蓄，把尚不懂事的小儿子和一个瘫痪在床的爹留给了她。为了撑起这个残破的家，这个正在奋战高考的女孩子，只得放弃学业，独自来报名参加工作。

当她泣不成声讲完自己的经历后，江山娇的眼圈湿润了。和这个女孩子相比，山娇是幸运的，是幸福的。此刻，她又是多么想念那个她曾经厌倦了的家。那个农家小院，虽然给了她很多烦恼，但父母再争再吵，最终还是给了她一个完整的家，家里再穷再弱，她上路时，家里还是给她筹备了充足的费用。

好心的王师傅劝那个哭泣的女孩："快别哭了，有这个工作的机会不容易，下一批招工还不知要等到何时，我先替你交上这报名费，不能让你错过这个报名的机会。别哭了，慢慢来，一切都会好的。"

女孩千恩万谢后，拿着填好的表格去新单位报到了。江山娇的脸上仍挂着泪花，除了想家，她还想着自己与那个女孩儿同病相怜，同样的与高考失之交臂，如今却要以这种方式跨进通往梦想的门槛儿。更为不堪的是，她心里藏着一份不能言的隐痛，人家那女孩儿的父亲再出了工伤，也是名正言顺的矿工子女，人家农转非转得理直气壮，而自己……

江山娇脑子里胡思乱想，越想心里越难过，越想越没有底气。轮到她填表了，她却呆呆地没有反应。王师傅笑着问她："这个怎么也哭了，不会也交不起报名费吧？看来我这里要开个银行就好了。"

江山娇不好意思地笑了，心里对这个好心人充满了敬意，却又怕被别人洞察到心里的秘密。生性敏感的她，变得忐忑不安，一时想不起说些什么。她迅速交了报名费，在父母、亲属的栏目里填写着那些尚不熟悉，却又注定要在以后的日子里和自己纠缠不清的名字。直到拿着填好的表格退出去，她心里仍说不清是喜悦还是难过。

表格上的单位一栏填的是"专业队"。江山娇搞不清这个"专业队"究竟是做什么"专业"的，担心着自己能否胜任将来这个具有"专业"性的工作。对于从未接触过煤矿的江山娇来说，一切都是新鲜的、陌生的，甚至是惧怕的。她心里五味杂陈，忐忑不安，这忐忑中又同时夹杂着丝丝的兴奋，让她一时无法把思绪厘清。

压抑着内心的翻江倒海，掩藏着心里的所有隐痛，江山娇表面平静地拿着表格，跟着一个来领她的人，前去"专业队"报到。后来得知，领她的这个人是“专业队”的队长，怕新报到的工人找不到单位，上面要求分给哪单位的人，哪单位的领导来领。就像老师领一个新来的学生，江山娇就那样被领进了煤矿，领进了社会的另一个大课堂。

队长是个女的，四十多岁，一米五多的个子，着一身深蓝色的帆布工装，走起路上脚下生风，不一会儿就把江山娇落下很远。她一回头看时，瘦削的脸上嵌一双不太大的眼睛，眼神里却透着不怒自威的光芒，江山娇赶紧加快脚步，一路小跑似的跟紧她。她说的是难懂的四川话，说起话来嘎嘣儿脆。整个人显得非常干练、严肃，但给江山娇的感觉，除了居高临下的威言，却没有一点儿母性的和蔼可亲。

慢性子的江山娇一路小跑，跟着队长来到了高塔下的一溜平房。后来才知道那高塔叫主井塔。上班要做的工作就是一帮“娘子军”在塔周围挖煤泥，挖那些在块煤输送过程中遗留下来的煤粉。

第一天上班的江山娇，手拿铁锹，面对着一池子黑黑的煤泥不知所措。

“难道这就是我耗掉了青春等来的工作？”她在心里惊讶地自问。她觉得对付这些黑乎乎的东西，比对付家乡的黄土要难得多。

尽管早在书上读过一些文人墨客对煤矿工人的赞美，说他们是当代的普罗米修斯，是火神，是火种的采集者，在他们身上寄托着光明，孕育着希望。真正面对这里的一切时，江山娇却怎么也体会不出书上描绘的那种意境。

第一天上班就有摸不着北的困惑。班长的地方话，江山娇实在是听不太懂，性子本来就慢的她，对班长发出的指令，总是显得反应迟钝。一开始就给大家留下了不机灵、不乖巧，更不可爱的印象。

农村妞儿竟适应不了这样的体力劳动？这在外人看来未免有点矫

情，有点装腔作势、耍奸偷滑。江山娇想和她们好好解释，好好沟通交流，甚至想放下自尊，讨好巴结她们，可又谈何容易，人家仿佛根本都不给她这个机会。

就算给了机会，也不一定能解释得清。矿山是流动人口的集散地，全国各地、山南海北，哪儿的人都有。一批批农转非过来的矿工家属，大都已人过中年，说了半辈子的家乡话，要改口音已不大可能。

江山娇的组长不知是哪里人，说用煤泥“打个埂”，（意思是堵住水，让煤泥沉淀了好挖）可她偏不说“打埂”，她说“打个堰”。在上第一个班时，她瞪着眼用家乡方言冲着江山娇喊：“小江，快点把你前面打个堰子。”

一连说了好几遍，江山娇终归是听不懂，她不知道“打个堰”到底是干什么，只呆呆地拿着铁锹站在哪儿，无所适从。

只听组长咕哝着骂了一句，江山娇也没弄明白到底骂的是什么，只觉得组长的脸色很难看，像猪肝一样的难看。大伙都转过头看她，那些目光中，有嘲笑，有不屑，有幸灾乐祸……唯独没有江山娇渴望看到的亲切和与同情。

江山娇郁闷极了，没想到苦苦盼来的工作，却是如此不好掌握的体力活儿，与那些她心目中的理想啊梦想啊，一点也沾不上边儿。这盼了一年又一年的工作，到头来只不过是把挖土的铁锹改挖了煤泥。江山娇真的很失落。

每天看着上班前一个个如花似玉的女人们，再从小平房里出来时完全变成了另一副模样。她们脚上穿着到腿弯的大皮靴子，头上戴着圆圆的柳条帽子，身上穿着矿上统一配发的蓝色帆布工作服，手上带着双线手套，脖子上围着条毛巾，扛着铁锹提着铁桶，走起路来大皮靴子砸得地面“叶咚叶咚”响，颇有点“蓝色娘子军”的威风。

开始的新鲜劲儿，还让失落的江山娇有点激情，有点冲动。渐渐的，日复一日单调的体力劳动，就让江山娇感到头疼。头顶上枝枝丫丫的管道和数不清的漏斗，不时发出“噼里咔嚓”的响声。每每路过时，江山娇总会缩紧脖子，用双手捂着头，生怕忽然会从那半空的管道里，掉下一块煤或是什么东西砸伤自己。

每天班前会上，班长一再强调“安全为天”，安全第一。这给江山娇的心理暗示好像就是“这里不安全”，随时都有可能发生危险，更让她诚惶诚恐。

没有太多的交流，好像所有人的眼神里都嫌她娇气，肩不能挑手不能提，不中用。却没有人告诉她，那都是输送煤炭的地方，煤炭在四百米井下被采煤机割下后，将稳稳当当地通过皮带运到地面上来，里面的声音是皮带传输过程中正常的响动，没什么可怕的，更不用担心有什么东西会掉下来砸伤人，那都是封闭着的。

读过高中的农村丫头江山娇，从来没有想到过，这世上还有一种工作叫作“挖煤泥”。可这个“专业队”的主要工作，偏偏就是挖煤泥。江山娇想不明白，在这座所谓现代化的矿井里怎么还会有这样的工种。

每天班前会上，她听到班长苦口婆心重复讲述着挖煤泥的重要意义，以及她们为矿井创下的利润，江山娇又觉得这也是一项非常重要的工作。

其实，所谓的挖煤泥，就是跳进一个个煤泥坑里往外挖，挖出稀得如烂泥似的煤粉，稠的用锨挖，稀的用桶挖。这看似简单的体力劳动，却难为得江山娇哭了一场又一场。

看着别人在嬉笑怒骂间一锨掀往外甩出的煤泥，江山娇干着急，她的锨却被混着水的煤泥牢牢吸住，怎么也拔不出来。看着比她瘦小的人，都能轻松地完成工作，江山娇急得掉眼泪，她恨自己白吃了那么多年饭，连个煤泥都挖不出，她哭自己没用，这么丢人现眼。

当时的她却不知，煤泥不同于黄土，挖煤泥拼的也不光是力气，还有技巧。若干年后，她才明白，真是行行出状元，世上诸事，都各有各的门道与玄妙。

其实，挖煤泥有很大的技巧，在落锨的同时，得用巧劲儿快速提起，否则煤泥就会死死吸住铁锨，越吸越紧，就算你比别人多费一倍的力气也甭想把它挖出来。遗憾的是，当时却没有人告诉江山娇这一秘技。

终于熬到了下班时间，一个班下来，江山娇累得精疲力竭，却没出一点儿成绩，最后竟落到哪个组都不想要她的境地。更无奈的是，那个专业队就分来她一个新工人，她连个商量的同伙也没有。

班里那些中年妇女们，无论高矮胖瘦，个个泼辣能干。在没农转非前，她们都是家里的好劳力，嫁了矿工的她们，在家既要当男人，又要当女人，支撑着上有老下有小的家庭。要操持家务，又要干地里所有的重体力活，尝尽了孤单寂寞，酸甜苦辣，能有今天实在是不容易。

对这些矿工家属们的生活，江山娇并不陌生。江山娇的婶子也是这千千万万农转非家属中的一员。江山娇曾目睹过叔叔不在家时，婶子所要承受的艰难和劳苦。尽管当矿工的叔叔每年都要攒上一年的班不休，单等着秋收春种、三夏大忙，才匆匆赶回家，帮着婶婶忙活。

这众多和婶婶经历差不多的女人们，如今农转非来到矿山，她们从内心认为是跟着男人沾了光，也当起了工人，挣起了工资。她们心里充满了感恩，感谢国家的好政策，干起活来也格外卖力气。

面对着这么一群泼辣强悍的老娘们，江山娇内心除了敬畏，还有同情，对她们的嫌弃她打心底里也从不怪罪。一个不能干活的学生混子谁愿意要呢！再加上工资实行的是分组计件制，多劳多得，每到月底，队里会按每个组挖出的煤泥数量计算工钱。

一开始，江山娇压着心里的种种不快，苦苦地忍着。然而，好多事往往是树欲静却风不止。忍无可忍时，江山娇还是无奈地亲手破坏了她一直保持的淑女形象。

当下了班的江山娇拖着快要散架的躯体回到那个小平房时，别人都把换下来的工作服放在了自己的更衣箱里，江山娇没有箱子，工作服放哪里都不是地方，好像这里根本就不是她的地盘儿，根本就没有她的空间。

江山娇难过极了，回到叔叔家大哭一场，她做梦也没想到这就是她要的工作，这就是她极力摆脱农村后想要的生活。

她很想回家，可又忽地想起了给她办户口时，家人所受的难为，她也清醒地意识到，这不是自己的家，不是自己想使性子就使性子的地方。江山娇把眼泪强咽了下去，表面上暂且平静下来，内心却怎么也无法快乐。

看着江山娇天天拉长个脸儿不开心的样子，叔叔开始关心地寻问原因。第二天，便给江山娇焊了个装工作服的大铁箱子，外面还专门刷了江山娇喜欢的淡蓝色的漆，并配上了锁，亲自用自行车拖着送到单位。

叔叔在平房的一个角落里找了块地方，帮着江山娇用砖头砌了个台子，把更衣箱在上面安置好后，还友好地和江山娇的同事打招呼、套近乎。他说，江山娇刚来不太会干活，请她们多多照顾。都在一个矿上班，大家难免眼熟，有认识叔叔的也当面点头答应，不认识的也嗯嗯啊啊地客气着。

看着此情此景，江山娇从心里以为这次总算没事了，叔叔打过招呼后就算把这事摆平了，以后她就不再受欺负，也终于有了属于自己的地盘儿。可让江山娇万万没想到的是，下了班去换衣服时，箱子却不知何时被人踢翻在地，垫箱子的砖头也歪歪扭扭散落了一地，像它的主人一样，无助地躺在地上哭泣。

江山娇第一次亲身体会到了什么是人情冷漠、世态炎凉。她没想到生活原来是如此的残酷，这里的人原来是如此的市侩，她不明白这些大人们为什么不能善待一个小姑娘。工作上不会的可以学，为什么看哈哈笑的人多，诚心指教的少呢？江山娇委屈极了。倔犟劲上来的她，一气之下，去找组长、找班长理论，还非得要讨个说法。

班长最终也没能给她个说法。后来有人实在看不下去了，便悄悄点拨江山娇。告诉她：别再去找了，胳膊拧不过大腿，找了一点用也没有，只能惹得她们越来越烦你，到最后吃亏的还是自己；新来的都这样，得学着自己慢慢适应。江山娇心里有千万个不服气，千万个委屈，但也无处倾诉，只能和着泪水悄悄咽进肚里。

不久后，乡下的娘写信问起她的工作情况。见字如面，江山娇再也控制不住自己的情绪，她真想扑到娘的怀里，痛痛快快大哭一场，然后对娘说出心里话：这哪是什么工作，跟你们当年干生产队挣工分差不多。但理智又告诉她，她绝不能哭，更不能说，说了只能让娘徒增担心，解决不了任何问题。

于是，在回信中，江山娇只得骗娘说：工作很轻松，就是看看皮带，按按电钮。她之所以要骗娘，除了怕娘心疼她替她操心，潜意识里，还有女孩子的面子和虚荣。那次差点掉进煤泥池子里丧命的惊吓，江山娇更得悄悄藏在心里，不能告诉家人。

那是她刚上班不久的一个寒冬，一个尚未开挖的煤泥池，被北风一吹，好像结了冻。上面一片平静，显得很硬，实则被冰封住的煤泥仍旧挥发着热量，再冷也冻不实。没有经验的江山娇不懂这些，也没有人告诉过她，走路时要远离煤泥池。

在挖了另一池煤泥，下班回更衣室的路上，江山娇觉得也和别人一样沿着煤泥池边缘走，却没想到还是走得太靠里了，结果一脚踩空，没来得及呼喊，另一只脚也跟着陷了进去。江山娇恐惧地对着前面说说笑笑的人群呼救，不知由于恐惧而颤抖的声带，发出的声音不够响亮，或是她觉得自己在大声呼救，实际上却已吓得喊不出声。反正前面的同事没人回头，没人应声。江山娇拼命挣扎着，可是越挣扎越往里陷。幸运的是就在煤泥快要将她整个吞没时，两个皮带工人从池边路过，救出了绝望的江山娇。

又是一顿大哭。哭过后，江山娇好像一下子成熟了许多，她学会了坚忍，学会了承受，学会了照顾自己，也学会了据理力争。

月底发工资时，江山娇领的钱还不如人家的零头多，江山娇开始问为什么了？

班长说不出为什么，只说这里的工作是计分制，新人来了都得有个实习的分儿。三个月后，没等江山娇把挖煤泥的活学好，班长又把她调到了新成立的矸石组（就是站在井下上来的输送皮带跟前拣出矸石），接下来又要有三个月的实习期。一同被调过去的都是些挖煤泥的活儿干得不怎么样的，大家开始不服，开始骂娘，开始议论。都说拣矸石不如挖煤泥挣的钱多，班长这是吃柿子拣软的捏，如果矸石组好，为什么凡是自己的男人在矿上当点小官儿的，一个也没调这边来。

江山娇心里明白，这是大家嫌弃她干活不行才把她调到这里来的。干体力活的地方，是不讲究什么文化素养和品位的。那些自认为有几份姿色，穿着时尚的大姑娘小媳妇儿，高昂着美丽的脸蛋，却未必能懂得“让人出色的不是外表，让人高贵的也不是衣衫，而是人的心智。”在这里只要你足够强壮，足够精明，足够机灵，足够霸道就行。所谓“劳心者治人，劳力者治于人，智慧将永远高于体力”等道理在这里统统没用。

那些时常屁颠屁颠地跟在班组长后面讨个好，巴结似的给她们提个茶倒个水的人就能占点小便宜。看着这些现象，瞧着这些一天天像演皮影戏一样的女人们，江山娇心里涌出了一种深深的悲哀，为她们，为生活，也为自己。

如果硬把“识时务者为俊杰”这句话套在这样的环境里，真的是一种奢侈。为了眼前的点滴利益不惜丢掉尊严，丧失做人原则，是国人的劣根性，更是女人的劣根性。

还有一句话叫作“江山易改，本性难移”。无论别人怎么做，江山娇始终保持沉默，不能、也不想多说。她在冷观这虚伪而又丑陋的一切，心底却更加怀念家乡邻里间那朴素的温情。无论怎样，她始终在内心捍卫着自己做人的准则，尽管没人能看得见，更无人能理解，她依然坚守着。她告诉自己的心，感激每一个给过她点滴帮助的人，也不要恨那些曾经为难自己的人。仿佛没有理由恨；要怪，只能怪自己还不够强大，不够好。

又一项新的工作开始了，这也是另一段人生的开始，这是已经拉开的弓，不能回头，只能前进。江山娇必须笑对。

伴着机器的轰鸣，江山娇站在飞速运转的皮带前，把一块块超过自己体重好几倍的矸石用尽全力扳进身边的漏斗儿。心里有委屈，眼里有泪水，但江山娇不再感到悲凉，她暗下决心，一定要干出个样子。她咬着牙对自己说：别人能做的我江山娇照样能做。可是，别人带的都是皮手套或是泼了胶的线手套，面对锋利的矸石，一般的线手套是对付不了的。

江山娇只有刚上班时发的线手套，叔叔家全是地面工，没有人发那种专业用的手套。一个班下来，薄薄的线手套就被磨得面目全非，再接下来，就只能磨江山娇的手指头了。看着白嫩的小手被磨得起了泡，淌了血，江山娇自虐似的把眼泪换成了欢笑，内心变态地拥有了一种挑战与征服后的快感。

后来的事实证明，好人还是有的，就看你用什么样的心态去发现。

班上有个心地善良的李姨，胆小怕事，怕得罪所有的人，谁要是不招人喜欢，她亲近时都像被人监视似的，先悄悄四下里看看。看着江山娇的手被磨得血肉模糊，她悄悄从家里拿来了一双泼胶手套，趁人不注意偷偷地交给了江山娇。

江山娇当时万分感激，这是她上班以来感受到的第一次温暖。这双小小的手套对当时的江山娇来说，简直就是雪中温暖的炭火。真是应了那句话“人容易做到的常是锦上添花，太缺少的却是雪中送炭”。这炭火般的暖意，让江山娇终生念念不忘，在以后的若干岁月里，当年那个善良又怯懦的面孔常常萦绕于脑海，浮现在眼前。

等到爹爹江大桥来矿看她时，江山娇的心情已渐渐平静，慢慢适应了这里的生存环境。可在见到爹的那一刻，她所有的坚忍还是在一瞬间土崩瓦解，仿佛所有的委屈全都一股脑儿地涌了上来，江山娇扑到爹宽大的怀里，好一场号啕大哭。

只当时女儿是因为想家，见着亲人不能自控，而拉起女儿的手想安慰几句时，看到江山娇的粗糙得与年龄不符的手，江大桥哽咽了。他明白女儿的眼泪一定是受了大磨难、大委屈。想象着孩子工作上可能遇到的不顺，还有生活中的酸楚。

父亲轻拍江山娇的肩头对女儿说："哭吧！孩子，想哭你就痛痛快快地哭吧！哭出来会好受些。"

哭过闹过，江大桥并不会因为江山桥的哭闹而把她带回家。因为，江山娇早已不再是可以肆意在爹娘怀里撒娇的娃娃，她必须直面自己未来的人生。

为了给江山娇些许安慰，爹没有匆匆离去，而是带她来到了离矿区不远的小城，给她买了大衣、毛衣等衣物和一幅能护到胳膊弯儿的胶皮手套，还给她买了当时最时尚的金狮牌女式自行车。走时，爹给江山娇留下了三百元钱，并千叮万嘱江山娇要学会照顾好自己，什么时候钱不够花的就给爹写信。这是江山娇成年后，爹留给她最温馨的记忆。

没有了父母的呵护，工作中受的委屈找不着人倾诉，回到叔家还得戴着面具，做自己并不愿意做的一切。叔家三个孩子，都在上学，为了贴补家用，婶婶也在单位找了份家属工。上班也是忙忙活活，在这些孩子中江山娇最大，得主动承担提开水、拖地板、洗衣服等家务活。

江山娇当时上的是"三八制"的小班，无论再累，她都要小心谨慎地做好自己能分担的活儿。哪怕上夜班，白天休息时也要机灵着从床上爬起，赶在婶婶下班之前把开水提来，把该做的活做完。最尴尬和无奈的是上小班的江山娇和上大班的叔婶吃饭总赶不到一块儿，每次下了班都要重新打开煤气热一下饭菜。

有一次，就在她刚打开煤气热饭时，叔叔笑着说了句：“这煤气用的可真是快了……”或许说者无意，可是听者的心却像被什么坚硬的东西，狠狠地刺了一下，莫名地疼。江山娇没有抬头没有说话也没有流泪，嘴唇却被牙齿咬得鲜血直流。

在这个家里，每天开门就得花钱，叔叔负担很重，江山娇能够体谅，但当他说出那句话时，江山娇心中的悲凉与疼痛却无以复加。为了家里的平静，为了不让叔叔为难，婶婶生气，为了尽可能地不给任何人制造不快与麻烦，江山娇和着泪水吃下了那顿饭后，若无其事地收拾碗筷，心里却像堵了块石头一样难受不堪。

江山娇开始怀恋那个她曾经厌倦了的农家小院，想念那整天吵闹不休的父母。她无数次想过再次逃离，可是生活却不能重新回到原点。潜意识里，她只有把逃离的希望寄托于婚姻，简单地说，也就是得赶快找个男人把自己嫁掉。她迫切地寻找一个属于自己的空间，在现实的庸常里，这个空间也只能是与一个男人营造以婚姻为旗号的家。

这个男人会是剑吗？她不知道。

平淡烦躁的生活，收到剑的信依然是江山娇生活中最大的喜悦与期盼。和剑的书信往来仍是江山娇藏在内心的一份甜蜜。到矿上班后，没有了娘的干预，江山娇和剑的书信往来又恢复了正常。信的内容仍旧不咸不淡地继续着生活中琐碎的话题。

远方的剑却并不知道，随着江山娇信封上地址的变换，经历的一切让她的心理也在悄悄改变。由“专业队”到“矸石组”，剑不知道江山娇具体做着什么样的工作。他从没问过，江山娇也不想告诉他。因为，

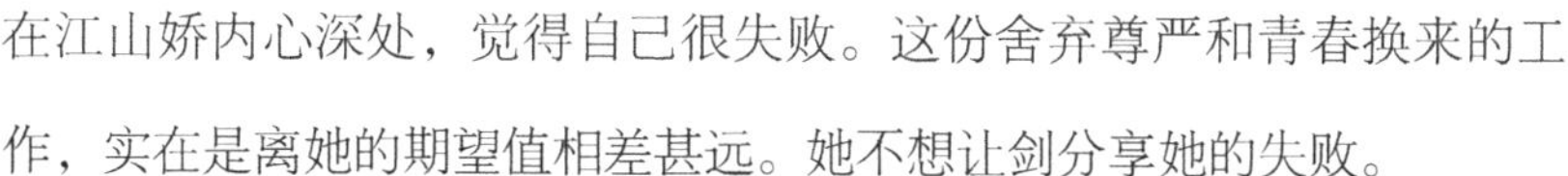

在江山娇内心深处，觉得自己很失败。这份舍弃尊严和青春换来的工作，实在是离她的期望值相差甚远。她不想让剑分享她的失败。

二　江山娇迎来了命运的第一次垂青

任何时候，都不可能让环境去适应人，只有人来适应环境。尽管江山娇心里常常被一种悲凉无助的情绪填满，却渐渐地习惯了那种机械似的体力劳动，也学会了用疲劳缓解疼痛。她不再抱怨生活，不再怨天尤人，她学会了忍耐和坚强。她告诉自己“百行之本，忍之为上”。

叔叔知道江山娇和剑的恋情后，很客观也很直接地告诉江山娇：“这事成不了，别抱任何希望，别说你们态度尚不明确，就算感情再好，工作也不好调动，结婚后两地分居会给现实生活造成太多麻烦。”

叔叔还给她举了身边的好几个例子，婶子也在一旁劝慰。反正大概意思时，江山娇能从农村出来已让他们操碎了心，最好安安稳稳地在他们身边成个家，对外他们也好有个面子。至于其他的，诸如调动工作之类的闲事儿，他们再也不想多操那份心了。

“哀莫大于心死”。对于爱情，江山娇的心已经彻底灰掉。早已过了婚嫁年龄的她，不再奢望所谓浪漫的爱情。仔细想想和剑长达六年之久的书信交流，她不能确定这到底是一种什么样的感情，也从来没有过爱得要死要活的激情。也许，剑只是她无聊岁月中的一种慰藉，是她心海里微微泛起的涟漪，离神圣的爱情还有一定的距离，恐怕这也是两个人若即若离的根本。

从乡村到矿山，依然要顾忌到人言可畏，依旧摆脱不了大龄青年的符号，逃遁不了谈婚论嫁的恐惧。

说到底，江山娇毕竟是个俗人，她没有足够的勇气，宣布自己要独身，更何况她也没有独身的条件和资本。既然不是独身主义，又没有对象，还有什么理由阻止人家介绍对象的热心肠呢！思绪纷乱中，那首“我想要有个家，一个不需要多大的地方，受伤后可以回家……”在心底轻流，这是江山娇内心的呼喊，也是她最现实的隐痛，她必须以最快的速度铸造一个笼子，把自己装进去。

该来的终究要来，不管你是否期待。1990年的腊月，在江山娇参加工作短短的几个月后，在她初尝人间世态炎凉，渴望一种关爱和温情时，一个朴实的小伙子正合时宜地走进了她的生活。

那是一个飘雪的冬夜，雪花轻扬像是漫天撒盐。江山娇满怀心事站在窗前，呆呆地看着这雪白的小精灵慢慢飘落，让迎着寒风的枯树结出了一朵朵洁白的花儿；让灰黑的楼顶有了晶莹的亮；让朦胧的霓虹更迷离出幻彩的光芒。想着再过几天就要回家过年与亲人团圆了，江山娇心里涌上来一丝甜蜜。思绪也回到了遥远的乡村，回到了童年和家乡伙伴滚雪球打雪仗的场景。那些本来已在脑子里模糊了的影像渐渐清晰，仿佛眼前的雪地里正活跃着一个个鲜活的童伴儿，扎着羊角辫的她挣脱娘的胳膊重新堆她的雪人儿……

“姐，傻傻地站在这里看什么？人家来给你说媒了，把男孩领过来了，在客厅坐着呢！你快瞧瞧去。”堂妹悄悄地走过来很神秘地对正在出神的江山娇说。

叔叔家真的来了一行人，其中有媒人，有给江山娇介绍的对象。

男孩是刚分到本矿的大学生，是靠自我奋斗从深山的独木桥上走出来的山里娃。单这一个条件，江山娇就把他和聪明、质朴连在了一起。反正早晚要把自己嫁出去，把自己交给一桩婚姻，交付给一个男人。江山娇答应前来催问的媒人，可以先见见面儿，聊聊再说。

当所有人都借故躲开，只把江山娇和那个陌生的男孩儿留在客厅里时，麻木的江山娇很礼貌地给男孩倒茶。没有紧张，也没有羞怯，像是已经下定决心要完成好一项任务，江山娇有足够的淡定与从容。

男孩则有点紧张，说话有点语无伦次，身上还散发着一股浓浓的酒味儿。他说，自己性格内向，为了有胆量说话，来时喝了酒壮胆，请她见谅。他说了自己的工作生活情况及家庭情况，等等。

江山娇只是微笑，偶尔回答他的问话。灯光下，江山娇看到的是一个面庞黝黑、憨厚朴实，却无论如何也不能让她怦然心动的男人。

谈话进行了一个多小时，江山娇始终没太说话，好像一直在倾听男孩诉说。到底说了些什么，江山娇像做了一场梦，早已不记得。只记得当时由于说话过多或紧张，男孩嘴角上泛出了白沫儿。

第二天，江山娇和婶婶去粮店买粮，正好路过男孩的单位，恰巧男孩儿推着自行车从单位出来，便殷勤地和婶打招呼说话。

江山娇站在一旁，男孩意味深长地看了她一眼匆匆走掉后，江山娇觉得怪怪的，就问婶："他是谁啊？"

惹得婶婶笑骂："你个死妮子，这不是昨天和你见面的那个男孩吗？和人家说了半天话却不认得人家。"

江山娇也感到自己很可笑，一个见过面却记不住的男人，真的要和他谈恋爱吗？将来会嫁给他吗？江山娇心底一片茫然。

接下来的日子里，男孩连连调班去找江山娇约会。从他的言行中、眼神里，江山娇读懂了这个男孩很喜欢她，并且是认真的。

再次见到男孩时，江山娇正在婶婶家里一边学织毛衣，一边看电视里演的《十六岁的花季》，时而象征性地给坐在一旁不知所措的他续茶，时而被电视剧里的镜头感动得眼圈潮红。

男孩见江山娇的注意力全部在电视剧上，显得有点窘，不说话吧，矗在哪里像个多余的；说话吧，又怕破坏了江山娇看电视的兴致，惹她不高兴。

沉默了许久后，手足无措的他，羞涩地从上衣口袋里取出了一块镜子形状的巧克力。他脸涨得通红，手有些颤抖地递过来说："山娇，我也不知道你喜欢吃什么，要不你尝尝这个吧！"

江山娇第一次接到男孩子送的象征爱情的巧克力。从男孩笨拙的表现中，江山娇知道能想起送巧克力，也实在是难为他了，他压根就不是那种懂浪漫有情趣的人。山里走出的孩子，没有太多的花花肠子。他要的只是现实版的谈婚论嫁，他梦的只是能娶个自己喜欢的媳妇。

沉默良久后，他终于憋出了那句话："山娇，你别再看《十六岁的花季》了，我们已经不是十六岁的年纪，没有那么多时间玩浪漫了。像我们这个年龄，相识相知还不就是为了谈婚论嫁吗？我们都认识这么久了，你也没个明确话，我也不知你心里咋想的？到底愿不愿意？我心里没底儿。不过我告诉你，我喜欢你，可是真心真意的。"

天哪！有多久了，不就才一个礼拜吗？唉！他哪里知道，一周时间与六年相比，简直可以称得上是沧海一粟了。

这算是求婚吗？如果算，这恐怕应该是世上最笨拙最直白的求婚方式了。然而，正是男孩那句"没那么多时间玩浪漫了"，彻底让江山娇警醒，使她不得不直面现实中迫在眉睫的谈婚论嫁。也正是那句"真心真意地喜欢"，让江山娇觉得眼前这个男人是可靠的，是可以给他一个避风港的。

算是默认，江山娇关了电视，接过巧克力，心情矛盾地和男孩对视着。认识那么久，这还是江山娇第一次大胆地近距离盯着男孩看。

她好像忽然发现，其实，平心而论，眼前这个男孩五官长得很端正，甚至能称得上英俊，除了个子稍矮，其他方面并不比剑差。可是，江山娇就是搞不懂为什么，从他身上怎么就找不到那种微妙的感觉呢?

见江山娇这么看着他，男孩儿像是受到了莫大的鼓励，猛地一把抱住了江山娇，继而把他那滚热的唇压了过来。

江山娇稍微挣扎了一下，终没能抵住这个男人身上蓬勃着的某种气息。也许，此时在江山娇冰凉的内心世界里太需要一种燃烧着的激情和真心实意的恋爱。她毫无准备地接受了男孩儿的拥吻。

一阵狂乱地拥吻过后，到底要不要嫁给这个男人，江山娇仍很矛盾。面对这么一个人，江山娇燃不起爱的激情，也找不出拒绝的理由。

转眼工夫，时光已在江山娇的摇摆不定中，又过了两年。在这两年多点点滴滴的相处中，男孩的宽厚、善良、隐忍、豁达、乐观以及对江山娇真心实意地好，还是感动了她。

当叔婶半开玩笑地再一次问起江山娇：“这不清不楚地来往着，你到底是个什么意思，愿意跟人家就干脆商量一下，先把亲订下来，不愿意就干脆别再让人家上门。瞧！把我们家的门槛都快踏破了。”

江山娇听出了他们的弦外之音，算了，是该找一个港湾靠岸了。一切条件都不允许她这叶小舟再漫无目的地漂泊。考虑再三，身心俱疲的江山娇，决定和这个她并不讨厌，甚至已有了几分依恋的男人成个家。对她来说，比别人更迫切需要的就是得有个家。

就在准备商量订婚时，江山娇接到了矸石组班长的通知，通知她下午去她隶属的上级机构多种经营公司总经理的办公室，说是总经理有事找她。这让江山娇很惊讶，和这经理所谓的认识，也只不过是几次开会时，人家坐在台上，她坐在台下，只是众多工人中的一员。她知道经理是谁，经理却不知道她姓啥叫啥。她压根儿就没想过有一天会走进经理的办公室，与他当面对话。

江山娇心里有些忐忑不安，她搞不清领导忽然要找她，是为了什么？想想自己的工作，她已经自信不比任何人差，犯不上被领导亲自找来训话。于是，她不亢不卑地走进了经理办公室。

这位平时只在会上见过的经理，此时却显得亲切温和。他微笑着说："江山娇，请坐。"

等江山娇低着头有点羞怯地坐在沙发上，不知说些什么时，经理笑了笑，起身倒了一杯茶，递给江山娇后，才开始了他的谈话。

他说："江山娇，今天把你喊来，是有个事要给你说。我们公司准备成立一个印刷厂，现需要从各单位抽调人员外出培训学习。可惜找了一圈，才找着四个符合条件的。到你单位了解情况时，你的班长推荐了你。你要是愿意的话，现在就不用回去上班了，赶紧回家收拾一下，明天带上你的身份证和毕业证，到这里办个手续。然后有人带你们去羊城的华光集团学习计算机排版系统。"

听到这个消息，江山娇受宠若惊地冲经理连连点头："愿意，我愿意，能学点技术对于年轻人来说很难得，我一定好好学习。"

在还没普及计算机办公的1992年，全矿各个机关里，除了通信中心，还没几台微机。因此这消息让江山娇倍感兴奋，她像在黑暗中看到了一丝光亮。想着学成归来后，自己将会告别站在皮带前搬矸石的工作，可以体面地坐在电脑前操作微机，她很开心。她感谢苍天终于开眼了，江山娇悄悄流下了酸涩的泪水。她暗下决心，一定要好好学习。她告诉自己，一定要抓住机会。也许，改变命运，将从这里开始。

然而，好事多磨，在怀着兴奋的心情找到毕业证时，江山娇脸上的笑容凝住了。看着毕业证上自己的真名实姓，那个熟悉的农家小院，那许多许多的酸甜苦辣又涌上了心口，江山娇难受得痛哭失声。至此，她才猛然意识到，其实，在来到这个地方之后，除了内心存着的往事，她已经成了另外一个人，一个有着自己躯壳儿，顶着别人姓氏的另一个角色。以后的一切，她都将以这个角色扮演她的生活。这个写着自己名字和真实信息的毕业证，再也派不上用场了，以后凡是写着这个名字的一切都要被无情地否定。

就为了不再当农民，江山娇不惜更名换姓，丢失了尊严，辱没了祖宗……每每想到这里，她心里就针扎一样地疼痛。她再也不是原来真实的她了，那个任性、骄傲的小姑娘已经死去。从此，她将是命运的傀儡，一切都交由上帝操纵。

刚上班报名填表时，涉及这样的内容她还能机械地填完而坚持不流泪，因为，那时她心里还充满着美好的向往。而现在，她心里只有无限的悲凉，像是有千万只蚂蚁在啃咬，生生地疼。想起以后所有与己有关的证件都不会再出现江山娇这个名字，她泣血的热泪，模糊了毕业证上那个还有几分稚气的丫头。

怎么办？干脆不去学习了。认命吧！有个活干，有口饭吃，嫁给那个老实本分的男人，也算是对人生的一种交代。然而，放弃这次机会，可以逃离一时的尴尬，在以后的生存环境里，江山娇也同样不能再叫江山娇了，这个铁定的事实江山娇好像没有能力改变，这很悲哀。

眼看着“柳暗花明又一村”，谁料想马上又“山重水复疑无路”了。伤心流泪的江山娇，此时头脑却异常清楚，往事像过电影一般在眼前重现。她想起了那个她曾经很崇拜的老师，并想起赴考场时老师曾把她喊到办公室，给她写了考试所在地朋友的联系方式，叮嘱江山娇有什么困难可以去找他的朋友。可是江山娇没有去麻烦他的朋友，江山娇不争气，她落榜了。落榜后的江山娇，不光感觉无颜再见江东父老，最难过的是她再也没有脸面见老师。

不料想，老师却亲自跑到江山娇的家里家访，他力劝江山娇一定复读再考，有什么困难尽可以找他。从老师那充满关爱的眼神中，江山娇读出了一种欣赏，一种希望她走好自己人生之路的期盼。

想到这里，捧着毕业证的江山娇眼前一亮，也许，现在只有老师能帮她了。江山娇一路小跑到邮局，把电话打给了母校，说是要找那个老师。电话接通，听到老师的声音时，江山娇急急打断老师问她最近好吗之类的寒暄话，像抓住了救命稻草一样，急急地说明了情况：“老师，我需要一个写着我现在名字的毕业证，因为我有个机会出去学习，明天就交毕业证。可是那个毕业证上写的是我的真名儿，所以原来的毕业证现在不管用了。你能帮我想想办法吗？”说到这里江山娇已经哽咽了。

老师安慰着：“江山娇，别着急，慢慢说，什么现在名字过去名字啊，让你说得老师都晕了、糊涂了。到底咋回事，你慢慢说，相信老师总会有办法的……”

噢！江山娇这才想起，老师虽然知道她来这里工作了，至于到这里的详细情况江山娇从未向任何人提起过，包括她这个老师。

江山娇平息一下情绪，简单地告诉老师她关于户口农转非及牵涉姓名的一些情况，说着说着不由得又抽泣起来。

老师一边劝她别哭，一边轻松地说：“这有什么好伤心的，名字只不过是个符号而已，只要自己不迷失自己就行了。毕业证的事儿更不是个问题，别担心，包在老师身上，一定不耽误你用。”

江山娇破涕为笑，但心里仍惴惴不安，担心这么短的时间，这么远的路程，老师的承诺能否做到。

男友李木知道江山娇要去学习的消息后，喜忧参半，不置可否。他担心刚点燃的热乎劲儿，会随着两人的离别而冷却，又不得不佯装很开心的样子，鼓励江山娇把握机会。为了讨好江山娇，不会浪漫的他，却意外地给江山娇买了个毛毛玩具熊，塞进了她的包里，并略带伤感又不失风趣地说：“你看这熊是不是很像我，憨头憨脑的。你把他带在身边就像是带着我，要是你快忘了我时，就赶紧看看这熊。”

江山娇被他逗乐了：“你这人还真有意思，人家送信物，都是要睹物思人，想缓解思念之苦的，你倒好。我年纪轻轻的又没有健忘症，能那么容易就忘了吗？”说着抱起那毛毛熊，猛地亲了一下装进了包里，转头对李木说：“谢谢你，也真难为你了，还能想起买个这玩意儿，挺好玩的。其实，我从小就喜欢毛绒玩具，只不过小时候家里穷，没人买给我。”

男孩没有说话，只看见眼里有泪花闪动。

江山娇没有告诉男友要改毕业证的事儿，在他面前她想拼命维护那点儿残留的自尊，不想暴露太多。李木可不懂女孩子的心事，只是一个劲儿地问，哪天走，几点，他坚持要去送她。

江山娇却执意不让他送，因为，老师到底能不能把毕业证改过来，她到底去不去得成还不一定。男友却误解为，她是压根儿不想让人家知道她有了男朋友？江山娇只好解释说，是集体行动，规定不让人送。

江山娇没想到，第二天，当她提着收拾好一切，却唯独没有毕业证的包儿，徘徊在多种经营公司门口，不知所措时，救星来了。老师风尘仆仆，带着新办的毕业证和团组织关系，一路打听，奇迹般地来到矿上，找到了江山娇。

老师不是故意来送行，却正好赶上了离别。当目送江山娇坐上了前去洋城学习的车时，老师有力地冲江山娇挥了挥手，脸上挂着欣慰的笑容：山娇，好好学习，老师等着你的好消息。

江山娇走了，去找寻她的希望，老师立在风中目送，期盼着她走好她的人生。没想到和老师分别了那么久的这次相逢，却是如此的匆匆。江山娇心里惊喜过后又是莫名的沉重，不由得泪眼蒙眬。

怀着复杂的心情，踏进了洋城，迎着路两边刚抽芽的水曲柳，江山娇激动地走进洋城市华光集团。映入眼帘的是一条醒目的横幅："告别铅与火，迎来光和电。"原来，发明活字印刷术的文明古国，自"748"工程后，自主开发了计算机——激光汉字编辑排版系统，从此开始了告别铅与火的革命。

1974年8月，一些科技人员和干部便把眼光投向了计算机技术这一具有远大前程的事业，为开发计算机——激光汉字编排系统科研项目，国家有关部门将这一研究课题。定名为"748"工程，列入国家计划。1977年，由北京大学计算机研究所和洋城计算机公司(华光集团前身)等单位组成"748"工程会战组，拉开了攻关会战的帷幕。1979年7月27日，被称为"华光I型"的原理性样机试制成功，第一张激光照排的中文报纸样张也问世了。1980年，邓小平同志看到了用中国自己的激光照排技术排出的样书《伍豪之剑》，并做出批示："应加支持"。

1983年出现的华光II型系统于1984年在新华社进行了试用。1985

年，真正具有实用意义的华光Ⅲ型系统产生。经济日报印刷厂与科研单位配合，终于在1987年5月22日，在世界上推出了第一张用计算机——激光照排技术处理的整版输出的中文报纸。随后，《经济日报》在全国率先淘汰了印刷。在此后的几年间，激光照排技术迅速普及到中国的各级报社。1994年4月，《西藏日报》也开始应用激光照排技术出报，这标志着中国大陆所有省级以上报纸的印刷全部进入了激光照排技术阶段。

此后，北大方正集团公司和山东洋城计算机公司推出了方正和华光两大系列的激光照排系统，他们不断追踪着世界印刷出版技术的新动向，并结合中国实际和报社工作的特点，取得一个又一个新突破；而中国报社则由应用激光照排机技术开始，逐步把计算机技术应用到报社工作的各个环节。

1991年，光盘存储、远程传版、局域网络等系统在《科技日报》投入使用。这表明，激光照排技术带动了计算机技术在报社其他环节的应用。1992年，彩色激光照排系统出现，与传统的电子分色系统相比，它具有彩色效果更好、成本更低等优势。《澳门日报》首先采用了这一技术。1992年1月21日，《澳门日报》刊登了邓小平南方讲话的照片，便是利用北大方正的彩色照排技术制作的，而这一天的《澳门日报》也是世界上第一张不用电子分色印刷的彩报。之后，一场“彩色”革命席卷神州。

第一堂课上，脱掉扳矸石的手套，像重新回到校园一样的江山娇了解到以上这些知识，更加珍惜自己来学习的机会，更加感激如仙人变戏法似的及时给她送来毕业证的老师。

同在华光集团学习的人很多，天南海北不同口音，但大家都有一个共同的目的，都学得非常认真。江山娇有幸接触到这么先进的技术，更是全力以赴，在计算机老师的指点下，当在键盘上用五笔输入法敲出第一个字时，在屏幕上排出各种好看的版面时，江山娇兴奋莫名。她认真、执着，不服输的性格重新燃起了别样的激情，因此在同去的学员里她算是优秀的。

学习期间，江山娇只收到了男友的一封信，朴实的语言写满了牵挂与爱恋。没有缠绵的情话，有的只是不掺任何水分的、俗到露着骨头的思念与真爱。比起剑那些信，江山娇觉得这封信给人的感觉更踏实些。让她觉得奇怪的是，在外学习的这一百八十多天里，她思念最多的不是剑，而是男友李木。江山娇好像突然明白了，娘为何要阻拦她和剑。套句听来的时髦话：也许，剑只适合做情人而不适合做老公。

记得，剑曾在一封信中问过江山娇：能做我的情人吗？江山娇至今不明白这句话的意思。也许这是含蓄的情感表白，人家说没结婚之前的恋人都可以叫情人。可是江山娇的娘看了这封信后却破口大骂："这孩子真不是个东西，俺好好的黄花大闺女，能给你当情人？真是自以为是地白日做梦。"

看娘那么生气，对男欢女爱还很懵懂的江山娇，也觉得剑说出这种话，真是对他们纯洁情感的大不敬。

学习期间，一直没有看到剑的信，也许都寄到原单位了。江山娇没有告诉他出来学习的事儿。和剑的书信来往，男友知道，经过江山娇的允许也看了几封，并夸他的文笔好，字也写得漂亮，却从来不问别的。看了照片又夸他长得帅，也不问别的。

这也是后来江山娇下决心要嫁给男友时，狠心烧掉剑所有一切的动力。男友越是这样，江山娇越不忍心让剑无形中横在他们俩人中间。

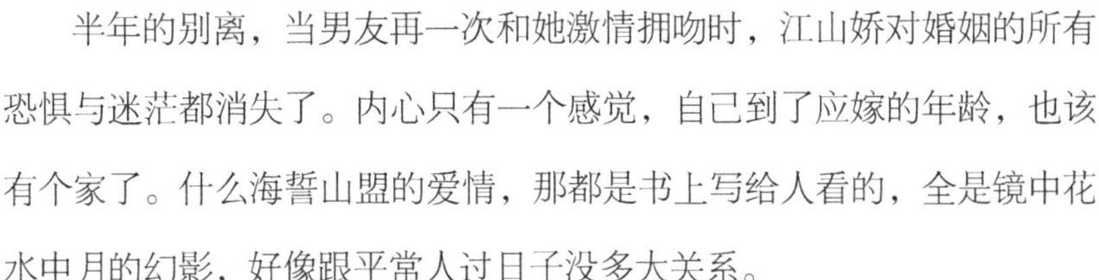
半年的别离，当男友再一次和她激情拥吻时，江山娇对婚姻的所有恐惧与迷茫都消失了。内心只有一个感觉，自己到了应嫁的年龄，也该有个家了。什么海誓山盟的爱情，那都是书上写给人看的，全是镜中花水中月的幻影，好像跟平常人过日子没多大关系。

三　江山娇逃离所有情感的诱惑准备步入婚姻

江山娇学习归来时，已是1992年的金秋。

金秋是收获的季节，这个秋天对江山娇来说更是特别，通过学习她的命运有了改变，通过沉淀，他的情感有了转折。隐隐约约的，对男友有了些许依恋，不见的时候想见他，见了他却又无话可说。

当男友提出订婚时，她便答应了，并主动说："订完亲咱就去领结婚证，你不是说会做饭吗？以后我下了班就到你宿舍吃饭，晚上还回叔家住。"

男友惊喜地张大了嘴巴："真的吗？那太好了。不过再回去住多麻烦啊！我看还不如就结婚了呢！反正我们早已是晚婚晚育了。"

江山娇知道男友说得也有道理，不过她总觉得自己还没做好结婚的准备，就随口说："你想得美，和家里人都还没商量呢！你小孩子家家的，说了就能算？"

男友不敢得寸进尺，只得点着头憨笑。

江山娇大着胆子告诉叔叔，决定和男友订婚并领结婚证，然后在男友的宿舍两人做饭吃时，没等叔说话，婶就开始嘲讽了："哎哟！这是翅膀硬了，有人疼了，还是嫌我这当婶子的哪地方对你照顾得不周到。

我们家可没这规矩，一个大姑娘家，不这不那的，和人家弄一堆儿吃饭去。你爹娘又不在跟前儿，要出点啥事儿，让你叔婶咋觍着个老脸给你父母交代……”

江山娇没想那么多，遇到婶子这连珠炮似的嘟噜，一时竟无话可说，差点憋哭了。

叔说：“娇妮啊！不是当叔的说你，这次就是你的不对了，也怨不得你婶说你。叔也知道你憋屈，不能像在自己家哪样随心顺意的。要不这样吧！你也到了结婚年龄，那小孩也不错，人老实，最起码以后知疼知热的。叔也给你打听过了，小孩家里虽穷些，但绝对是根正苗红的好人家，家里的大爷们有参加过淮海战役的，有参加过抗美援朝的，还有参加过铁道游击队的……几代的老革命了。不过，结婚这事儿是一辈子的大事儿，你父母虽不在你跟前儿，咱也得一切按老规矩办。再见李木时，你告诉他，让他专门回趟家，让他父母来一趟，两家老人坐在一起好好商量一下你们的婚事。”

江山娇带着哭腔答应着，心里却翻江倒海似的难受，她能理解叔婶儿的谨慎和为难，要出口的第二件事儿只好压在舌根底下没敢再说。她怕说出来又会遭婶婶一顿抢白，依然不会答应。

江山娇想说的第二件事是，她学习回来后，厂里统一为她安排了一个两人一间的女工宿舍，室友家在矿上，少有去住。江山娇太想搬过去住了，她太想拥有一个属于自己的空间了，太想下班后可清静地看看书，想想心事了。可是因为有了男朋友，叔叔不会答应她去外边住宿的。

本来打算回男友家乡的山村里去订婚，由于接着要商量结婚的事儿，男友的父母只好从乡下赶来，连订婚加商量事儿一块办了。

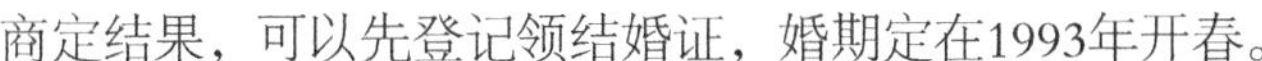

商定结果，可以先登记领结婚证，婚期定在1993年开春。

男友像是领了特赦令，一路哼着歌用自行车托着江山娇去离矿八里地的镇上领了结婚证。又到镇上的商店里买了炒锅、锅铲、碗盆等。

在男友以结婚占宿舍为由的请求下，叔婶也终于答应了让江山娇搬到女工宿舍去住。不过叔叔很严肃地交代江山娇六个字“一切好自为之”。

江山娇能读懂这句话的分量，她也下决心坚守防线，绝不能给叔婶招来闲话。

应该说接下来这段时间是江山娇最快乐的时候，终于变换了自己的工作，终于搬出了叔家的屋檐，有了自己的空间。

第一次下了班到男友宿舍吃饭，李木早已做好了红烧排骨，熬好了蜜枣飘香的稀饭。江山娇眼窝湿润，感激地看了李木一眼，悠悠地说：“有男朋友真好。”

李木笑了笑：“嘿嘿！都领了结婚证了，还男朋友啊！是老公了。快尝尝排骨好吃吗？”

江山娇一边大赞他的厨艺不错，一边第一次向他撒娇：“真好吃！我要你一辈子都做饭给我吃，你愿意吗？”

“愿意！愿意！做给自己老婆孩子吃，有啥不愿意的。”看着江山娇嘴角上啃排骨抹上的油，男友痴痴地望着，憨憨地笑着。

没有甜言蜜语海誓山盟的爱情宣言，没有挂在嘴边的“我爱你”。这个朴实山里娃的话却让江山娇心里感觉前所未有的踏实和温暖。

月光下，李木送江山娇回宿舍，没有相依相偎的欣赏月色，甚至没有牵手。到江山娇宿舍门口时，李木才停下脚步，轻握江山娇的手，小声说：“山娇，秋天的夜里一天比一天凉了，要注意别蹬了被子感了冒，刚到新单位，生病影响工作也不太好。”

江山娇笑嗔：“哎呀！你看你，我又不是小孩子了。”

转身进屋后，江山娇却泪流满面。好久好久了，她都没再听到过这样关心的语言。“别蹬了被子感了冒”，这是从小到大娘常对她说的话。江山娇心里涌起一阵感动，为这个粗中有细的男人。江山娇忽然打开窗子，偷偷目送着那个形象并不高大，却像山一样壮阔的男人。

当那个背影消失在茫茫月色中时，江山娇做了一个决定。她决定断了和剑牵扯了那么久，斩不断，理还乱的那缕情丝，让自己心情平静下来，迎接即将到来的新生活。这一次，没有抽刀断水水更流的缠绵，一切都到了该结束的时候。

她走到桌前，铺开信纸，给剑写了封长信，结尾时说：“剑，感谢你这么多年来让我的生活多了一抹亮色。现在我快要结婚了，欢迎你有空来喝喜酒！”

把信折叠好装入信封，她呆愣了好久。她在想，剑忽然接到她这样的一封信后会是什么反应，应该有点失落，应该有点伤感，还应该有点后悔没有表白吧！唉！不管怎样，让所有美好，都在记忆里定格吧！

江山娇找出剑所有的来信和照片，一封封翻看，这些虽没有一个爱字的精神食粮，今天读来依然那么温情绵绵，依然那么动人心弦，依然那么激情澎湃……六年来的相互安慰，六年来的点点滴滴，让江山娇重读书信时，一遍遍回味着这六年来自己走过的风风雨雨，坎坎坷坷。细想，如果没有剑的这份精神支撑，她也许早倒下了，如果没有这份若即若离的情感牵扯，这六年来她的人生将是多么苍白无味。

细细读着每封信，每个字里行间，江山娇都能想起接到信时自己的心情，自己所处的环境，甚至连当时自己正在做着什么都记得一清二楚。所有的记忆都被唤醒，仿佛一切就在昨天。

剑！谢谢你了！真的感谢你！搀扶我走过了那么多苍白无聊的日子，谢谢你给了我一份含蓄的爱恋，谢谢你不断给我新生的力量和面对困境的勇气，谢谢你……也许我这样做，太对不起你。看到信后，你如果会伤心，会痛苦的话，请你原谅我，一定要原谅我！我的实际情况还有好多是你不知道的，我实在没办法也没能力去追逐一场浪漫的爱情。目前，迫使我紧紧抓住的只有现实的生活。剑！请你看完这封信后，连同我所有的来信都付之一炬吧！

江山娇在心里默念过无数个谢谢后，把剑所有的来信都堆在了一起，把剑唯一的一张照片捧在了手心，对着照片凝神很久，轻轻地吻了一下。然后，她闭着眼睛划着了火柴。当火光在小屋里蔓延时，当照片燃烧发出难闻的味道时，江山娇才猛地睁开眼睛，伸手去与火光抢照片。可是，她抓在手里的是一把灰，照片上英俊的剑已化为灰烬，就像他们的爱情，化灰化烟，在时空隧道里越飘越远。

难以入眠。这个秋夜像过了一个世纪那么漫长。好在学习归来，江山娇由上小班改为了上大班，明天是周六，可以睡个懒觉。

剑的影子始终在脑海里飘来荡去，迷迷糊糊睡去时，天已蒙蒙亮。睡意正浓时，听到有人叩门，是室友。她和同学们周末狂欢，怕家里人多休息不好，跑到宿舍来睡觉。

没等江山娇抱怨，她倒先说了：“干吗呢！这么久才开门，我还以为你男朋友在这里呢！在屋里烧的什么呀？难闻死了。”边说着边动手扫了出去。

江山娇迷迷糊糊躺在被窝里回答："是我烧的没用的书信，同学的。"

两个人都困到了极点儿，躺下就起了鼾声。

江山娇一觉醒来时，已是上午十点半。好在江山娇和男友有规定，休班时她必须回婶家吃饭。这个点还不耽误去帮婶提开水，想到这儿，江山娇咕噜爬了起来。

当江山娇正在洗脸时，又有人叩门。怕惊醒还在酣睡的室友，江山娇顾不得满手满脸的香皂沫，以最快的速度拉开了门。

门被拉开后，江山娇扎哈着两只手，大张着嘴巴，满脸的肥皂沫愣在了门口，像个戏中的小丑，样子一定怪极了。

江山娇做梦也不会想到，站在门口的竟是她的老师，几个月前给她送毕业证的那个老师。抑制住怦怦的心跳，江山娇还原了惊喜后的表情，几乎是喊出来的："老师，真的是你吗，怎么会是你？你怎么来的，怎么一下子能找到了我的宿舍？"

喊声惊醒了室友，室友抬起头看了看。江山娇才意识到，宿舍的床上还躺着个女生。于是轻轻带上门，和老师站在外面，并转头对屋里说："对不起，你别睡了，快起来吧！我的老师来了，从大老远的地方来的。"

老师夹着个皮包，雪白的衬衫外系了条好看的领带，西服上衣随意地斜搭在臂弯里，浓黑的有点自来卷的头发整齐地向后梳着，透着干练和洒脱，又不失儒雅和书卷气。

看江山娇激动得语无伦次，老师也没有了上次送毕业证时的从容淡泊，有点尴尬笑笑说："我正好要到母校办点事，想着你学习也应该结束了，就顺路来看看你，听听你的成绩。"

可能由于走了很远的路，老师脸上还渗有细密的汗珠。

室友开了门：“不好意思，大老远来了，还让你在门外站那么久，快进屋吧！请坐，请坐！”

宿舍很简朴，两个人一屋，只有两张床，要坐也只能坐在江山娇的床上。

看着两个人坐在一起，心直口快的室友怪怪地一笑：“哎呀！江山娇，他真是你的老师？怕我告诉你男朋友，骗我的吧？他肯定是你说起过的那个什么剑……呵呵，你们聊，你们聊，我去给你们打水喝。”

室友提起暖瓶转身出了门，带上门时还很诡秘地冲江山娇吐了吐舌头。

在宿舍门被室友“咣当”关上的那一刻，江山娇的脸上一热，忽然浑身不自在，和老师坐在一起的身子，下意识地往一边挪了挪。

老师已随手把西服放在了江山娇叠得整整齐齐的被子上。接着从包里掏出了一个盒子递给江山娇：“也不知给你买点什么好，就给你买了支钢笔，看看是否喜欢。”

江山娇打开盒子，拿出钢笔，脸唰的一下红了。

钢笔很漂亮，细细的笔身镀着银色的外壳，笔帽上顶着一颗红宝石，宝石下是一只金黄色的凤凰，笔杆上是一条腾飞的巨龙，龙很威猛却不张扬。老师属龙，江山娇属鸡。还记得当年母亲领她算命时，算命先生曾说过辰龙配酉鸡乃上上等婚。此刻，看着钢笔上的龙凤图，又想起毕业时老师送给她的笔记本上那幅鸳鸯戏水图，敏感的江山娇感应到了什么，脸唰的像红布一样。

她羞涩地抬眼看看老师。老师正看着她，眼神里有关怀，有探询，有激情……江山娇慌忙避开老师的眼神，从床上站了起来，又下意识地看了看表，时针已指上11点多。

慌乱中的江山娇像是找着了借口似的说："老师，快到吃饭的时候了，不如我领你回家坐坐。"

老师知道江山娇说的家是她叔家。

一瞬间地惊讶后，老师缓缓地站起了身说："叔家离得远吗？你不是有男朋友了吗？要不把你男朋友喊来，咱一起吃顿饭，我也见见他。"

江山娇更窘了，她刚才还在担心着男朋友千万别在这时候来找他，并不是怕男友误解，江山娇不知道为什么，从心里就是不想让老师和男友见面，就随口说："他今天回老家了，再说也拿不出门去，怕你见了笑话。"

老师笑了，又恢复了课堂上的那种自然亲切："哈哈！男人嘛！还能长多好看，只要个头高，人品好就行了，不是说'郎才女貌'嘛！"

天啊！一句只要个头高，一下子击中了江山娇的痛处，她的男友偏偏个子不高。

老师也许看出了江山娇的窘态，他不想为难她，就对江山娇说："好吧！跟你回叔家，来一趟是应看看老人家的。否则，你那室友到时候非说那个什么剑来找过你，怕是你长着十张嘴也说不清楚了，那还不乱了套。"

江山娇的脸更红了。其实，她多么希望两个人能找个温馨的地方好好说说话，她多么希望被眼前这个英俊的男人结结实实地抱一下……可是，不能。

老师很大方地随江山娇来到叔叔家，江山娇介绍时，叔婶还是很惊讶地看着老师。因为他们也知道江山娇的生活中有个剑，所以当江山娇介绍说是老师时，他们一时没醒过神来。

坐了一会儿，老师借故出去了一趟，回来后手里提了大包的水果，原来他是去了市场。真难为他想得那么周到，叔家离市场老远，且还七拐八拐地不太好找路。

好在堂弟曾和江山娇是同校的校友，只不过比江山娇低了一级，但也被这个老师教过。所以气氛便显得轻松了些。

吃完饭，就由弟弟陪同老师到外宾招待所住宿。江山娇和弟弟送老师到房间，江山娇打好水后，给老师泡了茶，和弟弟一起走了。

一夜辗转，第二天，别离的站台上飘起了蒙蒙细雨，像江山娇湿漉漉的心情。江山娇知道这一别有生之年不知还能否再见。

江山娇还知道老师和她一样，内心也有一种难言的疼痛和不舍。车子启动的汽笛声催开了江山娇的泪腺，老师在车窗外挥动着的手，就像是一个无奈的休止符。

别了，一种似有若无的情，别了，亲爱的老师，再见面时我们已不再年轻。请记得，那说不出的温情曾在心底滑过，但不痴迷不沉醉，只是如兰花一样超然脱俗，永远深植在心灵谷底。

四　江山娇就这么嫁给了李木

经过两家人的多次商议，江山娇的婚期终于定在1993年的春节。

对于这个季节结婚，江山娇从内心来讲是不太满意的，大冬天冷飕飕的不能穿婚纱不说，婆家人还非得坚持让他们回农村老家结婚。

他家说是家里就这么一个儿子，儿子自己考上了学，从一个山里娃摇身一变成了国家干部，平时若在街里显摆还怕人笑话，这回儿子又找了个城里媳妇，当村支书的老公爹是非要好好地闹一番不可的。

江山娇闹不明白两家老人为何都一致决定把婚期选在春节，江山娇在农村长大，知道家乡人娶媳妇选在过年大多是为了省钱，难道婆家也是出于这层考虑。

至于叔叔为什么同意这时结婚，江山娇猜想，也许是叔婶怕闺女大了不能留，怕到时候丢了脸面。自从江山娇搬出去那天起，叔叔的心就跟着悬了起来，为了放下这颗心，只好早点把江山娇嫁掉。

这些都不算什么，最让江山娇心酸的是，即使在春节最有空闲的时候，爹娘也没有来参加她的婚礼。也许是舍不下家里那一摊子人和事，觉得大过年的他俩都来参加婚礼，家里那几个尚未成家的妹和弟没法过年。也许是爹娘看着在叔家把闺女嫁掉会很伤心。也许是家里当时困难，没能给江山娇准备一份像样的嫁妆，觉得不好意思来……

“就没见过这样当爹当娘的，这亲闺女出嫁，两家门里的头一桩喜事，他们竟连个面也不露，哪有这样的，到时候好了孬了的，反而让我们这些操心受累的人跟着说不起话，他们倒落得个耳根子清静……”

在婶婶一声声的抱怨中，叔叔按部就班地依男方的要求准备着东西。

男方要求“抱鸡”，为图吉利，必须得准备一只“草鸡”（就是下蛋的母鸡），并且要黄色的。这种鸡除非到郊区买，据经验之谈，买时要摸一摸鸡屁股，最好要能当天下蛋的。婚礼上，鸡由娘家侄抱着，到男方家后，先由男方准备的“红公鸡”把这只“草鸡”迎下车后才迎新娘。至于为什么“抱鸡”，江山娇也不懂，也许是集“五德”于一身的鸡自古以来就是吉祥的象征，预示着以后的大吉大利吧！

男方非让江山娇穿他家里给做好的被称作“刷锅棉裤、刷锅袄”的红衣服。为这事，一直到化妆时江山娇还在哭，毕竟每个新娘都期盼着穿上婚纱的幸福时刻。看着那中式的偏襟小褂，肥肥的红花裤子，绣了花的平底布鞋，江册娇能想象出穿在身上有多怪，这哪是新娘呀，岂不成了傻妞。

一开始江山娇说啥也不肯穿，木讷的李木此时却变得油嘴巧舌起来：“别哭了，这都要成人家老婆了，还哭鼻子，你丢不丢人呀！要入乡随俗嘛！穿上吧！我相信你一定会成为我们村最漂亮的新娘。”眼看时辰已到，不穿也没办法。她只好穿了，上了婚车。

江山娇的老公李木事先找了他最要好的朋友，坐在车子的最前面，嘱咐他手里时时拿着炮仗，遇井、十字路口、桥……都要放上几颗。就这样在噼啪不断的鞭炮声中，婚车一路颠簸到了婆家。在震天的礼炮声、吹吹打打的唢呐声中，婚车停在了江山娇婆婆家的农家小院外。

可婚车停下好长时间，只听见炮声、唢呐声、喜乐声，就是不见有人来迎。等得伴娘们焦躁地问怎么回事，可江山娇哪里知道。

后来问起老公，才知道这是他们当地的又一礼俗，叫“勒性”。意思是说：“让新媳妇耐着性子多等一会儿，勒勒她的性子，省得以后个性太强，脾气太大，儿子会受气。”

“勒性”过后，就看见一中年妇女——后来知道是他本家的婶婶，手里拿着点燃的火把，（那是一种叫箐杆的植物，也许是取“请”的意思吧！）围着婚车转了几圈后，离开了。

接着，另一位年轻点的妇女抱着他们准备的那只“大红公鸡”打开了车门，先是喊女方侄子打开装着“草鸡”、糊着红纸的篮子，然后让公鸡和母鸡头对头地相互啄了一下，才给了抱鸡的一个红包（里面是钱，让买身衣服叫“脱鸡皮”，过去也有直接给衣服的）。

迎完了鸡，才走来了迎娘，江山娇的小姑子端着个红色的大拼盘子，撒着红红花花的喜纸、糖块、栗子、花生……唢呐吹的《百鸟朝凤》，此时分外地响，礼炮又放起来了。此时此景，使刚才还有点急着下车的江山娇倒有点羞涩了。两个迎娘先把“蒙头红子”轻轻地盖在了江山娇的头上，然后才搀着她下车。被蒙上的头的江山娇周围顿时一片漆黑，只听得见喜乐阵阵，笑声朗朗，还有一些听不太懂的当地俏皮话。

被搀着走进了新房，江山娇心里嘀咕：哪受过这委屈呀！这也太老土了。好奇的天性使她恨不得一把扯下头上的“蒙头红子”把周围的一切看个究竟。

忽又想起嫁前婶婶交代过的话：“大妮啊！结完婚可就成了大人了，凡事不可再任性而为，省得惹人家笑你没教养，要时时刻刻想着自己是人家的媳妇了。”嘱托的话在耳边回响，无奈，江山娇只好把高高举起的手放了下来。

可这一细微的举动还是被站在一旁等着“执行任务”的堂嫂看在了眼里。

她嬉笑着说：“哟！瞧把俺兄弟媳妇给急的，自己就想扯下‘蒙头红子’呀！咱可不兴这个，还得我这当嫂子的来帮忙。”说着就念起了词：“‘蒙头红子’挑三挑，不过三天生个小。”

听得江山娇笑出了声，心想：三天生个小子，也太快了点吧！话音落下，嫂子用系着红布的秤杆把“蒙头红子”挑了下来。

按当地习俗，堂嫂将秤杆挂在了床头，转头嘱咐新娘说：“弟妹子儿，这块蒙头红一定要放好。等有了孩子要用它给孩子做件小褂子穿上，我们这里叫它‘状元衫’，给孩子图个吉利。”

江山娇笑着点了点头，堂嫂完成任务便走了，又进来了一中年妇女，端了一碗面条，是女方从娘家带来的“随身面”，碗上没有筷子，搁了两棵葱，两棵葱用红线紧紧绑在了一起，让江山娇用葱当筷子挑起面条吃一口，与平时吃饭不同的是，此时得吃进去再吐出来。吃时，端面条的人得问“生不生？”为图吉利你不能说不生，无论再怎么难为情，都得红着脸回答：“生”。声音不够响亮，还不行。

就在吃面这项任务快要结束时，又听到热闹的人惊叫：“快看！快看！这只母鸡可真争气，这就慌慌着下蛋了。”

江山娇随声望去，拴在床腿上的“草鸡”屁股下面真就下了一个白生生的鸡蛋。江山娇觉得挺好玩的，也咧着嘴跟着人家笑。

听到喊声进来的李木却悄悄地用胳膊捣了她一下，小声说：“你傻笑什么？这只鸡忙着下蛋，预示着你迫不及待地想做妈妈！”说完看着江山娇坏坏地笑。

在婚礼的喧闹中，江山娇觉得一切都挺新鲜挺好玩，可一旦等到吃完婚宴，娘家人要走，留下江山娇一个人孤零零地在这个还很陌生的农家小院时，江山娇一阵心酸，眼泪不由自主地掉了下来。

老公边帮着擦眼泪，别刮着她的鼻子说：“傻丫头，有什么好哭的，这才是你真正幸福生活的开始呢！放心吧！我会一辈子对你好。”接着说了好多煽情的话，至今想起来还让江山娇耳热心跳，然后就是不顾江山娇的撒娇与哭闹，猛地抱起她放到了床上。

江山娇唉哟一声，李木被吓了一跳，忙将她从床上抱起。却原来，被窝里全是栗子、花生、红枣、糖果，疙疙瘩瘩的，硌疼了江山娇。

天，终于黑了下来，人，终于静了下来。在焦急的期待中，江山娇和李木迎来了他们的新婚之夜。

五　江山娇品尝育儿的甜蜜与艰辛

当江山娇沉浸在婚姻的迷茫和幸福中，一切都还没准备好时，生活的列车已经迫不及待地将她甩入了正常轨道。尚迷失在初有小家的温暖中，还不知道怎么做一个好妻子，她就从女孩儿变成了女人；在她和这个男人尽情而简单地制造快乐时，又在毫无思想准备的情况下成了准妈妈。

她没有像电视里演的哪样，娇嗔地告诉李木：“老公，我有了。”

江山娇是个小迷糊，迷糊到连自己的“月事”也记不太清楚。新婚一个月后，老公笑眯眯地地提醒她：“你没觉得不对劲吗？这个月你没来例假，到医院检查一下吧？”

江山娇白他一眼：“哼！还觍着脸说呢，还不都是因为那天晚上流血太多了，这个月当然就没得来了。”

李木笑翻在了床上，拿起他结婚时买的那本《婚育健康指南》：“哈哈哈！来来来，快查查看是这么回事吗？”

这本书，是江山娇和李木去领结婚证时，人家赠送的。他说他心里没底，得从书本上补充点知识。婚后，这本书就成了他们的字典，有事没事都查，连做爱的程序也都是按书上说的，用他自己的话说：“谁让咱是书呆子呢！没办法。”

小两口一阵疯闹后，李木一脸正经地说：“山娇，明天请个假，我陪你去医院检查一下，说不定我真的要当爸爸了。”

拗不过他，第二天一大早，李木生拉硬扯地陪江山娇去了医院。妇科门诊里那个南方口音很重的男大夫，叽里呱啦地给江山娇说了一大堆的话。江山娇只听懂了一句，就是大夫让她到厕所去接小便，还给了她一个专用的小碗。

妇科里坐着个男大夫，江山娇本身就觉得难为情，再加上听不懂这大夫到底说些啥，心里更是惶恐得没了底。

她端着小碗，模棱两可地看了看李木，李木给了她一个鼓励的眼神。江山娇也明白，再怎么着，李木也不能陪她去女厕所。

从厕所出来的江山娇，端着小碗硬着头皮进了诊室，在大夫又对她说了一通话后，江山娇忐忑着把小便倒在了大夫的桌子上。

大夫大怒，气得脸都变了色，憋出了一句半生不熟的南方普通话，“你针稀呕针神病，好便别回行点眼科猫？”（你真是有精神病，小便不会送检验科吗？）

江山娇委屈地掉下了泪，说：“能怨我吗？我实在听不懂你在说什么，我第一次来这里谁知道到底要怎样做。”

李木红着脸边擦桌子，边给大夫道歉。

这次检查算是砸了锅，在李木好说歹说的规劝下，第二天又换了一家医院。这次，李木一改往日的腼腆，端着江山娇的小便去送检，楼上楼下地来回跑，并嘱咐江山娇上楼时慢点儿什么的，就好像江山娇的肚子已经鼓了好几个月了。

当检查结果出来，确定江山娇真的怀孕时，这个平时不声不响的男人，在医院的走廊里一蹦老高，旁若无人地大声嚷嚷着：“我要当爸爸了，我要当爸爸了。”

江山娇心里却很乱，是那种兴奋中杂糅着不安的乱。她还不能确定自己到底有没有能力做一个妈妈。此时，她想到了远在乡下的妈妈，想到了妈妈的苦、妈妈的无奈都与孩子有关。

妈妈给她说过：“女人一旦做了娘，就没了脾气儿，也没了花里胡哨的想法，不管生活得如意不如意，都得看着孩子往前过日子。自己受再多的委屈，为了孩子也得咬牙忍着，孩子毕竟是自个儿身上掉下来的肉，当爹的可不能体会。所以人常说，孩子们跟着个当官的爹，还不如跟着讨饭的娘。”

想到这儿，江山娇心里酸了一下，再看看兴奋得忘乎所以的李木，江山娇没好气地冲他吼道：“你，你干吗呢？你神经啊！这是医院。”江山娇满脸通红，不知到底是羞还是气。

李木这才吐了吐舌头，拉着江山娇走。下楼时小心地要去扶江山娇，江山娇甩着胳膊不让扶，并一脸的不高兴。说实在的，在她内心真的不想这么快就要孩子，她一切都没准备好。还没从新婚的幸福与迷茫中醒转过来，就要当妈妈了，这一切都太快了，快得让她有点不知所措，无力承受。

随着肚皮的日渐隆起，在每一次的胎动中，腹中的婴儿和江山娇做着一种只有母体才能感觉到的交流。小小的生命在用阵阵蠕动来安抚着江山娇不安的心，使江山娇陡然觉得，原来，怀孕是一件很奇妙也很伟大的事情。她能让一个女人忽然变得很有母性，对待任何事情都很宽容。

渐渐地，江山娇陶醉在这种孕育的快乐中。为了生一个健康的宝宝，江山娇不得不放弃好不容易得来的计算机岗位。

怀孕的那段日子，是江山娇最充实最幸福的日子，也是她做女人最成功的日子，成功的意义在于她顺利地生了一个健康的儿子。尽管当时她还没有完全意识到，在严格按照计划生育的今天，这样的感受与享受，这一生也只能体会那一次。

想起李木变着花样给她做的各种吃食，一股幸福之流在内心激荡。听人说多吃水果，胎儿将来皮肤会好，李木就拼命往家买水果；听说多吃核桃能使孩子头发黑、智力好，李木总是把核桃一个个砸好放在江山娇的手心，跟哄孩子似的让她吃下；听说吃黑芝麻饼能给腹中胎儿提供钙源，李木不辞辛苦，周末骑自行车到很远的邻市买正宗的黑芝麻饼；听说多吃动物肝脏对将来的孩子好，李木每天下班都带回一块热气腾腾的猪肝……

对猪肝，江山娇的吃法很独特，不让切也不让调，就那么原汁原味地捧着啃才觉最香。直吃得若干年后，提起猪肝就恶心，尽管知道动物肝脏对她的贫血补血很好，她却再也不愿吃下一口。

李木是个务实派，他总觉得穿得好是给人看的，省吃俭用的把钱都变成好衣服穿在身上，人家看着是好看了，于己何干。他的穿衣哲学是只要自己穿着舒服就好。对于吃，他有自己的一套理论，吃得好了，身体就好，好的身体才是革命的本钱。所以，他不讲究衣着仪表，他不修边幅，这是在后来的生活中，江山娇最不能容忍的，也是两个人常发生摩擦与争执的导火索。

也许，人在孕育希望时，是最快乐的。刚结婚就怀了孩子，江山娇完全沉浸在快乐中，理所当然地认为老公为了疼她这个孕妇，才把个人累得松松垮垮的，却没想到没那么简单，原来，这一切都会与一个人的生活态度有关。

最让人憋气的是，尽管他的生活态度有问题，你还不能指责他什么，因为在许多人眼里他那叫顾家，叫会过日子，如果江山娇把他那些做法说成小气，说成没出息，想必会遭人骂。

印象最深的是有年回老家过年，江山娇和他一起去赶年集，在买香菜时，人家随手一拿，说是五角钱的。没想到李木说啥也不要那么多，说：“炖条鱼只要两角钱的足够，买多了吃不完第二天就焉巴了，扔了白白浪费。”

在一阵争执后，卖菜的妇女无奈地给他称了两角钱的香菜。在他拿了香菜转身欲走时，那妇女却不耐烦的嘟噜着：“你看这个人，胖的和泥捏得似的，咋就这么小气，这么会算计呢？”

李木宽厚的一笑，毫不在意。江山娇脸上却觉得火辣辣的，实在有点挂不住。

回去的路上，江山娇埋怨他：“你也真是的，你说，你一个大男人家的，买几角钱青菜还跟人家掰扯个啥，不够丢人现眼的，指望着省下这三角钱还能发家呀。”

李木却不急不恼地牵了江山娇的手，跟对孩子似的对她说：“这你就不懂了，今天虽然只省了三角，你要是能天天能省下三角呢？这日子不可细算，天长日久的钱不就这么省出来了吗？再说这有啥丢人的，我自己拿钱买东西，我爱买多少就买多少，这是我的自由，她凭啥硬派给我。男人怎么了，谁规定的男人买菜不能砍价。我还告诉你，以后家里这买菜的活儿我就包了，你只管带好孩子，上好班，开开心心的过日子，咱就一切完美了。”

江山娇满肚子的火，被他说得无处可发，也只好沉默。

浪漫的江山娇竟然能在生孩子那么痛苦的过程中，品咂出那句“相见时难别亦难”。可不是难吗？每一个生命的诞生和离去，必将有人痛彻肺腑。

伴随着一阵阵宫缩的疼痛，坚强的江山娇没有喊一声。她已经模模糊糊意识到，十月怀胎，一朝分娩，这是女人的使命，每个女人都得过这一关。既然是自然规律，她也一定有能力来完成。生生死死，几番折腾，好像去了趟遥远的天国，江山娇在婴儿嘹亮的哭声中醒转过来，成了儿子的妈妈。

生完儿子第四天，医生又一次查房时，发现江山娇脸色苍白，连耳唇都是白的，便要求她做检查，结果发现她有很严重的贫血症，嘱咐要加强营养。

李木是独苗，江山娇是长女，他们孩子的降生引起了双方家里的高度关注。在离预产期差不多还有二十天时，江山娇的妈妈不放心，就千里迢迢地来了她身边，随后婆婆也来了。

孩子却好像并不欢迎两个老太太的光临，像和她们捉迷藏一样。在双方老人望眼欲穿的等待中，预产期过了半个月，江山娇的肚子也没见要生产的动静。

江山娇两口子沉不住气了，怕胎盘老化，怕羊水少了等，反反复复地去医院检查。

每次检查，医生都说一切正常，还不到生的时候。两位老人就笑着埋怨：“八成是这两孩子迷迷糊糊地给记错日子了。”

两个老人你劝我一句，我劝你一言的：“别急，耐心等着吧！趁着孩子没来，咱们老姐俩也好好玩玩、聊聊。”

于是，两个老人就用没完没了的逛街、做吃的、打扫卫生、给小孩做衣服、尿布等方式来消磨时光。

如今，一听到医生说产妇身体不好，要加强营养。她们很紧张，好像要把闲了二十多天的劲儿全部使出来一样，两个人变着花样地做这做那。什么猪脚汤、甲鱼汤、鲫鱼汤、参汤、海米汤……还有太多不知从哪里找来的民间的偏方。直吃得个江山娇丰乳肥臀，却没有多少奶水，儿子一大半还得靠奶粉喂养。

最让江山娇难以忍受的还是坐月子，她常急躁地说：“也不知谁家兴的坐月子？”可无论她再怎么烦躁，在两个老太太的严密监视下，她得一丝不苟地坐这月子。

当地坐月子的习俗是，生完孩子一个月内，不能洗澡、不能运动，不能修指甲，不能剪头发，不能看书、看电视……总之有太多的不能。

江山娇在两位老人四双眼睛的看管下，几乎啥也不能，能做的就是卧床休息，自己饿时吃饭，孩子哭时喂奶。于江山娇来说，这种享受，可真是种难忍的折磨。她觉得自己就像头吃了睡睡了吃的猪，生命没有了任何意义。

当有一天看见镜中横向发展的自己时，她吓了一跳：“啊！这是我吗？”从此她拒绝吃一切补品，只要求喝清汤、吃青菜。可老人怎么能依她。

好不容易熬到满月时，也已到了1993年的年关，妈妈和婆婆就悄悄打算着回去，因为各自家里也都还有一大家人等着她们回去过年。听说她们要走，江山娇嘴上挽留，心里却暗喜。她心想:等你们走了，俺终于可以自由自在的吃饭了。同时也担心，她们走了，自己能否照顾好孩子。

无论什么时候，总是母女连心。不得不走时，江山娇的妈妈流泪了。

趁婆婆和老公都不在时，她紧紧拉着山娇的手，语重心长地嘱咐道：“妮啊！算你没看走眼，通过我来这些日子的观察和体会，我看你这男人不错，知疼知热的。该当俺妮儿有福气，当娘的也就放心了。姊妹几个数你离娘最远，以前娘没来你们家之前，闭上眼就梦见你们两口子打架的情景，你可知道娘多少夜都是被你的哭声惊醒的。知女莫若娘，娘总觉得你这么笨的丫头，连口饭也不会给人家做，性子还那么倔，不挨打受气才怪。这次，从在你家待的这些日子，亲眼看到了李木对你是多么好，娘以后再也不会做那样的梦了。妮儿啊，女人能找个心眼儿好的本分男人不容易，你要好好地和人家过日子。如果有一天他要是变了，怨咱命不好；要是你三心二意的，娘可饶不了你。”

娘走后，抱着怀中可爱的儿子，回味着娘说的话，江山娇才一天天从朦朦胧胧的不甘中回转到了现实生活。尚未体会到育儿的艰辛和生活中想不到的困难时，她陶醉在无边的幸福里，重新拾起了对生活的激情与活力。

那年的冬天好像特别冷。当时的单身宿舍，供暖不正常，即使有暖气也不太热，老人在时家里烧着炭炉子，屋里还没觉得太冷。

遇着阴天下雨，两位老人用手支着尿片儿，轮流在炭炉子上给孩子烘干备用。老人走后，炭炉子不小心让他们烧灭，想再点起取暖做饭时，却弄得满屋狼烟，怎么也生不着火了。

江山娇生在农村，长在平原，那里的柴源取之不尽用之不竭，家乡人从来不烧煤火炉子，如今面对这个怎么也弄不会的东西，她更是无从下手。

无奈，李木只得去外面买了个大功率的电炉子，给儿子取暖、烘尿布就全指靠这个电炉子了。由于每晚都得用，就常发生打保险的事件。保险丝一断，全楼停电，听着外边的人此起彼伏地叫骂谁家缺德，不知用了多大功率的电炉子。江山娇在屋里哭，老公低头沉默着，一旦有了电就又插着了电炉子。

实在没办法，为了儿子的暖，他们也顾不了什么仁义道德。不敢再用电炉子，不是因为人家骂的难听，是因为一次李木给儿子烤尿片时，迷迷糊糊睡着了，尿片落在电炉子上着火了，引着了旁边的布帘，惊醒了熟睡的江山娇，才逃过一场灾难。

从此，江山娇坚决不让用电炉子了。不知听谁说起可以去矿里找些桦树皮来烧，没烟雾，比煤炭上热还快，李木只好到矿内的木场（堆放井下用坑木的地方）去揭桦树皮回来生火。那一整个冬天，他们就烧这种树皮取暖，等放进足够多的树皮把炉子的烟囱烧得通红时，再从炉子上提下烧热的水倒进大盆里，笨拙地给儿子洗澡。侍候好儿子，再烘尿布、做饭，等等。

尽管两口子尽心尽力，儿子还是在不到五十天时就得了肺炎。两个人不懂什么偏方，也不懂怎么护理照顾，只得选择给儿子打吊瓶。当针头第一次扎进孩子细嫩的头皮时，江山娇哭了。又害怕，又心疼。这是她第一次真正体会到母子连心的疼，她终于懂了那句“不当家不知柴米贵，不养儿不知报母恩”。

吊针一打就是九天，江山娇也连着哭了九天，她一遍遍神经质地问李木：“你说这么小的孩子就打吊针，并且还是扎在头上，会不会影响他以后的智力啊？”

李木哪里知道，他又不是医生，他也同样迷茫，也只能劝老婆说：“我想不会吧！没事的，别瞎想。”没有育儿的经验，老人又不在身边，孩子三天两头的小病小灾不断。一直到三岁，江山娇两口子常常是在医院陪儿子打完针，顾不上吃饭就赶去上班。

让人欣慰的是，江山娇是个时刻要求进步的人。尽管在这么艰难的环境中，她仍不甘心自己苦苦学来的计算机技术，由于结婚生子而忘记。她始终憋着一口气，暗暗地自己跟自己较劲儿。

为了休完产假上班时以实力取胜，重新回到原来的岗位上，她和自己赌了一口气，悄悄报名参加了中国计算机函授学院，一边带儿子一边开始了函授学习。这时的她，依然不谙世事，压根儿就没意识到世俗的险恶与不堪。她不明白，也不知道，其实，许多事情并不是完全凭实力才能取胜的。

果真，让她猝不及防，没有任何思想准备。上班后，一切都变了，工作单位上已没有了她希求的岗位。她变得异常失落看到别人夫荣妻贵，她在内心开始偷偷抱怨李木没本事，同时消极地学会了安于现状，得过且过，开始稀里糊涂地打发无聊的日子。

好在李木为人厚道，不用担心他因婚外恋而对妻子不忠。儿子聪明活泼，给江山娇平静如水的家庭生活增了无尽的欢乐。

短暂的不快后，这个阶段的江山娇，全部的心思都用在了儿子身上，写日记记录下儿子的成长过程，成了她生活的全部动力。

一本厚厚的日记，记录着儿子在这个普通家庭里成长的点点滴滴。江山娇在日记的扉页上写道：

亲爱的儿子：感谢那个飘雪的午后，在妈妈历经了12个小时的痛苦后，把你迎到了这个世界。听到你的哭声，妈妈疲惫地从产床上抬起头看了看你。你睁着眼睛，在吮自己的小拇指，光光的小脑袋转来转去像要找寻找什么。大声地啼哭好像在诉说你的前世今生。儿子，我要对你说："请不要后悔做了妈妈的儿子，妈妈虽给不起你富丽堂皇的生活，但妈妈会给你人间最伟大、最温暖的爱。

妈妈不奢望着你长大后会有多么大的成就，只望你能健康平安地长大……究竟能为你成就怎样的人生，妈妈不敢保证，但妈妈要告诉你的是，在这个世界上，光影流转，众生浮华，万物流变，唯一不变的是我滚烫得无法言喻的母爱……”

几年后，单位分了福利房。李木和江山娇终于有了一套自己的住房，有了真正意义上的家。当时分房按工龄、年龄等排序，江山娇的老公李木是80年代末毕业分到矿上来的大学生，没有任何资历，在矿上更是两眼一抹黑，谈不上任何背景。尽管李木享受知识分子等一切优惠待遇，无权无势又不善社交的他们，分到的住房并不理想。

虽然是福利分房，按政策还是得交一万多元钱的购房款，这对于刚参加工作的江山娇和李木来说已经是个天文数字，双方父母家都在农村，谁也帮不了他们。因此交了房款后，他们再也拿不出钱进行装修，简单买了几样家具，就算安了家。

在这之前，他们所谓的家，就是在一间既当新房、又当厨房的单身宿舍。也是李木分在知识分子楼的单身宿舍，尽管没买太多的东西，窄小的屋子里仍然显得空荡荡的，却值得纪念。正是这间小屋，让江山娇有了自己的家；正是在这间小屋里，小儿学会了走路，从一岁长到了三岁；也正是间小屋，见证了江山娇最美的青春里苦辣酸甜的生活，这里的一床、一桌、一个电视机、一对沙发，简朴中透着无限的温馨。待在这个叫作“家”的小屋里，江山娇常常情不自禁地哼起那首经典老歌儿：“我想要有个家，一个不需要多大的地方，受伤后可以回家……”虽然唱得曲不成曲、调不成调，李木依旧能听懂她内心的珍惜与感动。

什么样的情感可以经得起平淡的流年？在这间小屋里他们度过了新

婚蜜月，孕育了可爱的儿子，快乐充实地生活了三年。这三年，是江山娇人生中最艰难亦最温馨的三年。他们并没有像人家说的“贫贱夫妻百事哀”，而是尽心尽力地把平淡的日子过得风生水起。

这三年，江山娇从姑娘变成了女人，又从女人变成了母亲。在这个蜕变的过程中，江山娇充分享受到了做女人的快乐和做母亲的欣悦。尽管全是最简单的快乐，但那却是最原始、最真实的知足之乐。

李木不是个浪漫的人，也不会营造任何的情调，他能给江山娇的唯有一颗真心与一腔挚爱，再有就是作为男人足够强壮的身体，和尽心尽力在自己女人身上卖力地耕耘，尽管笨拙，却让江山娇快乐心安。正是这个男人质朴的爱，给了江山娇一个叫作“家”的小窝，让她真正感觉到有人关心有人爱的温暖。当时的江山娇，对冥冥中上帝安排的这份婚姻充满了感激。

第七章　半笺诗书成笑话

一　一种直销产品打碎了江山娇的美好

爱上文字的江山娇，渐渐养成了熬夜织梦的习惯。这天，激情洋溢地写完一篇稿子后，电脑时钟显示的时间是5：45，存盘关机，一阵困意席卷了她疲惫的躯体。怎么会这么晚了呢？再过两个多小时就该上班了。想到不得不上班去挣养活自己，再想起班上的一切不如意，本就多愁善感的山娇心里又开始不是滋味了。

她想不明白这一切到底是为什么，明明出去培训学习时，她的业务学得最好，回来之后却不能学而致用，坐在纤尘不染的微机室里工作的梦想，被无情的现实浇灭了。后来才知道，任何一个单位都有好孬工种之分，而且这种分工并不完全按照你的工作能力、业务水平，而是照顾各种关系、各种人情。也就是别人常说的“说你行你就行不行也行，说你不行就不行行也不行”。

山娇被分在最底层的装订组，出去学的所谓技术一概没用，每天重复的只是机械的劳动，只不过原来摆弄的是煤炭和矸石，现在摆弄的是各种各样的纸张。要硬说有技术的话，那么她的技术核心也从计算机排版转移到了纺纸、折页、抹胶、装订，这些没有培训过的东西反倒成了她工作的主要任务，一切都得从头适应。

如果换了别人，或许会一如既往地忍下去，以求生活的平静，可偏偏江山娇做不到。当所谓的梦想被现实击碎，再也无法拾起时，她并不甘心任自己消沉下去。

六年后的某一天，她无意中接触到了一种直销产品“梦酶”，跟着介绍人去听了几次课后，心中的梦想被再度点燃，且燃到了从没有过的临界点，让她如飞蛾扑火般不顾一切地去追梦。

在众人的惊讶与热议中，她辞了那份来之不易的工作，成了梦酶公司的一名业务员，并离开煤城进了一座县城。

梦酶公司专卖店是一幢装修考究的两层小楼，第一天上班的江山娇，被带到二楼的业务部办公室，并被任命为行政业务助理，将负责协调营销人员与公司之间的业务合作。望着偌大的单人办公室及简约却不失雅致的办公设备，还有那台品牌先进的崭新电脑以及这响当当的外企名声，江山娇兴奋极了，她认为自己的梦想之旅即将从这里开始，却没想到迎接她的将是一场突如其来的噩梦。

兴奋的心情平静下来，待在办公室时，江山娇总是隐隐约约感觉到，有一股难闻的气味老往鼻腔里钻，呛得她鼻子刺痒，一个劲儿地打喷嚏。这么好的办公环境，怎么会这样呢？她困惑地站起身，四处张望着找窗户，她想开窗通风。可是找了一圈，才发现办公室并没有窗户。她急忙跑到其他办公室看看，同样也没找着窗户。

这回可真让江山娇纳闷了，她不由暗自埋怨这外企真是不懂中国国情，再高级的办公室你也不能不安窗户吧？一个个大活人，整天憋在屋里，不通风不换气的哪能行？再说如其大白天开着灯办公，多浪费，也不适合环保节能。

她将她的疑惑向领导反映，领导淡然一笑说："这就是人家外企的风格，你不懂可千万别乱说。"

领导不屑的表情，让江山娇显得很是浅薄，莫名的虚荣心使她欲言又止，最终啥也没再说。

之后的一些日子里，每到办公室一坐，便接二连三地打喷嚏，刚开始的刺鼻，也渐渐增加到刺眼、刺喉，让人越发难以忍受。

身体上的这些症状，江山娇都没敢给丈夫李木说起过。因为，当初他的激烈反对并没能阻止江山娇义无反顾地辞职跳槽，如今的烦恼也就没有资格和他分担。

只是让人感到奇怪的是，工作环境越来越好，化妆品用的越来越高级的江山娇，却日渐衰老。收入有了提高的她，身体素质却一天不如一天了。有时感觉上楼都累得上气不接下气，她没多想，只怨自己脱离体力劳动，安逸轻松下来后缺乏锻炼的结果。直到有一天，她发现了自己尿血，才惶恐地扑到丈夫李木怀里哭诉。

"尿血？你可千万别吓我，是不是大姨妈要来了，你整天犯晕，又没记清日子吧？"惊恐的李木要求她必须尽快到医院做检查。

内心的恐慌，让此时的江山娇再也没有了任性的勇气，她听凭李木的安排，到当地最好的医院做了检查。检验结果出来后，江山娇放声大哭，李木垂头丧气。肾内科的主任医师直言不讳地告诉他们："慢性肾小球肾炎、慢性肾功能不全、氮质血症期！最快一年、最迟五年，极有可能发展成为尿毒症。"

尿毒症，这个可怕的字眼儿，让李木联想到妻子倔强不服输的性格，这种性格让她心里总是顶着重重的负荷，不能轻松生活。或许，这种压力，可能也是致病的因果。

李木怎么也没联想到罪魁祸首竟是江山娇后来的这份工作。直到医生建议他们去省立医院做进一步深入检查，经省里的专家诊断发现，江山娇的双肾已严重萎缩，只有20%的功能还可用，即将发展成尿毒症，很大程度上已无法挽回了。

为确定治疗方案，资深肾病专家开始详细地询问江山娇的过往病史及生活工作情况后，针对江山娇多次提到的办公室里的怪味儿，他初步判断，江山娇的病情一定与其办公室的怪味息息相关。

专家的一席话提醒了李木，回到家后，他开始张罗着向当地环境监测部门申请，对江山娇工作的梦酶公司专卖店的办公环境做一次环境监测。

尽管监测当天，办公室的空调一直嗡嗡地开着，不符合要密闭12个小时才能做监测的要求，几天后出来的监测结果还是令人触目惊心：甲醛浓度超出国家标准一倍之多。

气愤至极的李木，凭借这份监测报告，开始拿出法律武器进行维权，不料却遭遇了外企常见的“公文旅行”。从梦酶公司专卖店经理到分公司再到梦酶公司总部。总部的态度是：本公司作为国际知名企业，绝不可能漠视员工的健康，去找一个不负责任或是资质不够的装修公司，装修出一个甲醛深度超标的办公区。

他们对江山娇个人委托的监测结果表示怀疑，必须得重新监测。这样一拖就是小半年，再次监测的结果却依然是“甲醛深度超标”。

病因清楚后，江山娇便拿着医院的诊断书找到专卖店经理，说医生诊断她的病早晚会发展成尿毒症，希望公司尽早点儿做出决断，以免耽误治疗。

专卖店经理以需要向公司总部汇报为由，给了她一个冠冕堂皇的官方回复。汇报结果却迟迟没有消息。

没有办法，江山娇只能一边等待消息，一边积极治疗。除了有病痛的折磨，江山娇倒是感觉到了前所未有的轻松，因为她不用去上班了。

一到单位就得拿出一张假脸，就像戏台上的戏子一样，无论有着怎样的心情，一旦上了舞台，锣鼓点敲就得起来应付各种角色，她真的厌倦了。

她开始艳羡那些“作家”们，信马由缰地写着自己想写的文字，表达着自己想表达的思想，弄好了照样能换回银子养活自己，多么舒心自在。

这么想着，江山娇就悄悄地种下了新的梦想，她想成为真正的作家。尽管她不知道她的病到底会发展成什么样子？命运最终会把她带向何方？不尝试一下，死也不能心安。

又是一个寂寞的雨夜，夜里的江山娇转身又成了那个洗尽铅华，只剩孤单灵魂的伊一。此时的伊一在想，人的生命当真就那么脆弱吗？脆弱到不堪一击。一股股难味的气味也会让自己的身体器官出现问题，会得尿毒症？得了尿毒症将意味着烧钱，她的家底她自己心里最清楚，如果得不到梦酶公司的赔偿，她是治不起的，她的娘家，她的那些亲戚更是指望不上……

胡思乱想着，她不由自主地点开了百度搜索，输入尿毒症透析一次需要花费多少钱，换肾需要花费多少钱，换了肾的生命质量和原来有没有改变，能活几年？一条条弹出的结果，让伊一倒吸了一口凉气。这凉，种在心里，深至骨髓，一凉到底。

她关了网页，缓缓起身，走到窗前，平静地看着窗外。窗外缠绵的秋雨就像银灰色黏湿的蛛丝，织成一片轻柔的网，网住了整个秋的世界。黎明的夜色沉甸甸的，像古老住宅里缠满着蛛丝网的屋顶。一切都是异常的沉闷。静默在暗夜里的石榴、无花果、葡萄藤，都不过代表着过去盛夏的繁荣，如今亦在萧萧的雨声中零落凋败、瑟缩不宁，回忆着已逝岁月中经历的风风雨雨。

凝眸窗外有点凄凉的夜色，伊一悲秋的情绪再次从心底的某个地方悄悄钻了出来。秋天本是收获的季节，在她的思绪里，秋天却怎么看怎么像是人生的暮年，一半是收获的喜悦，一半是凋残的寂寥，而自己一切都还没来得及收获，就要面临着凋败，这让她无限伤感。

回忆那些年少轻狂的岁月，她忽然很想看看少女时曾读过无数遍，且流过数不清珠泪的《漱玉集》《醉花阴》，大宋才女李清照《声声慢・寻寻觅觅》的凄惨，一生演绎出来的悲秋情结，穿透古老中华厚重的历史烟云，一次又一次惨惨戚戚地把自己推向孤独之巅。

正是这句“寻寻觅觅”，激起了伊一心头暗藏多年的涟漪。也许，世上每一个人都在寻觅，在寻一个梦，在寻一段情，在寻一份爱。抛却本能的男欢女爱，说白了，在这世上，女人的多情挥泪和男人的仁义滴血，女人的黯然销魂和男人的壮怀激烈，女人的柔情似水和男人的荡气回肠，全都是在用生命去寻无怨无悔，寻矢志不渝，寻生死相许，寻天长地久。如果都经历过，死了也许还会少点遗憾。

伊一迷茫且渴望着。在她生命苍白无望的时刻，她知道，这网络上不期而遇的子墨，这仿佛是坦诚热烈的饱学之士，并不是她“众里寻他千百度而蓦然回首阑珊处”的那个人。她寻找的金岳霖，多年来就在她心底悄悄潜伏着，永远也不能说。

雨越下越密，夜越来越深，像海一样深不可测。一阵阵凉意凶猛来袭。伊一下意识地抱了抱肩膀，轻叹一声，真的是半夜凉初透。听着家人睡梦中均匀的鼾声，伊一关了电脑，转过身打着长长的呵欠，伸了个懒腰。收回胳膊时，手碰到了梳妆台，这才注意到镜中人，已沦落为一个穿着睡袍，披头散发，容颜憔悴，姿色平平的中年女人。

不再顾影自怜，伊一离开镜子像一只走夜路的猫，悄无声息地潜入卧室，看到老公四仰八叉地躺着，占了整张床，为此，伊一常找借口不和他睡一个被窝，说他这个熊样总也让她睡不踏实。

他，是不是在做着美梦，梦中肯定会有女人吧！那女人肯定不是自己，一定是他平常放在心里从不说出来却不能忘记的一个女人吧！怎么忍心打扰人家的美梦呢！还是到沙发上迷糊一会儿吧！

这么想着，伊一又笑了，傻傻的。躺在客厅的沙发上，陶醉在自己给自己编织的白雪公主般的童话世界中。

在老公噼噼啪啪准备早点的响动中，江山娇睁开了惺忪的眼睛，盯着老公足足看了好几分钟。

因为刚刚在梦里子墨带他去了竹林，竹林深处有一座用竹子构建的小屋。子墨穿着古装的衣裳，挥剑砍下了青竹，做成了竹筒，然后放进去了雪白的香米，笑着对伊一说：“小乖乖，你先睡着别起，哥哥蒸竹筒米饭给你吃好不好？”

伊一乖乖地点着头，女儿似的，仿佛又享受到了小时候父亲给予的那种温暖和爱。迷迷糊糊中伊一好像闻到了米香飘散在整个竹林，引得不同的鸟儿欢叫着围满了小屋，怕鸟儿抢了她的食物似的，伊一猛地睁开了眼睛。

睁眼以后却物是人非，哪里有什么子墨哥哥，哪里有什么抢米吃的鸟儿？眼前是熟悉得不能再熟悉的厨房，是能捋清有几根汗毛的老公李木。想着梦中那个挥剑砍竹的侠客，看着眼前拙朴憨厚的老公，江山娇失声笑了，笑自己不知哪根筋出了问题，又会做这种梦。

老公把煮好的肉丝鸡蛋面端到了茶几上，冲着还在发愣的江山娇说：“咋搞的，跑沙发上睡了？我没得罪你呀！还不赶紧洗漱吃饭。”

听他这么说，江山娇脸红了一下，依旧撒娇道：“不想吃面条，人家想吃米饭。”

老公板着脸愠怒：“我看你是天天吃现成的吃洋眼了。每天早晨都是做好了早点才喊你，你咋不知足，还挑三拣四的，大早晨有几个蒸米饭吃的。不过，以后我会注意尽量满足你的要求，不会惹你生气的。因为你是病人，不能生气，快，今天就先凑合着吃了吧。”

老公嗔怪着的抱怨，让江山娇越发怀念梦中子墨的温情。

江山娇生气地说：“哼！人家就那么一说，你急啥急，会做个饭有啥了不起，每天做得都不是人家想吃的。哼，我能闭着眼吃了就是给你面子了。”

在老公面前，江山娇始终都是这么蛮不讲理，李木也拿她没办法。这么多年来，也没办法跟她生真气，更何况现在她还是个病人。

丢下无辜受气的李木，江山娇委屈地进了卫生间开始洗漱，脑子却被那个梦占得满满的，动作不由就慢了下来，反正又不用上班，她也没心情打扮自己。

一番忙活后，她从卫生间撤换到梳妆台，草草地往脸上抹了点日霜，这个平日里也不是十分讲究的女人，不会像别的女人那样，每天早晨光化妆就得用半个小时，她最多也就往脸上拍层紧肤水，再抹点日霜，心情好了还会涂点口红。

今天没有心情，省略了口红的江山娇，眼圈黑着，眼皮浮肿，头发乱七八糟像鸟巢。她奇怪自己才熬了一夜怎么就成了这副面孔，真搞不清那些美女作家们在出席各种会议时，为何还会那么光鲜靓丽，她们肯定有保养秘籍。

仍无法收神，依旧胡思乱想的江山娇，透过镜子看到老公正端着盛给她的面，不停地用筷子上下来回挑着。

这个动作并不陌生，他天天像个家长，生怕早晨赖床晚起的伊一一匆忙就不吃早点，每次时间来不及时，他总是这样，就差恨不得喂她了。

可是今天她不上班了，或许以后的以后江山娇都不能再上班了，李木这个习惯还会一直保持下去吗？

这样想着，江山娇脱口而出说：“李木，不用这么麻烦给我挑凉了面，我又不急着去上班。”

李木稍微愣了一下，或许他也是一时忘记了老婆今天不上班，医院要她配合医生治病。可是他什么也不说，只是温和地笑笑：“呵呵，上班不上班都要吃早点。心甘情愿侍候你，都已经成我的习惯，也成了我生活的一部分了。”

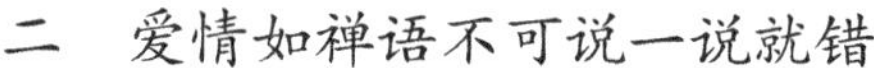

二　爱情如禅语不可说一说就错

只是治疗，医生还没要求江山娇必须住院，除了偶尔的不适，江山娇也没感觉到病情的严重性，反而怡然自得地享受着休假的轻松。儿子上学，老公上班，陆续的关门声次第响过后，江山娇转身就变成了伊一。

刚开始的几天，江山娇甚至有点得意，可日子久了，乍一闲下来的她，无论做现实中的江山娇还是做虚拟世界中的伊一，她都觉得心里空落落的，像浮萍一样没有根基。

心里空下来的时候，她又想起了剑，想起了老师，想起了子墨，更无法忘记那个他——她心中的金岳霖。一路走来，她有太多的不甘心，恍惚觉得生命将走到尽头时，她必须弄明白一直压抑在内心深处的困惑。

她心里涌现出一个很强烈的念头，就是要迫不及待地弄明白“爱情到底是什么”。尽管她还不确定和子墨讨论这个问题是否合适，子墨又能否给他满意的答案，她还是决定要问问子墨，或者随便聊点什么。

想要与人交流的念头诱惑着她不顾身体不适，硬是打开电脑，上了QQ。子墨亮着的头像，也让她眼前一亮，急忙点开对话框。尽管伊一有时觉得两颗心已经挨得很近，所有想说的不想说的情感，也就只隔一层窗户纸的事了。女人的矜持却让她无论如何也不好意思开口讨论有关“爱情”的话题。

她的思想还没开化到可以与一个男人尽情谈论情感问题，潜意识里她认为男女之间不可能存在真正的友谊，那些所谓的红颜、蓝颜知己，都是骗人的把戏。人性的脆弱不堪，似乎决定了一对相互喜欢、互相欣赏着的男女很少能超越儿女私情，哪怕双方再理智，再冷静，固守的友情一旦有了暧昧的温床，谁也保证不了不会被亵渎。

算算和子墨认识已经是第七个年头了，这七年里，无数次的热聊，年复一年交往，他们之间仿佛早已有了某种默契。此时，就在伊一静静点开对话框，不知从何说起时。

子墨也打了招呼。呆呆地看着对话框。

沉默良久后，伊一没有说话，只是发过去一个表情，她在等待着子墨进入话题，无论是不是她想聊的。

“把友谊留给雨，雨中凝望着你的名字，挤兑我的思念。”看到表情后，子墨果然非常迅速地发过来一行温情绵绵的话。

是的，此时窗外秋雨绵密，有点清冷。病情让伊一的心里也在飘落凄清的秋雨，但伊一并不想告诉子墨她生病了，更不想倾诉她莫名其妙的思绪。

压着内心的万千思绪，伊一莫名其妙地打下了一行字：“万丈红尘，天地一片洪荒之感，思念为何物？情又为何物？如果有人生火，倒不如兀自焚书取暖去！”

发送成功后，伊一苦笑了一下。这是从哪里看来的矫情文字，她已经记不得了，这样的字，此时只是随着她的心情不自觉地跳了出来。

数分钟的沉默过后，子墨发过来一行字：

女儿情怀为何这般暗淡悲怆，我预感到，我们都是在苦海里泅泳逃生的鱼，却又总忘不了灯塔的光亮。如果有幸，我愿折一段月光作芦笛，吹给心情黯淡的你。

若是生命能够善待于我，那么我倒愿到菩提树下觅一方青石，静听芦笛声声，坐看沧海变桑田。然而，我又深深惧怕所有的美好，只是一盏茶的温度，就由暖变凉，片刻而已。因此，我没有狂歌当哭的勇气，只想在猝然倒地时明心见性，能瞥见万里风沙之上，有人在光阴的两岸奋笔疾书，写下“相忘于江湖”。

敲下这段文字，伊一犹豫片刻，还是点了发送键。尽管两个人像是在猜哑谜，但彼此试探中的对话，还是触及了内心深处的某种东西，苍凉抑或温暖。

几分钟后，子墨回复：

大象无形，大音希声，大爱无言，大道无名。无须更多言语，能够相忘于江湖又何尝不是一种至高无上的情感境界。试想，如果心有灵犀的两个人，能以沧桑为饮，以年华果腹，并奢侈到拿岁月做华衣锦服，于百转千回后，悄然转身，然后，静静地裹身离去。那么，将怎样寻觅一颗浊世清纯的心，成就一颗不受污染的灵魂？

静静地看着子墨于不动声色中洋溢着的才华及不乏理性的表达，伊一心底生出一阵温暖，但她一时却不知如何回应，踌躇良久，只发了一行简单的文字：“其人性灵高华。其人才情卓荦。”

几乎同一时间，子墨也发过来了一行字。

伊一大笑：

哈哈，你我相互恭维却为何来？那么，话既说到此，我可不可以请教一个困惑了我大半生的问题，请问爱情是什么？要不要相信爱情？

终于到了她要存心讨论的火候了，这也是几年来除了作品之外，他们的谈话内容第一次涉及爱情。伊一内心充满期待，她猜不透这个她隐隐约约有点喜欢的男人将会给他怎样的回答。

“这是每个人都曾经思考过的问题。但老天是公平的，无论你有多么理智，总有会为爱情变笨的一天，我就是那个最笨拙的人，但我不想让自己后悔，因为短暂的是人生，漫长的是悔恨。”

子墨的话不算回答，甚至有点隐匿，哲学般的。

伊一穷追不舍：

无论多强的女人，心底都有回归家庭相夫教子的愿望，而在爱情里，每个人都以为一切不过是过眼烟云，甚至爱情不为婚姻役，而手中的一份爱情才是此生真正的爱情，但这又是无奈与不可能的。早晚有一天，所谓的爱情都会如张爱玲所说：“红玫瑰早晚会变成墙上的蚊子血，而白玫瑰会变成衣服上一个干枯的饭粒……”

没有停顿和思考，子墨迅速打出了一段话：

三毛说：爱情如禅语，不可说不可说，一说就错。所以我一直都想说，却真的不敢说，因为怕错。我知道，男人真正纯洁的爱只有一次。当那次爱来了，他会不顾一切，当那次爱死了，也就不会再有了。

都说男人花心无度，纵情纵欲。子墨的这个回答让伊一多少有点惊讶。于是问道："那么，请允许我冒昧地问一句，这种爱你可曾有过？"

没有。要硬说有，也都是些风花雪月，逢场作戏，没有真正遇到过心灵相契的慧心女子。说出来不怕你笑话，也不怕你看不起，连我自己也不知为什么，在你面前，我所有的谎言都会自动逃匿。实话告诉你，原本我就是像"易之"那样的人，在网上投其所好，连哄加骗，引入床第，满足生理及心理的需要而已。真正能够灵魂交汇，身心合一的女子至今未遇。呵呵。冥冥之中觉得，你好像会成为我第一个发展对象。

子墨半是认真半是调侃的一段话，让伊一惊得张大了嘴巴，一时沉默着不知说什么。这个曾在她心里趋于完美的人，也会有一夜风流，也会有不负责任，游戏人生的感情经历？太不可思议了。莫非那个易之就是他，怪不得当时总觉得那个易之的轻薄却并非是骨子里的。

面对伊一的沉默不语，子墨又说：

"对不起，让你失望了吧？我也不妨告诉你，一开始和你乱侃的那个网友易之，实际上就是另一个我，一个沾着生命原罪的我，一个想试探一下你多深多浅的我。你也许不信，其实，生而为人，有好多不能与人言的痛苦与无奈，很多时候，人的灵魂和躯壳是截然分开的，当躯体为了某种需求而放浪形骸时，灵魂则可以高高在上，甚至可以保持圣洁。也许这是谬论，却是人们意识不到而始终存在着的真理。所以，我们才会常谈到，一个人丢失了灵魂是多么可怕。本不想告诉你这些，但是，我发现我无可救药地爱上了你。尽管我没有见过你，但我知道，你一定是个有着‘石蕴玉而山辉，水含珠而川媚’的锦心女子，在你身上有一种吸引男人的气场，总是不知不觉中给人一种很温润很奇特的感觉。

如果你非要问我爱情是什么，我会告诉你，其实，爱情就是一种说不清道不明的感觉，一种气场，吸引着你时时刻刻念着对方。情感流浪了那么久，躯壳堕落了那么久的我，忽然发现，我在你的语言里找到了这种微妙的感觉。因此，我必须坦然相对。不求你能爱我，只求你能懂我。对不起伊一。原本一直压着不敢说，真的怕一说就错。可今天将话谈到这个程度，我又不得不说，如果这些话伤害到了你，你可以全当我胡说。”

“锦心与孤意恰如天人交战，懂一个人比爱一个人更难，更何况是这么复杂的一个你。而我并无什么‘锦心’，充其量也只能努力做个‘落花无言，人淡如菊的’素心女子而已。是你让我走近网络又惧怕网络，还是算了吧。如此看来，估计我这座庙里，也安放不了你这样的神仙。”伊一有点嘲讽地说。

“你若是素心的话，也应该是那种‘不是真情懒放怀’的素心女子。此等境界如何修？恐怕只有聪明并且奢华的女子才会有此觉悟，这样的女子便更难觅难得，因为她的清高孤傲不在表面，而是深藏在骨子里。所以，谢谢你的嘲讽，某种意义上，你的嘲弄只会加深我对你的爱和敬重。”子墨并不恼。

“醉里挑灯看剑，梦回吹角连营。对不起，不聊了，快点休息吧！小女子我没有洞察人心，画人画骨之深识，更没有你想象中的那种境界。”伊一很认真地说。

其实，伊一知道，她并不是自谦。在来来回回的文字交锋里，让她深深感觉到，在子墨面前，她充其量是一个未曾拔剑试招，便已输得一塌糊涂的侠客。面对这样的一个子墨，激起了她要继续了解下去的信心，却失掉了想要爱下去的勇气。

伊一，请勇敢面对，不要逃避。我想让你知道，只有曾经溺水的人，才能真正体会一滴泪掉入江河里，那种淡而不化的心情。无论你怎样看我，也不管你如何谦虚。这么久了，其实你我都知道，我们的交流，有些话不必讲到尽头，只需点到为止。因为，我知道蕙质兰心的你，一定会于慧眼流盼中，了然沧溟万里。至于对待情感，相信在你的世界里，也一定储存着一番阳春白雪之弦音。

子墨像是心理学家一样，一厢情愿地分析着伊一。

“面对如此博学的你，我不得不承认我也有颗尚未彻底媚世的心，绵绵女儿柔情也曾在梦里徜徉飘散。然而，梦醒时刻却不敢奢望与有心者偶遇成缘。因为，在我的内心深处，早早地就打了一个死结，随时准备着有一天鼓起勇气将自己咬断，垂到地狱里去，就好比一滴轻飘飘的眼泪掉入了江河。”

打出这段话后，伊一脸上不知何时已挂了两行清泪。是一时多愁善感的思绪触动了她的泪腺，还是因为她的病痛？她自己也说不清，只觉得一阵阵悲凉涌上心头，蚀心彻骨，让她情难自控。

“你一定看过贾平凹的作品吧？他曾在一篇文章里说过这样的话。他说，他们那地方把老虎叫作大虫，蛇叫作长虫，而他则把人称作‘走虫’。事实上，我们这种走虫的一生短暂而又漫长，却偏要从破坏中追求秩序，从战争中追求和平，从流离中追求团聚，这一切，都只为活着并且忍受。伊一，面对你的低迷，我无从劝解，只想告诉你，尘埃之于光阴，叶落之于秋天，流水之于知音，哪一瞬间不都是为了相逢而欣喜？其实，人生的酸甜苦辣咸都装在一个瓶子里，你只需打开瓶口，香气就会自然溢出。”

子墨的话像是劝慰又似在自叹，却触动了伊一敏感的神经。正是那句“只为活着并且忍受”，让伊一忽然感到了浑身疼痛，这疼痛才让她清晰地意识到，自己是个病人，且病入膏肓，有没有以后还不一定，还有什么资格和心情在这里枉论爱情。

于是，伊一伸了伸疲惫的身躯，有气无力地打出一行字：“上帝在上，万物各得其所。你真是一个令人欢喜令人忧的子墨，你可知大多数时候，深情即是一出悲剧，必得以死来句读。”

“为何要这样决绝与伤感，莫非在你生活中遇到了不好迈的坎儿，请你一定要告诉我。尽管你从没说过爱我，但我很确切地知道‘我爱你！’我爱你，三字成谶。别人的爱，可以无限繁华，我们的爱却会如此寂寥，正因为我们彼此懂得。然而，任何时候，爱都没有谁对谁错，只有缘浅缘深。爱，其实很容易，就是轻轻地把你放进我的心里。爱，其实不容易，就是无法走进你的心里。如果只是想要相互取暖，如果只是想要互相关怀，其实并不一定只有爱才可以拥有。真正的爱应该是‘无言可说，无象可形，纯是一片灵犀往来……’”

望着子墨的这段话，伊一止不住抽泣声声，她想告诉子墨，此生遇你这样如此懂情的男子，夫复何求！她想告诉子墨，她不敢动情，因为她太了解自己，一旦用情深挚，便会“如水合水，似空印空”。

然而，她敲下的却是另外一段话：

帘外秋风起，卷落轻尘薄雨。暗枕心思无从寄，青衣粉面，不似去年时。人儿不解江南意，相对两无趣。不如篱下听雨。忽儿疏来忽儿密。

附着一个流泪的表情，子墨发来了一连串的叹息：“前生缘，今生恋，莫道无情人世间。心相守，常相念，此生两地，来世结伴。叹！叹！叹！”

此时无声胜有声，不说再见，没打招呼，怀揣伤感与隐疼，伊一准备火速下线。

就在那个小企鹅渐渐灰掉的时刻，子墨又发过来一段话：

生命中，有些感情，哪怕平日双方互不牵连，没半句软语，遇到欢乐的事，也不会想与他分一杯羹。可是，当人生碰到恶浪，船沉屋塌时，在太平盛世与你手拉手的所谓朋友闪躲之时，真心爱你的人，则会像从浮云掠影中感应到什么似的，忽然来敲你的门，背着他仅有的半截蜡烛，一升粗粮，悄悄地对你说：“有我在！”所以，伊一，如果有什么难处，请你一定告诉我。切记！切记！

伊一看得热泪长流，想象着：如果在她病得只剩一口气时，子墨会不会来看她；若来，将会发生怎样的情景。

伊一多么想告诉子墨，她真的遇到困难了，她生病了，需要得到他的疼惜与帮助。可她终归没说，沉默好久后，把内心深处的感动化成了调侃式的轻描淡写，甚至偏要拧着劲地说：

“呵呵，什么叫说的比唱的好听，你知道吗？多少人都会成为生命中的匆匆过客，对你，我也一样不奢望太多，也请你别再这么感动我，我可不敢轻易动心。因为，我知道，面对世上的男人，心若一动，泪就千行。”

伴着大大的叹号，子墨又发过来一段话：

在痛苦中，相爱的人才能彼此发现，双方都应受到渴望的煎熬。在不可能的情况下渴望，除此之外，渴望就受到抑制，直至消亡。当离别否定了昔日融入骨髓的灵与爱时，谁又能扶持内在抽空的眩晕？请问问自己的内心是否真的在爱？如果没有爱的在场，人的存在就像黑暗的地狱，人则在地狱逼仄的空间里自己跟自己的内心搏斗，试图证明爱的存在。遗憾的是，在外力的胁迫下，爱总是败北，仿佛爱成了令人羞愧的东西，仿佛人们追求爱成了大逆不道。而事实上，爱是一种恩赐，是一种偶然、一种奇遇，当真爱遭遇不理解与刁难的残酷后，才显得更加可贵。当你真正爱一样东西的时候，你就会发现语言是多么的苍白无力。因为，再精美准确的文字与感觉永远有隔阂。

一时不知说什么，抱着想暗示子墨的心态，伊一敲出了下面的字："蛹破茧而出的瞬间，将痛彻心扉，很多蝴蝶都是在破茧而出的那一刻死掉的。所以，请你什么都不要说，因为我懂得。"

却没想到反应极快的子墨，接着甩过来一句："噢，原来'化蝶'的爱情故事是这么来的。"

接下来再要说些什么？伊一真的不知道，也不想说了。虽没告诉子墨自己的病情，在聊天过程中，她却无数次提到了"死"字。

就算只是预感，人走后，她也断然不想有一份流产的爱情在世间，让对方揣着一颗受伤的心，在回忆中去承受一次次缝补时遭遇穿刺的痛。

见伊一沉默着不说话，子墨又发过来一段话：

请你摊开掌心对着天空，掌心里有阳光，那是我想你时的笑容；掌心里有雨滴，那是我思念你时滴落的泪水……无论如何，无论发生什么，都请你一定要告诉我。

伊一正愁不知说些什么，老公李木的声音已经随着门的响动飘进了屋子："山娇，今天感觉怎么样？"

第八章　世事如棋局局新

一　建设新农村这时髦偏让江山娇娘家摊上了

“哎呀！我的小姑奶奶，你怎么还坐在电脑前啊？不会是从我走后你一直就坐在哪里没动吧？好人坐那么长时间也受不了呀！你不要命了你。”

李木像数落不听话的孩子似的，让伊一又重新归位到江山娇。

江山娇只得淡然一笑，两手一摊说：“就怕我想要命，老天爷不肯给我活命。现在，我才是真正觉得人生苦短了，就请允许我得过且过，想干点啥就干点啥，好不好？”

李木不是没有听出江山娇的弦外之音，气得差点脱口而出：“不会是又跟那个子墨网上热聊吧？”

可他咽了咽唾沫，最终没说。

毕竟那是他悄悄在老婆的聊天记录里窥到的，有点不够光明磊落。如果让老婆知道了他的行为，那就意味着对她的不信任。老婆一生气，

说不定病情会加重。

于是，他把要出口的话改成了软声细语的呵护。他走到江山娇身边，半拥半拉地把她弄到床上，温和地说：“快休息一会儿吧，我去给你做点吃的，再怎么着，咱也不能让网上那个伊一替咱吃饭，不食人间烟火吧？

就是这样的话，也愣是让江山娇听出了弦外音。她非得认为，李木是在提醒她，网上那个子墨，就算说得天花乱坠，就算他是如何如何的爱，又有什么用呢，能当饭吃吗？全是看不见摸不着的虚景儿。

这么想着，江山娇心头就涌起了一股无名火，她有点耍赖似的大吼道：“李木，你是啥意思啊？我就是想当网上的伊一，你管得着吗？”

李木权当没听见似的，依旧在厨房忙碌中，做好饭依旧笑眯眯地端上盛好。

江山娇却偏要不依不饶，不咸不淡地来了句：“真不知道这一天三顿饭有啥好吃的，一个人整天吃喝拉撒全围着一张嘴转，真没劲。”

结婚这许多年，每当老婆发无名火的时候，李木一般都选择沉默。他不批评，不归劝，只是低着头，很认真地吃着自己的饭。

江山娇勉强坐到饭桌前，扒拉了几口，就皱着眉头放下了筷子。

到床上刚躺下，手机响了，是老家的妹妹打来的。江山娇犹豫了一下，还是接了。

近段时间，江山娇最怕接到的就是老家的电话，因为，面对家乡那个贫困村开展的新农村建设问题，面对家里一开口商议的一些事儿，江山娇实在是没有能力解决。

“姐，你这会儿不忙吧？得和你商量个事儿。”妹妹试探着问。

江山娇耐着性子说：“没事儿，不忙，有事你尽管说，是不是家里又有什么事了？”

妹妹说：“唉！咱爹最近在家老是没事找事，整天和咱娘吵架。”

江山娇问：“又吵什么？”

妹妹说：“还不全都因为咱村要搞新村建设。没见修路也没见修桥，周围邻村早就是村村通柏油路了，就咱这村，村干部一天到晚啥正事也不干，到现在路没修，桥没架，就光忙着收钱盖大楼。要求每家每户都要出五万多块钱集中建楼，否则就不给盖房子，以后要是住在村里的老宅基地上，就给停水停电。一开始的时候，谁家都不想交这几万块钱让他们折腾着玩儿，再说大部分家庭也是真的拿不起那么多钱，除非家里有出去打工挣钱的。像咱家这种情况指望什么能拿得出这几万块钱啊？父母老了，弟弟又那样儿。咱家就是去银行贷款，人家怕还不上，也不会贷给咱。你说，这可咋办呀，姐？”

老爹找事，江山娇知道是为什么。前些年走南闯北，在村里边儿还像个人物的他，如今虽仍被人尊重，选成什么新建小组的代表，可是，他却再也不能像当年那样要面子了。年轻时吊儿郎当的他没有积累下财富，养了个儿子又是个得永远养活着的主儿。如今，老爹硬是伸着头往前挤，算是在村里参政议政求得个心理平衡。可事实上，他却完全失去了带头交钱，率先垂范的能力，心里肯定不是滋味儿。估计他在心里悄悄期待着，还像上次在自家宅基地上盖房时那样，由几个女儿给他出资。

一次是两万，一次是为了延续香火，非要给弟弟娶个同样有毛病的媳妇，出资五万。这次又是七万啊！江山娇实在爱莫能助了。

看着儿子结婚时，闺女们出钱修缮的堂屋，新盖的东西配房都还崭新的农家小院，娘气得只是叹气，只是骂，只是抱怨没有早知道。

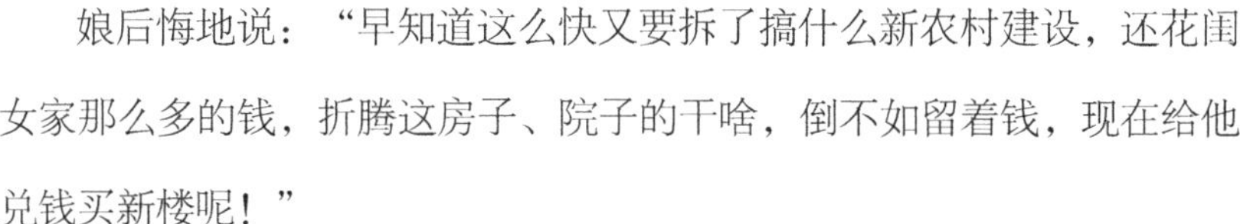

娘后悔地说：“早知道这么快又要拆了搞什么新农村建设，还花闺女家那么多的钱，折腾这房子、院子的干啥，倒不如留着钱，现在给他兑钱买新楼呢！”

听她这么说，爹就骂：“正说没用的，谁又没长前后眼。”

“姐，你说，怎么办呢？”

听着妹妹的问话，江山娇脑子里一片空白，这次她也真不知道该怎么办?面对几个没走出农门的妹妹，她实在不忍心也不能够再像上次那样，拿出当老大的威严，让她们一人拿出多少钱了。尽管她也明白，一旦她真的开口，妹妹们不会有二话，都会积极响应，哪怕砸锅卖铁，甚至举债，她们也会拿出这部分钱的。可江山娇又深深地知道，如果真那样做了，准会折腾得她们在经济上“伤筋动骨”，不好恢复。

若不折腾她们，老爹那一关又该怎么交代呢?

没有办法，只能安慰。同时江山娇也在想政策有没有漏洞，要在全县最贫困的村中搞新农村建设试点，将来那些“被上楼”“被城镇化”了的农民，会不会在成为社区居民后，随即出现农民们“扛着锄头上了楼，阳台上面把猪养”的尴尬？为了让农民集中居住，而要求每家每户都要出几万块钱集中建房子，这种做法到底合不合理?

翻阅有关新农村建设的资料，江山娇了解到，国家没有统一的政策要求建新村或者集中居住。中央非常明确的说法是，社会主义新农村建设不等于新村建设或者不单纯是新村建设。尤其是在目前不能够把重点放在拆房子，建统一的新楼上，还是要着眼于提升农村综合发展能力上。至于家乡在那么困难的情况下，如果非要强令推行集中居住，脱离实际搞新村建设是不应当，也不符合中央精神的。

江山娇很想把她了解到的说给妹妹，可她实在没有力气说太多，因为说了也没用。于是，江山娇话锋一转。只是问妹妹："目前咱村交钱的一共有多少户？听说每户给多少补助了吗？"

妹妹说："全村两百多户人家差不多都交了，就剩十来户没交，要不咱爹就生气找事了，他觉得丢脸。要我说，咱姊妹几个也别让咱爹不胜人了，咱干脆作作难，给他汇了这钱得了。"

江山娇惊讶，村里交款人情况出乎她的意料，莫非，这几年，家家都在外打工挣些钱吗？

"全村两百多户都交了七万吗？"江山娇疑惑地问妹妹。

妹妹说："不是的，暂时都是交的定金，交多少的都有，也有一次交齐的，最少的也得交一万。现在村委会天天在大喇叭上广播，要求每家每户的户主都带着身份证去乡里贷款，并很神秘地叮嘱说，走到乡里什么都不要问不要说，只按人家的要求填表、签字盖章或按手印。总之，贷了款后是不会让大伙吃亏的，不贷的以后是要后悔的，到时候也别埋怨村委没给你讲。"

村里的百姓都纷纷议论着说："这贷款以后会和上级的补助相抵消，就不用还了，大家积极性很高，连在外面打工的都回来办理了贷款。这让咱娘沉不住气了，非得催着咱爹去贷款，爹不同意。"

"爹说：'这纯粹是坑人的猫腻，说是不用还贷款了，哪有那么好的事儿，做青天大美梦去吧，到时候贷款办手续时登谁的名，人家信用社就问谁要账，光还利息都了不得，到时候想赖，门儿都没有。不信，你就走着瞧，你看这帮村干部们到底会结出个什么果？那被毁的可是咱村最平整最肥沃的耕地呀！你看着吧，说不定到最后把牢底坐穿的主儿都有。'"

"娘听得有点不耐烦，就把嘴一撇说：'敢情人家全村两百多户人家都没你能，没你心眼儿多，人家都瞪着俩眼硬将钱往水坑里扔？你自己没有钱，交不起就老老实实承认，别老找这借口那借口的。俺也不知道，你这有名的大能人怎么能把日子混到这步田地，到现在让亲戚邻居都跟着看笑话。’”

“爹一听娘哪壶不开提哪壶，净揭他的老底儿，便火冒三丈。两个人你一言我一句地吵来吵去，让人在一旁看着闹心得慌。你说这可咋办啊？我倒是能给他们拿出一万先交上定金，可剩下的钱怎么弄？俺三姐还是老规矩，老是以她从小没上学为由，只孝敬父母吃喝，其他的任何钱她一分也不掏。”

小妹越说越激动，越说越生气，一向节俭的她仿佛忘记了这是长途电话。

江山娇也不忍心打断她的话，不好意思先挂。每当家里人向她诉说困难或者种种委屈时，她唯一能做的就是完完全全的洗耳恭听。可这次，听着妹妹的话，她是越琢磨越觉着心里没底儿。她在想：这叫什么事呵，城里人买房先交的钱叫首付，到农村这儿叫作定金。如果上边真的没有一点补助，仅凭一户只交一万或者二万定金的话，这个贫困村真的能平地起高楼吗？这很值得怀疑。

村委会有没有说，如果不交定金不要楼房的人家以后住在哪里？他们撵不撵这些不要楼房的人？

越听越糊涂，只想问问清楚。江山娇终于止不住打断了妹妹的话。

妹妹说：“他们说不撵人，谁家要不起楼房，就还在原来的家住，只是把水和电都给停了。”

话谈到这里，江山娇非常气愤且又轻松地笑了。她心想：这不是胡扯淡吗？要是最后都搬到楼上去住了，只剩下十来户人家依然住在被拆得一片废墟的老村里，且还停水停电。这像什么话，那还叫什么新农村建设嘛？这种所谓的建设大致会造成两种可能，一是直接失败，根本就建不成。一是无论发生什么样的情况，老村新村并存岂不是非但没有腾挪出土地，反而多占了土地吗？新农村建设若是这等结果，还有何意义？看来，到了要急要忙的紧要关口，姜还是老的辣呀。别说爹那老头儿死倔，在大是大非面前人家可是从来不含糊，一旦遇到大事，还是他拿主意比较靠谱儿。

于是，江山娇再次打断妹妹的话，让她好好劝劝娘，劝娘沉住气，先观察观察再说，估计这楼呀，盖成盖不成还得两说着呢！慌什么。

最后，在妹妹不太满意的“嗯啊”声中，江山娇又问了问父母的身体状况及弟弟的情况，便神情黯然地挂断了电话，对自己生病的事儿她却只字未提。

妹妹说的情况，江山娇早就想到了，也完全能理解。村民们的心态属于人之常情，和什么“没文化”“愚昧”等统统扯不上边儿。面对居住了半辈子的老屋，或者是面对四合院里新盖的房子，既盼着拆，又害怕拆的复杂心理，真的会让人非常纠结。可以想象，在经受一生中的剧变和阵痛时，村民们会是怎样的一种情绪。无论怎样，都在情理之中。至于，有些拆了，有些还在当“钉子户”的现象，也是必然会存在的。

伊一最担心的是，如果真的执意要搞新农村建设，她家乡的那个贫困县，到底有没有能力建安置，到底何时能建好安置房？这是个大问题，是事关村民生计冷暖的大问题。因为，不管是拆迁的还是留守的，不管是“被上楼”的或是“愿上楼”的，早点住上属于自己的楼房才是硬道理。

其实，早在她们村征地改革之前，江山娇就曾随一批作家去过山东

诸城市，参观改革开放的先锋试点——“诸城模式”，即村改社区模式。按照习俗相近、地域相邻的原则，诸城将全市辖区内的行政村规划为多个农村社区。每个社区有一千多户，涵盖五个村庄，在每个社区设立社区服务中心，开展医疗卫生、劳动保障、人口计生等便民服务，形成了多村一社区的模式。他们的成功经验是，只撤并行政村，而不动原村的集体资产和债权债务；不改变原村资产形成的收益和权属关系；不改变原村的土地承包关系；不强迫农民住集中统一的楼房，一切尊重农民意愿。这“四不”做法处处彰显着以人为本，也是他们改革成功的关键。

在了解到“诸诚模式”后，江山娇又对同在山东的家乡新农村建设充满了期待。如果把所有的村庄都改为社区，将打破千百年来存在的村庄界限，打破村与村之间主要靠地缘和姻亲联系的纽带。有利于把农民组织起来，逐渐改变农民和农村的弱势地位，使农民的生活更快地市民化。这对祖祖辈辈都是农民，如今大部分亲友仍是农民的江山娇来说，无疑是件天大的好事。

然而，以一个作家的敏感，从农村走出来的江山娇，在内心悄悄期盼这好事落到自家村里的同时，她又真的担心，随着新农村建设步伐的加快，有着几千年历史的中国村落文化将逐渐消失。在城市化的趋势下，如何兼顾农民对美好生活的需求，保存村落文化和品格，将是一个很大的难题。

尽管她家乡的小村很穷，却春种秋收穷得平和，穷得淡然。她甚至觉得家乡的天比任何地方都蓝，家乡的水比任何地方的都甜，家乡的月亮比任何地方的都圆。那火红的高粱，饱满的大豆，金黄的麦穗，雪白的棉花，玛瑙似的葡萄，又甜又沙的西瓜，甚至连飘动在小村上空的袅袅炊烟……都让她无限爱恋，都是她逃遁烦恼的最好去处。

如果，这一切都随着改革的进程消失掉，疲于奔命的人们，将无处可逃。试想，在未来的未来，人们只能从一个钢筋水泥筑就的堡垒逃入另一个钢筋水泥铸成的牢笼，那将会是怎样的悲哀和无奈？所以，对于新农村建设，江山娇始终是既盼又怕。

要出事。是啊，后来出的事江山娇两眼一闭，就啥都不知道了。辛酸的故事上演了一幕又一幕，当原来的老村被推土机夷为平地，村民们不得不挪进窝棚时，一些忠诚的狗们却夜夜睡在废墟上，哀哀地不肯离去，任凭主人一趟趟去喊去叫，它们也不肯离去。好在不是地震灾区，在这人为的废墟上，主人们会疼惜地给它们送去吃食。

楼房刚开始动工垒了两层，一位得了重病的老人，在一个雨夜悄悄爬进了一座楼的最好位置，死在了里面。他是自知不久于人世，要弥补一辈子住不上楼的缺憾，是对种种不满现象的无声抗争，还是以这种农村人特有的迷信方式，为了先给儿子占下一个好位置的楼房？大家七嘴八舌，议论纷纷。后来，这个最好的位子真分给了他的儿子。因为，房子里面死了人，再好也没人敢去住。

在老村拆迁的过程中，也有一场场惨剧。有人光顾着往帐篷里搬运东西，忽略了睡在被窝里的婴儿，结果被落下来的东西砸死；有在运送拆下的旧木料时，被机动三轮车甩下来后摔死……在整个拆迁过程中，就死了十来个。

唯有一点值得欣慰，他们村并没有像别的地方，让村民在窝棚里一住就是三年。他们不到一年就让搬迁了。搬进烂尾楼的全是老实巴交的村民，村干部甚至小组长住的都是成品好楼，且位置都是最好的，村支

书开的车也有原来的QQ换成了奥迪。

有人不服。用村上一痞子孩儿的话说就是：“消停点儿吧，别折腾了，有那气力还不如把老婆摆治得舒舒服服。唉！没法子，天塌砸大家，怕个啥。”

怕个啥？有的人是啥都不怕，有的人是不知道怕。江山娇的弟弟就是不知道怕。这个说不清也不知道怕的，到底是幸福的，还是可怜的？山娇到临死也没能把他放下，最担心的就是他。

不知是前世有债，还是今世有缘。这个弟弟是山娇心中永远的牵挂，当初弱小的他，从千里之外被抱到家里时的情景，常常闪在江山娇的脑海，时时让她心里觉得有点疼痛。她不敢想象假如有一天父母不在了，他应该怎么生活。出去打工他没能力，农活也不太会做，准确地说，他根本就不知道一年四季，地里应该种什么。

原本，江山娇曾有要拯救整个家族的幻想，她对生活充满了期望，她曾豪情满怀地发誓要挣很多的钱，让亲人的生活都有改观。后来，面对现实中不太满意的一切时，她又后悔自己走错了一步。因为，她发现，单凭这份平淡且收入微薄的工作，别说拯救那个家了，甚至连帮助的能力也没有。无数次的心有余而力不足后，她后悔，当初为何不在本村找个人嫁了，最起码彼此守着，尚能求得心安。她恨自己年轻时的自私，当时为何总想着逃离那个家，而没想着要分担些什么。现在，现在她又能为这个家做些什么呢？愧疚和自责常常折磨得她痛苦不堪。或许，当初辞职进外企，也是这种要强和自责来回较量后的结果吧。

她不甘心，她不服输。然而，有句俗语说得好“人强强不过命”，人往往是心比天还高，命比纸薄。猝不及防地，命运给她开了个大大的玩笑，钱没挣着，反而被病魔给缠上了。为了不让家人担心，她和李木约定除非万不得已，一定不要让家里人知道，包括自己的儿子。

二 现实的苦痛与谁能共

日子在江山娇的故作轻松和李木的忐忑不安中一天天往前挨着。江山娇的身体已一天不如一天，开始出现了浮肿。李木惊恐地带她到省人民医院复查，复查结果犹如晴天霹雳，江山娇的病情已经发展成了尿毒症，必须马上住院做透析。

江山娇知道做透析意味着什么。她缠着李木请求医生，住院之前先回家一趟取点换洗衣服和生活用品。李木拗不过她，求医生答应她。

李木并不知道，他面对的只是一个病人，却并不了解老婆心中藏着的小秘密。

其实，她找借口回家，只是因为她想子墨，更想那个藏在心中的人，非常想。她的心情非常复杂，她想一切是不是都该到做了断的时候了？她又想如果自己很快就能康复，又何必让他们跟着虚惊一场呢？想来想去，她又怕一住院就再也出不了院。如果就这样不辞而别，像云烟一样消失掉，他们会吃不消的，尽管到目前为止，和子墨除了一个QQ号，别的任何联系方式都不知道。子墨曾给过她手机号，但她没存，他也曾索要过她的手机号，她也没给。

她觉得在虚拟状态下保持一份若即若离，是很美好的情愫，没必要知道且走近彼此的现实。和那个心中的他，爱过、痛过、刻骨铭心过、万箭穿心过……虽早已心灵相契，却无法面对现实的残酷。因为，那是飞鸟与池鱼的爱情交集，一切只符合常情，不符合常理。命运让他们不

小心相爱了，却无法给他们安排结局。

回到家后，江山娇一头扎进了书房，借口说：一听说要透析，她心理压力特大，快要崩溃了，她得上网查看一下有关透析的资料。

李木边劝她不要怕，边收拾该往医院带的东西。

江山娇匆忙上了QQ，偏偏网络出奇的慢，慢得一个格一个格像蜗牛一样蠕动，好像故意让江山娇体会一下“相见时难别亦难”的滋味儿。头像终于亮起时，子墨的头像却灰着，灰着的头像下面是一串又一串的留言：“伊一，这两天你忙什么去了？求你千万别和我玩失踪，你见，或者不见我/我就在那里/不悲不喜/你念，或者不念我/情就在那里/不来不去……”

看着看着，江山娇泪流满面。这是多么熟悉的诗句呵！子墨真情实意也好，卖弄文采也罢，却想象不到这一切都是她玩剩下的。早在王朔编剧《非诚勿扰2》之前，早在……江山娇的他，那个一直被她称作“王子”的人，在被老婆发现他的秘密后，就无奈地用手机短信给山娇发过所谓仓央嘉措的《十诫》诗，山娇就流着泪给他回过这首《见与不见》。山娇和王子都知道，情到深处时，“诫”是戒不了，无论“见与不见”情也不会淡。因为，他们共同经历过那深入骨髓的疼痛，也共同体味过那发自肺腑心心相印的幸福。

可是，现在，想着那个决意要相忘于江湖的王子，看着同样的话语出自子墨之口，压积在胸口的思念犹如火山喷发。

山娇下意识地拨了那个好久没有打过的号码，当屏幕上刚显示“王子”俩字时，山娇的手像触电一样颤抖了一下，没等信号接通，立刻按死了。

此刻，面对子墨，她又能说点什么呢？江山娇堆了一肚子的话，最终却什么也没说，只是给子墨留下了她的电话号码，并骗他说，她要出个长差，不知啥时候能回来，手机号不到万不得已，不要拨打也不要发短信，切记!

敲下这几行字，江山娇的双手已经瘫软无力，不光是因为病痛，还因为心痛。关了电脑，她伏在键盘上痛哭失声。这一生，她和王子爱的结局注定是幸福而又悲惨的。而有关子墨的这一页，会不会就这样掀过去呢？江山娇自认没有红颜，更不想成为祸水。这一切的情感都是怎么发生的呢？她真的不是个好女人吗？江山娇越想越糊涂，没有答案。

又该怎么向她的王子告别呢？江山娇再次颤抖着双手掏出手机，找出那个刻在心上的号码，却依然迟迟不敢按下。一个字一个字地编写好一封短信，斟酌良久，再一个字一个字地删除……伴着手机被重重地摔在桌子上的声响，江山娇撕心裂肺地哭出了声音。

李木只想象着她查到了什么可怕的字眼儿，及透析的痛苦，被吓得灰心了才大哭，又怎能洞悉她内心的波起云涌、摧肝断肠。

拿了面巾纸递给老婆，李木轻轻把江山娇拉起，帮她擦干眼泪后，对她说：“山娇，别怕。有我呢！走吧，咱赶紧去医院。你放心，现在医学这么发达，根本就没有治不了的病，相信医生会有办法的。我一定会让你好起来。”

江山娇站起身，第一次那么柔弱无助地看着李木，觉得面前男人瞬间变得山一样高大。

“别怕，有我在。”

李木，有你在，真的就不用怕吗？

一向节俭如命的李木，又该怎么面对这巨大的医疗开支呢？等到家里那点微薄的积蓄用尽，你无奈，想起取儿子户头下的那点儿钱时，又

该怎么面对空空如也的银行卡？那里面的钱早在一年前娘家翻盖房子时，就被江山娇悄悄取走应急了。之所以没告诉他，是因为娘家一次又一次的用钱太多太频繁了，频到她都不好意思开口说什么了。没有办法的江山娇，只好用这美丽的欺骗暂且糊弄着，想象着直到有一天她能利用稿费再次把卡上原有的数字填满。神不知鬼不觉中免去吵架拌嘴，也减轻了李木的心理负担。谁料想，上天连这个圆谎的机会也不肯给她，在她还挣不出太多稿费时，灾难就突然降临了。

江山娇担心，随着她生命的燃烧殆尽，会暴露出太多的事情，当所有秘密被揭开的一刻，李木又该怎样去承受？

怀着忐忑难挨的心情，江山娇住进了医院。住院十多天后，梦酶公司工会的负责人带着几个工作人员来到医院看她，并拿出五万元爱心救助金，劝他们不要上诉，公司已对她仁至义尽，同时和她的恩怨一笔勾销了。

江山娇被弄懵了，大脑一片空白。诊断结果明明显示的是在公司上班期间，因为装修不合格，办公室里甲醛浓度超标导致的病因，难道，面对医院的诊断证明，工会就能打着仁义道德的旗号，像打发乞丐一样厌烦地甩下这五万块钱，做个了断吗？

江山娇怎么也想不明白，眼泪奔涌而出。

李木拍拍妻子的肩膀，擦去她的眼泪，苦笑着安慰她：“别哭了，也许这样更好。这样咱就可以彻底放弃幻想，与他们撕破脸皮了。回头我就去见张律师，准备起诉材料。”

就在江山娇的情绪渐渐平息时，她的电话又不合时宜地响了。是他还是子墨？如果此时是他打来电话，江山娇肯定不能自控，会把发生的一切都哭诉给他。

然而，都不是。电话接通后，传来的是妹妹的哭泣声。

江山娇心里一惊，询问似地盯着李木，意思是在问他，什么时候把她生病的消息告诉给家里人了，不是约定好不说的吗？

李木读懂了江山娇眼神中的内容，赶紧对她摇摇头，表示他没说。

果不其然，电话那头的妹妹抽抽噎噎地说：“姐，家里出事了，出大事了。不能不告诉你了，不告诉你不行了，我们不知道怎么办！”妹妹泣不成声。

家里到底出了什么事？江山娇心里像吊了个水桶一样七上八下。

“瞧你穷哭什么？天塌下来还有人家高个子顶着呢，有什么大不了的。快点告诉我到底出了什么事？”焦急万分的江山娇，不由对着电话吼了起来。

不训还好，这一训，电话那端的啜泣声变成了哇哇大哭。

山娇的心一颤，惊出了一身冷汗！她知道，家里一定是出了人命关天的大事儿。因为，她从没见过性格刚烈的妹妹如此哭过。

山娇沉默着，默然流着泪无助地听着电话那边的哭声。

“姐，是咱爹，咱爹出事了，家里的顶梁柱要塌了，你说咋办啊？”

妹妹止住了哭声，说的话还是没有切入正题。

江山娇焦急地说：“快点告诉我到底是怎么回事，你想急死我啊？”

“咱娘一心想要买哪楼房，觉得人家都要了咱不要丢面子，整天嘟噜咱爹。可咱爹老了，没有别的挣钱门路，就背着家里人，领着咱弟弟去卖血。最近这几个月，他老是头痛、关节痛，并时不时地发烧、恶心、呕吐，脸也一天比一天苍白，动不动就淌虚汗、气喘。让他去医院

看看，他又拧着不去。看着咱娘气得跟爹吵架，咱弟弟就说了实话。弟弟说，爹不是生病了，爹是没血了，血都卖了，卖了换楼。”

“让弟弟一说大家更害怕，就强行拉着爹去医院检查。这一检查可不当紧，天真的要塌了，医生说他，他得了血癌。听说这个病要做透析，要做骨髓移植，得花不少钱，受不少罪，咱爹是坚决不治。他说，他连给儿子买楼的钱都弄不够，还看什么病，死了算了，死了就不再为难了，他早就不想活了。姐啊，你说这可咋办啊？”

说完，妹妹江山桃又是一阵号啕大哭。

哭声像利刃，声声扎在江山娇已经千疮百孔的心上。这可真是屋漏偏遭连阴雨。无论再难，也不能不给爹治病，让他等着死啊，哪怕自己的病不治了，也得给爹治。

于是，江山娇没来得及和李木商量，也没来得及多加思索，只是很冷静地告诉妹妹：“山桃，你别慌，别害怕。你们先稳住咱爹，最好先哄他去医院，我马上回去劝他。”

挂断电话，江山娇趴在床上呜咽，哭了个天昏地暗后，拿出梦酶公司工会刚给的五万元钱塞进包里，不容分说地对李木说：“老家出大事了，我要回家。”

说完就疯也似的往楼下跑，完全不像有气无力的病人状态。

从电话里听得断断续续，不明就里的李木，依然抓起老婆住院用的东西，快速追了出去。

最终的结果，也是不得不陪江山娇回家看望那早不病晚不病，偏偏在这时候扎堆儿凑热闹的老丈人。

五万元钱对于一个血癌病人，简直就是杯水车薪。毫无办法可想的李木，终于忍不住开口劝老婆：“山娇，干脆遵照老爷子的想法，别治了，治也治不起，更何况你这边儿还得急需用钱……”

要是换在平常，每次因为娘家用钱的事儿，他俩都会激烈的争吵。可是，现在，江山娇连争吵的力气都没有了，又有什么好吵的呢？人家李木说的本身就是实话。

福无双至，祸不单行。江山娇脑子里盘旋着曾多次出现在她作品里这句劝人的话。如今，这句话在她这里却显得如此苍白无力，江山娇选择了沉默，连说话的力气和心思也没有了。

终于强打精神，劝说父亲入院治疗后，江山娇便不敢在家里多待。因为，她身体里不时发出难忍的信号，这些信号仿佛在提示着她：必须尽快逃离这个温柔乡。否则，她将会全面崩溃，会让家里人发觉她的病情。

连续几个月的透析后，江山娇的体重由原来的六十多公斤，下降到了不到五十公斤，并且出现了不同程度的感染和并发症。看着原来丰腴水灵的妻子，如今像捆枯草一样蜷缩在病床上呻吟，李木的心都要碎了。这种心境真是印证了老百姓那句话：“劝人的话谁都会说，但事不摊在谁身上谁都不知道难，火炭不落在谁脚上谁不知道被烫的滋味儿。”

对于岳父的病，李木能清醒地预计到治疗的结果，很有可能会人财两空，并且潜意识里有尊重岳父本人意见，放弃治疗的想法。可是，当轮到自己妻子这边时，他的心情却是无论花多少钱，就算砸锅卖铁，哪怕是卖血，也要救老婆的命。只要有一线生机，他也决不会放弃。为了筹措医疗款，他变卖了家里所有值钱的东西，最后不得不把仅有的一套七十多平方米的房子卖掉。这些活动全都得悄悄地进行，不能给山娇说。当该卖的都用来换钱后，前面的路究竟怎么走，以后的钱又该怎么

凑，李木心里没底，眼前一片灰暗，看不到一丝光亮。

正当这边愁肠百结时，岳父那边儿又出事了。

那倔老头儿拔下所有的管子和针头，独自一人跑回了家，说什么也不治了。原因是，他还没住进医院，就遭受了医托儿，江山娇带回去的五万元钱一转眼的工夫就被骗去了三分之一，他觉得太对不起闺女了。

江山娇因为身体不支逃离后，母亲和二妹江山桃商量，要把父亲送到当地最好的医院接受治疗。

令她们没想到的是，要想住院看病照样得走关系，靠人情。她们天不亮就来到医院，等待挂号的人早已排成了长长的一队。从排队人的神态表情，穿着打扮，可以看得出来，排队挂号的病人一半以上来自外地。

医托们正是瞅准了这一特点，才察言观色，伺机行骗。

从江山娇的父亲江大桥被家人搀着走进挂号大厅，一位衣着不整、个头不高的中年妇女就一直在打量着他们。安顿好母亲扶着父亲坐在连椅上休息，江山桃就急慌慌地去排队挂号，前面的人移动得比蜗牛都慢，这让急性子的江山桃不时东张张西望望，显得六神无主。

这时，一个中年妇女操着当地口音走近了她，关心地询问她："小妹妹，你是帮着老父亲排队挂号吧？不知你们家老爷子得的是什么病啊？"

农村人心底良善，疏于防范。无助时得到关心，让江山桃心头一暖，她看到救星似的诉苦道："哎呀，大姐！我实话给你说吧，俺爹长这个病有点麻烦，是白血病，听说不太好治。你说这好好的咋会得这个病呢？咱农村人得了这病，可咋整？明知道看不起，又不能眼睁睁看着他老人家等死。唉！只能慢慢调治着看吧，看到啥程度算啥程度。"

“哦，那可是，目前白血病可是癌症中最不好治的啊，弄不好就是人财两空。不过，我父亲早些年也患上了这病，现在已经治好了。”那中年妇女对江山桃说，且显得无比真诚。

“真的吗大姐，那你快给俺说说从哪儿治好的，怎么治的？”

“我父亲啊，不是在这家医院治好的，这家医院的技术治不好这病，只会让你多花钱，不治病。”见江山桃要上钩，中年妇女又慌忙补充了一句。

这时，不知从哪里又走过来了一个四十多岁的男人。男人很虔诚地问中年妇女：“大姐，到底去哪个医院可以治好？我母亲也得了这个病，一家人都快愁死了。”

女人看了一眼江山桃，故作神秘地与那男人低声说着什么。

“你说的对啊，大姐，我母亲在这家医院治了许多次了，每次都花好几万，就是不见一点效果。”旁边那位四十多岁男人附和着。

这到底是真的假的呀？靠谱不？江山桃仔细打量着这一男一女，心里不太放心，可她又太想看好父亲的病了，她终于忍不住把脸转向了那中年妇女，急切地问道：“快告诉俺哪个医院治这病治得好啊？”

“到哪家医院看，我刚才都讲给这位大哥了，你要想去就跟他一起去好了，他也要带上母亲去哪里瞧病。去到那家医院找专治这个病的专家——姜大夫就行了。”女人故作神秘。

“你说的这个地方怎么走？”江山桃问。

“打个出租车，也就半小时的车程。”女人说。

“那个地方我知道，你尽管跟着我一起过去就行了！”男人套近乎似的附和。

看着前面仍排得长龙似的挂号队伍，再看看一脸痛苦表情坐在那里的父亲，江山桃沉不住气了。她挤出队伍，搀起父亲，告诉母亲说：她打听到了一家专门治疗白血病的医院，就不在这儿浪费时间排队等着了。

那个男人打了辆出租车，拉上了一个看上去真有点病容的老太太，一路走去。在路上，中年男人不时找话题和江山桃攀谈着。他问江山桃，家是哪的，家里是做什么的等问题。

快走到车站的时候，他又说，他忽然想起来了一件急事，要司机停一下车。车子停下后，他下车没去别的地方办事，也没干别的，只是掏出手机打了个电话。这个电话，通话时间大约保持了两分钟。

江山桃有点疑惑地问："大哥，你用自己的手机打电话，还用专门停车下去打呀？是打给医生的吗，你说的医院到底在哪里？"

见江山桃要起疑心，男人警觉地看了司机一眼，见司机只是神情漠然地往前开车，并没看他，便答非所问，一个劲儿地向江山桃吹嘘他介绍的这家医院，有多么高明的医生，又有多么好的疗效。

不知走了多远，转了多了路，才到了他说的神乎其神的医院。

走进医院大门，男人直接把江山桃的父亲带到了中医九号诊室，十分钟后，一个一米八左右的高个子男人走进来，气定神闲地问道："哪个要看病？"

江山桃连忙搀起父亲说："是我父亲得了血癌。您就是姜大夫吧？一路上那个大哥都在夸赞您的医术高明，就请您救救我的父亲吧！他还年轻，我们这个家不能没有他，要不然整个家就完了。求您了。"

看着门口没有一个排队等候的人，江山桃心里犯开了嘀咕，莫非这里不用挂号。江山桃好奇地，像是自言自语，又像是在发问："难道你们医院不用挂号？"

“不用！”姜大夫很爽快地回答。

女人的直觉让江山桃感觉到，这家医院好像有些地方不太对劲儿，可一时又看不出到底是哪里不对劲儿。得再观察观察，她想。她对同来的男人说：“大哥，你好不容易领俺来的，还是你们先看吧！”

没想到她的礼让，竟让姜大夫显得极度不耐烦，他连声催着：“快点，快点，来看个病咋还这么啰唆，我后面还有好多病人呢！”

江山桃犹豫着，只得把父亲领过去，让大夫先给他把脉。

尽管已经开始怀疑被骗，江山桃还是把很大的希望寄托在了这把脉问诊中。

姜大夫深沉地半眯着眼睛，一只手轻轻地搭在父亲的手腕上，停了约一分钟，又换了另外一只手，不一会儿就眉头紧皱，神态显得不太平静。

江山桃不眨眼珠地一直看着他把脉问诊。此刻看他皱起的眉头，江山桃心里一惊，顿时害怕起来。

过一会儿，姜大夫开始陈述病情：“你父亲患的是白血病，这个病啊你要不及早治疗，后面问题就严重得很，到时病情迅速恶化，很不乐观。”

“大夫，那我父亲这病还能治得好吗？”江山桃着急着问。

“治嘛，还是可以治好的，大概需要半年的时间就能完全治好。不过，在这半年里，你必须坚持吃我配的药，才能包你痊愈。”姜大夫严肃地回答道。

“只要能好，我们一定坚持吃你配的药。”江山桃眼中闪着希望的光芒，无比感激地说。

“一天的药是九百八十九元，一次要拿一个疗程的药，一个疗程

六十六天！”说着，姜大夫将手中的样品汤药举给江山桃看。

汤药袋上写着一天两次，一次一袋，另外，还得一天两袋六百克左右的药水八十七元。

想起熬药的难度，江山桃脱口而出：“有没有加工好的中成药？”

姜大夫勉强地回答：“有，但是价钱会翻倍 。”

一听看这漫天要价的架势，江山桃知道她上当了，被骗无疑了。还算聪明的她，不动声色地以嫌熬药麻烦，父亲又不愿喝中药为由，想借口赶紧离开诊所，却被早已站在门口的，四个戴墨镜的彪形大汉给吓了回来。她无助地看了看父亲，她不明白父亲为什么一直不说话，凭父亲的智商及阅历，不会看不出其中的猫腻。

看着惊慌失措返回来的江山桃，姜大夫平静地说：“你要不拿药就走也可以，我也不拦着你，这是患者的自由，但你必须得留下诊疗费，这是患者的道德，也是我们的规矩。”

江山桃问：“那好，我就光交诊疗费。

姜大夫慢条斯理地边开条边说：把脉问诊，一万，再加上你们已经无意中窥探到了我们看此病的‘家传秘方’，所以还得交泄密费一万”。

“啊！你们这不是存心坑人吗？我们一粒药不拿就白白花掉两万元，你以为我们的钱是从天上掉下来的呀！这也太黑了你们。你说是吧大哥？”江山桃气愤地转头寻找带她们过来的中年男人，想把他加为同盟军。可哪里还有那个男人的身影。

江山桃把目光看上母亲，老实巴交的母亲显得六神无主的样。显然，她也不知道应该怎么办。

绝望的江山桃再次用求助的目光看向父亲。

然而，出乎江山桃意料之外，江大桥这个老江湖却说："对不起姜大夫，我这闺女就是一农村妇女，平时也没出过门儿，不懂事。再加上过惯了穷家薄业的日子，就嫌这药太贵了点儿。我们今天带的钱也不多。我看不如这样吧，你先给我们拿两天的药，回头我们凑足了钱再来拿其他几服药。"

姜大夫沉默了一会儿，再看看这家人的穿着打扮，也感觉实在榨不出多少油水儿，不如见好就收。于是给了江大桥一个善意的微笑，点点头说："还是老先生明白事理，看您老也不容易，今天就卖您个面子，照您说的办好了。"

往外掏钱时，江山桃气呼呼地嘟噜着："两天的药就花去了这么多钱，这病可怎么看得起，你这真是老糊涂了。"

母亲使劲扯了扯江山桃的衣角，示意她不要说下去，只管付钱拿药走人。母亲怕再次惹起事端收拾不了，还怕父亲听她说看不起病，心里难过。

其实，江大桥又怎么能看不出这是场骗局呢！打从进了这家医院不到五分钟，江大桥已经看出了端倪，他知道他们这是遭遇了传说中的"医托"。可是一旦进来，不被"拔几根毛"，他们岂肯罢休。再提醒女儿已经来不及了，他也只能冷静地静观其变。在最后无奈决定以买两天的药结束这场骗局时，他也在心里做了个重大决定，就是无论如何他是不会再折腾孩子们的钱了，他这当老人的一个子儿没给孩子们留下，又得了这恼人的病。孩子们都不容易，他不忍心就这样烧孩子的钱。

回到家后，江山桃问父亲江大桥："这药能不能吃？"

江大桥说："能吃，还是给我熬吧！说不定吃了就好了。"

他这是自我安慰，连老婆子都听出了是一种应付。江山桃的母亲哭

着说：“我看，就别指望他这药了，没准是骗人的，不当用。明天我们还得去正规医院看看。”

江山桃说：“对，我娘说得对。我们姊妹几个轮流排队挨号，我就不相信还挂不来那专家号。”

江大桥说：“别折腾了。挂来了专家号又怎么样呢？天下乌鸦一般黑，这生就不是咱老百姓能得起的病，偏得上了，就不能打肿脸充胖子硬撑着。咱手头这点钱，住了院能撑几天啊？”

“你就别老操心钱的事了，有我们姊妹几个呢，反正不能眼睁睁看着你等死，我们就是砸锅卖铁也得给你看病啊？一会儿我就给您大妮儿打电话，她人来不了，就得多出点钱吧！就没见过心这么宽的人，老爹都病成这样了，她这当老大的连头都不伸。整天忙、忙，一天到晚，她比国务院总理都忙，也不知道她到底忙个啥？”

“小二妮儿，你还有良心没，这么说你姐，哪次家里有事花钱，不是你姐拿大头呀！就拿这次看病来说，到目前为止花得谁的钱啊？你姐不来肯定有不来的原因，要是没事她还能在家待得住，早跑来了。”

父母几乎是异口同声地责怪着江山桃。

她们无论如何也没想到江山娇得了这么严重的病。

当大家的争执与担忧都随着黑夜的降临平息后，江大桥却失眠了。他几次拿起早已准备好的工具，想尽快结束自己。又担心就这么不声不响地死去，孩子们会背上不孝的骂名；邻居们也得笑话他，“作”了一辈子最终没得好死。不行，无论如何，得让孩子们尽尽孝心，掩掩街坊四邻的眼目，他才走得安心。

拿着姊妹几个排队挂来的号，终于看了专家住进医院后。眼看着钱就没了，姊妹几个汇钱后再也没办法维持住院的钱时，江山桃电话质问江山娇为何不来看父亲，也不拿钱。没想到接电话的是姐夫李木。

那时，江山娇刚做完化疗，迷迷糊糊睡去。电话响了一声，李木就赶紧接了过来，他怕吵醒老婆。听着江山桃质问的口气，李木气不打一处来，冲着江山桃没好气地说："别再逼你姐了，她自己能活几天还不知道呢？她得尿毒症了，正在进行化疗。上次回去时就查出来了，她不让我告诉你们。我们这边看病也没钱，房子都让我卖了。再也拿不出钱给你们了，别逼我们了，咱就各人作各人的难吧！"

李木的话犹如又一个晴天霹雳，把江山桃震懵了。江山桃像被鬼符点了咒的木偶，举着电话，大张着嘴巴，一时不知所措。

躺在床上的江大桥看到山桃的表情，知道他的大女儿一定是出大事了。他推开在病床前看着他的老太婆，命令似的说："快，快去问问山桃，山娇到底怎么了，出什么事了？"

见母亲走近她，江山桃哭着跑出了病房。

当老婆子眼哭得红肿着坐到江大桥身边时，江大桥问出了什么事。老婆子只是流泪不说话。江大桥急眼了，再一次也是最后一次抬手打了她。然后，他看着这个一生受了他无数窝囊气，挨了他无数打的女人，痛哭失声，伸出一只手轻轻地帮她擦拭脸上的泪，从来没有过的体贴与柔情。

老婆子哭得更厉害了。江大桥把眼泪和着苦水咽回肚子里，请求老婆告诉他实情："山娇到底怎么了？"

当他听到"尿毒症"三个字时，一句话也不说，两眼虚空地望着医院洁白的房顶天花板。

许久许久，他命令老婆子说："不许哭了，光哭又有啥用？山娇这病有救，能治好，只有找着合适的肾，她就能好起来。你快点把孩子们

都喊到病房来，我给他们开个家庭会议。”

家庭会议的内容是，他以父亲的权威，命令孩子们都去江山娇那里做配型，连老婆也算上，谁配型成功都必须得捐肾给姐姐，没有任何商量的余地和推托的理由。

三　生死攸关时所有丑陋都无处遁形

令大家都没想到的是，在之前经历过十三次配型均不成功的江山娇，如今和亲娘、亲姐妹们没有一个配型成功，却跟那个抱养的弟弟成功配型。

而在了解了详细情况后，医院却拒绝给她做移植手术。因为，江山娇的弟弟有智障，属于无民事行为能力的人，这样的情况捐肾，在法律上是不允许的，更何况当事人还是抱养的。

得知这个消息，江大桥一筹莫展，他央告老婆子说：“你们去告诉他们医生，小杰子本来就是我亲生的，是我和另一个女人生的，不算抱养。”

江山娇的母亲呆愣了几分钟，擦了擦混浊的眼泪说：“你说是你生的就是你生的了？空口无凭，你让我拿什么去和人家说，人家凭什么信你的话？除非你找着杰子的亲娘让她亲口给人家说。”

江大桥叹了口气说：“你个混蛋，事到如今，让我去哪里找他亲娘啊？”

说完又转头告诉孩子们：“要利用一切人脉资源，打听一下这事应该怎么办。”

经过女儿们的一番打听咨询后，给他带回来消息说：只要确定江大桥为智障儿子小杰的法定监护人，就可代其履行一些民事行为了，也就是说就有可能替他做出捐肾的决定。

江大桥急眼了："净扯淡，我从小把大养大的，我是他亲爹，我不是他的法定监护人谁是，还用得着裁定？"

"你从小养他是不假，可小杰是抱养的，你没有收养手续。怎么证明你是他的监护人？再说你当初的做法就是违法的，根本也不符合收养条件。我们咨询了律师，现在唯一的希望，就是你和小杰做亲子鉴定，证明小杰是你亲生的。"

江大桥像是看到了一线曙光，但又觉得非常尴尬。看来，他想把这个瞒了一辈子的秘密带到坟墓里去，已经不可能。为了救女儿，他顾不了这张老脸皮，也顾不上自己的病痛了。

在律师的帮助下，他去做了亲子鉴定。随后，当地法院又委托司法鉴定中心对小杰做出了精神疾病司法鉴定，认定小杰为无民事行为能力人，同时指定江大桥为儿子小杰的监护人。

拿到被确认为儿子监护人的判决书后，江大桥以为，终于可以在儿子为山娇提供肾源的事上做主了。然而，他的这个希望很快又化为了泡影。

医院还是坚决不给做移植手术，原因是：即使这样，法律也不允许，还是不能为他们姐弟做肾脏移植手术。如果江大桥替无民事行为能力的监护人做出捐肾的决定，就是诱导犯罪。

江大桥绝望了。他不忍心亲眼看着自己心爱的女儿被病痛折磨，无力相助，更不忍心让病中的女儿为自己的病着急。在一天深夜，江大桥选择了自杀，亲手结束了一切自己无力对抗的烦恼，以求解脱，以求

谢罪。

江山桃万般无奈，想着去找报社、找媒体，上网发帖子，呼吁此事，以达到给大姐换肾的目的。一时间，一篇以“父亲以命为赌，为患尿毒症的女儿求生”的新闻，以各种版本出现在各大网站及报刊。

消息一经刊出，江山娇接到了社会各界好心人的爱心帮助，可依然填不满医疗费用的黑洞。

山娇的事情经媒体报道后，引起了大家的关注和同情，虽然她的写作还不入流，也没加入任何作家组织，但文人的悲悯情怀还是促使了他们捐款并出谋划策，同时引来了不少律师朋友。

有位姓高的律师自告奋勇，揽下了此案，整理了诉讼材料，并利用媒体的力量给梦酶公司制造舆论压力，促使梦酶公司委托北京法源司法科学证据鉴定中心，对江山娇由于办公环境恶劣倒致尿毒症的情况做出鉴定。最终的鉴定报告称：江山娇长时间处于甲醛、甲苯严重超标的办公环境中，对出现呼吸道刺激及肾病的发展起到一定程度加剧作用的可能性不能排除。

有了这份鉴定，之前的推诿扯皮现象全部终止，梦酶公司及给梦酶公司装修的公司一起被推上了被告席。

律师建议江山娇一方，请求法院判梦酶公司赔偿其住院费、交通费、务工费、手术费、抗排斥药费、残疾赔偿金等费用共计人民币约四百万元，其中如果肾移植手术成功，需终身抗排斥费近三百万元。

经过审理，法院认为，梦酶公司作为一家国际直销公司，应该为员工提供符合健康状况的工作环境，而江山娇所患疾病与其所在办公场所内的因果关系无法排除，确系在严重污染的环境中工作遭受的人身损害，梦酶公司应承担主要赔偿责任。装修公司不能提供证据证明其装修合格，应该承担连带赔偿责任。而江山娇未及时采取有效治疗措施，也应承担一定责任。

对此分析，双方均未提出新的证据，法院做出一审判决，要求梦酶公司承担江山娇所需各项费用两百六十四万元，赔偿其代理费十四万，同时还需赔偿其精神抚慰金五万元。而所需费用的30%，由江山娇自行承担。

可惜这场赔偿官司历时太久，当判决终于生效时，江山娇已经香消玉殒。

四　任何一种情都是患难之时见真诚

子墨看到“父亲以命为赌，为患尿毒症的女儿求生”的新闻时，心里一惊。之前，看到伊一留下电话号码，并再三嘱咐不到万不得已千万别打时，他心里就犯嘀咕，这以后网上再也见不到伊一，更增加了强烈的不祥预感。但是，他遵照伊一的嘱托，并没有轻易拨打那串时时刻刻牵着他的心的电话号码。尽管相思难耐，心似油煎，也曾几次冲动，想去伊一所在的城市找她，但最终没去。因为他懂伊一，伊一绝不会无缘无故地不和他见面，她这么做肯定有她的万不得已。事情过去后，她一定会回来的。

为了缓解思念之苦，子墨采取每天给伊一写封信的方式，每天打开QQ、打开邮箱，等待着伊一的消息，可最终没得到片言只语。直到这个“父亲以命为赌，为患尿毒症的女儿求生”的消息出现。

消息来自伊一所在的城市，也许是灵犀相通，隐隐约约地，子墨总

感觉到这件事和伊一有关。子墨再也坐不住了，他连夜赶往伊一所在的城市。

经过多方打听，当确定报道中的女主人公就是伊一时，他简直不能自控，后悔、绝望、悲伤和情绪，缠绕得他寝食难安。他想尽各种办法找到了伊一所在的医院，把他们的故事讲给主治医生听，并请求她一定要帮帮自己，让他和伊一做个配型。

女医生被子墨的真诚所打动，便答应按子墨的要求，在伊一不知情的情况下和伊一做了配型，可惜天不眷顾，他们的配型没有成功。子墨又央求医生，想方设法给伊一拍个照片，让他见上一面。医生搞不懂他，为何近在咫尺，不去亲眼见她一面，为何要以这种方式。

子墨不做解释，只说现在还不是见的时候，所以，他必须克制。医生架不住他的软磨硬缠，便以医疗需要为名，拍了张照片带给子墨。

子墨抚摸着照片痛哭失声，和伊一原来给他的玉照相比，眼前照片中的人整个脱了形。一时间，让他的心，疼如裂帛，无法形容……

良久，他收起照片，小心翼翼地放进贴身的口袋里，准备离开。临走时，他告诉医生："万分感谢您！请您为我保密！我会再来的。当我再来时，伊一就会有肾源和足够的医疗费做手术了。"

女医生含泪默默点头，答应一定替他保密，并期待着他能归来，盼望着他能协助医院找到肾源，挽救伊一鲜活的生命。

子墨感激涕零，扑通一声双膝着地，跪拜医生。他哽咽着说："平生我只是上跪苍天，下跪父母，从来没再跪过其他人、任何事！今天，为了伊一，我宁愿屈膝。哪怕我付出一切，只要是伊一还能活着，我都愿意。"

其实，当时的子墨正遇上了困境，生意上失败，家庭上事多，之前的积蓄折腾已尽。在伊一最需要钱的时候他却没了钱，在伊一最需要他的时候，他却不能出现。子墨的心痛到了极点，之前，没有这件事的检验，他自己并不知道，他爱伊一，已经爱到这么深厚，这么浓烈。之前，他没有体会到什么叫作爱莫能助，什么叫作痛彻心扉。之前，他也并不了解伊一窘迫的经济状况。因为，在伊一的文字里虽然有淡淡的忧伤，却始终是阳光向上，从来找不出一丝颓废和沮丧。

如何才能筹够伊一做手术的钱呢？如何才能找到肾源救伊一的命呢？

子墨漫无目的在百度打上了“买肾”两个字，竟然出现了一百多页一千多条相关信息，子墨随手点开了一家叫“秘密肾源”的网站，仔细查看着里面的信息，并加入了该网站设立的QQ群。就这样抱着帮伊一寻找肾源的美好初衷，无意中卷入了人体器官的黑市买卖……让人唏嘘的是，上天捉弄，阴差阳错，他最终没能救活伊一，却把自己送进了监牢。

第九章 心犹未尽泪埋伤

一 她让我固执地相信爱情的存在

鉴于子墨的自首行为，且认罪伏法的态度诚恳真切，子墨最终以“非法经营罪”被判刑七年。子墨不服，提起上诉，而上诉的理由却令许多人惊讶，他不是嫌判得重了，而是轻了，他嫌对他量型太轻。他说，这要按照1986年国际移植学会有关活体捐赠者捐献肾脏的准则，他可是罪孽深重。正因为参与了器官买卖，他才深知这方水到底有多深，又有多浊，如果不加大力度管理，将无法遏制，人体器官一方面资源稀缺，一方面黑市猖獗，甚至流入国外的悲哀局面。因此，他呼吁，国家应当尽快制定《器官移植法》，或者在现行刑法中，纳入禁止买卖人体器官的相关条款，从立法角度加以完善。

子墨的上诉被驳回，原因是，目前，国家虽然没有针对性的立法，但早在2006年，国务院颁布的《人体器官移植条例》已明确规定不许买卖器官:“任何组织或者个人不得以任何形式买卖人体器官，不得从事与买卖人体器官有关的活动。”尽管，子墨的上诉材料里有交代，他们正是例用条例中的特别规定，“活体器官只能捐献给配偶、直系血亲或者三代以内旁系血亲等有亲情关系的人”，而伪造了相关证件，才得以实施犯罪。许多器官买卖的黑中介，差不多也都是采取如此办法。虽然，目前《人体器官移植条例》只能最大限度地排除买卖关系，而不能杜绝，但是由于本条例及国家刑法中都没有明确“非法买卖人体器官”的量刑标准，他们只能以“非法经营罪”及坦白从宽的原则对其量刑。

折腾一番后，高墙内的子墨，好像完成了一项使命，也好像失去了一切动力。想要因为一件事、一个人而推动法律的进程，未免显得滑稽可笑。他安静而淡然地接受了一切，却并不知道外面发生了这一连串的事儿。

他以为无论他怎么样，却最终为伊一找到了肾源，筹到了医疗费。尽管换来的是妻离子散，失去自由，他一点也不后悔。

那个身为官家小姐的妻子，注定是只能苟富贵而不能共荣辱的女人，更何况他自己又是为了另一个女人，而背叛了妻子。

他甚至暗自庆幸或者憧憬，无论伊一能否谅解他的违法行为，最起码他以自己的方式证明了他的存在，证明了他对伊一的深爱。

要说有什么放心不下的，子墨最放心不下的是儿子，其次是九十多岁的老母亲。至于母亲，如果说世上存在因果报应的话，这一切还是缘于那缺失的母爱。或许，潜意识里，伊一的温柔善良，体贴关心，让他从某种程度上体会到了母性的温暖，正是为了这难得的温暖，他愿意像飞蛾扑火般地不顾一切。

对于儿子，他最担心的是儿子不能理解他的行为，不能理解他的情感经历及对待爱情的态度，会因伤害了他的母亲而看不起他。他要想办法让儿子了解他内心的痛苦挣扎，从而原谅他。

于是，子墨想到了给儿子写信。不，准确地说，他要写一篇《爱情是什么》给儿子看，以求儿子理解他及他的爱。

他这样写道：

亲爱的儿子，如果你看不起我是一名犯人，那就当我没有写这封信。因为，我并非意志消沉，需要有亲人及书信的安慰才提笔给你写信，我也不会怪家里人不来探视我，更不怪你妈妈坚决离开我，因为我们从来就没有相爱过。但我感谢她给了我一个儿子……也许，当你了解到我的犯罪动机后，会看不起我，会笑话我，为了一个女人铤而走险，太不值得。请你不要怪罪那个女子，因为，这一切缘于那女子却并不完全因为那女子。在男人的潜意识中，什么“冲冠一怒为红颜”，都不过是某些起因的托词，抛下老婆和子女逃亡的刘邦不是，为了女子情缱绻意缠绵的吴三桂也不是……其实，一个女人在男人心目中的位置并没有那么重要。自古以来，真正为一女子抛家别业的独异人士也并不多见。你爸爸我，充其量也是一介凡夫俗子，只不过想给自己的遁世，找一个浪漫美妙的理由。

儿子，我也曾青春年少，你也会随着岁月苍老，这世上唯有时间是公道的。也许，现在的你不能理解我的行为，也不能原谅我的做法。但我相信，当你阅尽沧桑后，再试着理解我现在的作为，或许会更容易些。可是，我怕等不了那么久，等不到将来，也等不来以后。所以，我急于以这种方式与和你交流。

你的奶奶，是我生命中接触到的第一个女人。尽管，在我小的时候，她就从未表现出过她爱我，或者说我从小就没体会过母爱，而我并未因此觉得女人不好。依然在年少轻狂时，身体里蕴藏着贲张的血脉，怀揣着清波涤荡的遐想，觉得天下女子皆是灵慧高雅的极品物种。

长大成熟后，我忽然发现，当今社会，泛滥的爱情仿佛感染上了西北地区的沙漠化病毒，里面充斥着怀疑、虚弱、伤害、残破、仇恨、罪恶与污秽，所到之处尽是欺骗，尽是龌龊……直到有一天，我遇到了你的伊一阿姨，我才明白，在现实中，尚存的爱情和这样的女子已所剩不多，是她让我固执地相信爱情的存在，相信美好的存在，相信面对爱情，一个人的心里还是会春暖花开。因此，不顾她爱与不爱，我义无反顾地选择了爱，且陷进去，就没再想过要逃出来。

最初，我们的爱并没想伤害任何人，包括你那一直张扬跋扈的妈妈，我尽心尽责地履行着一个好丈夫、好父亲及我的社会角色。如果不是因为伊一生病，或许我们的爱情一辈子也找不到诠释的载体，只能默默地存在于彼此的内心，准确地说，应该是深埋在我的内心。

遗憾的是，事情的发展违背了我的初衷，我终归没有抵挡住命运的捉弄，还是伤害了彼此的亲人，在这里，我要真诚地像你说一声：“儿子，对不起！”

说完这声对不起，我就不再以一个父亲的身份和你说话。从现在开始，我把你看成一个男人，一个能与我倾心交流的男性朋友。

那么，现在，就让我们两个男人来探讨一下，关于女人，关于爱情的问题吧。

我认为，这世间，无论成就或是幻灭，一切缘于爱情，而爱情的因子里最终又离不开女人。一个人涉过苍白的生命历程，应该像是在酿造一壶美酒，和续情的人曲水流觞。只要我们愿意，哪怕上苍失手，我们也能直面落崖惊风，以安静的姿态，在落英缤纷中微笑地看着人事嬗变，遥望铺陈在心灵圣山上的旖旎风光，随时准备认领天下……

可是，亲爱的儿子，关于爱，关于女人，我又该从何说起呢？

不妨从我的一个梦开始说吧。

那夜，冷雨凄清，花儿黯然，我梦见了佛祖。

我问佛祖："冬日寒凉，何以暖心？"

佛祖拈花微笑："何不直入寒凉深处。"

我又问："如何入定？"

佛祖曰："用爱，把'生命'看作一个整体。靠爱，按照理想的方式理解处于现实关系中的人。"

是的，靠爱。我悟到佛祖说的是大爱，不是专指儿女情长的风花雪月。世间一切，应该靠爱的想象来滋养，用美好的和精心想象出来的东西滋养爱。否则，纷繁现世的一切都只能滋生恨。就像现在，你如果不能正确理解我的爱，你就会恨我，认为我是一个不负责任的丈夫，一个不称职的父亲，一个十足的傻瓜。但我请求你，一定要记住：任何时候，上帝眼中的傻瓜与凡人眼中的傻瓜是有很大区别的。

作为一个男人，我不知道你对待爱情的态度，关于这个问题，我们还从没探讨交流过。我猜测着，像你这个年龄，或许应该喜欢武侠世界里的爱情，或许会羡慕《射雕英雄传》中那个傻小子郭靖的爱情，或许会喜欢张靓颖在《神雕侠侣》主题歌中的唱词：“穿越红尘的悲欢和惆怅，和你贴心地流浪，今生为你痴狂，此爱天下无双。”

可是，亲爱的儿子，你是否懂得，“和你贴心地流浪，今生为你痴狂，此爱天下无双。”这只是理想中一句空空的承诺。而现实中的爱是不需要承诺也承诺不起的。真正的爱情，往往是还未言爱已深爱，还未用情情已深。

我知道你也是喜好文学的，只是我不知道你喜不喜欢张爱玲的作品，有没有读过她的《倾城之恋》？即使读了，你也不一定能理解《倾城之恋》中爱情的美好与凉薄。请原谅我会这样断言，绝对不是觉得你不懂爱情，而是感觉你的年龄及阅历都还没到能读懂它的时候。作品中，白流苏式的寄居，白流苏似的悲剧，甚至小到柴米油盐都需要金钱维系的悲凉，如此，人世所有的温暖，也必将会在心照不宣的维系中烟消云散。

你伊一阿姨的文字你是读过的，在你并不了解我们关系的情况下，你的评语是：这文字很阳光，很洁净，但又时不时夹杂着一丝让人捉摸不透的忧伤。

都说文如其人，但你绝对想象不到，起初，你伊一阿姨的生存环境和白流苏实在太相像，她也曾一度失落，一度绝望。幸运的是，在她生活最尴尬，情绪最低落时，遇到的男人不是范柳原那样的情场高手。她遇到了一个质朴宽厚，一心一意疼爱她的男人，她毫不犹豫地把自己嫁了。然而，与其说她嫁给了一个男人，不如说她是把理想嫁给了世俗，把梦想嫁给了现实，把爱情嫁给了生活。你能否懂得？在很多时候，书房里的神驰万里，永远也无法代替现实生存中的分分秒秒。在残酷的现实中，在一定条件下，个人浪漫主义是没有容身之地的，浪漫的爱情故事，一旦过渡到平凡夫妻的屋檐下，也便只剩下人间烟火了。

本来，在经过了冷风冷雨，苦辣酸甜后，伊一是可以平静地面对这人间烟火的，甚至，在她的心里，早已经风烟俱净。可是，就是因为我的出现，甚至可以说是因为我的引领，在毫无准备的情况下，她生活的幸福与安宁被猝不及防地打乱了。

既然不是以爸爸的身份和你谈论这些话题，我也不羞于承认，花心是咱们男人的通病，无论花的程度如何。曾经，年轻时的我，也是一个范柳原似的花花公子，那是因为在你妈妈那里得不到温暖和平等后，一种歇斯底里的反叛。今天，我不要父亲的尊严，毫不隐瞒地告诉你，我常常一面是绅士，一面是禽兽，可以抑扬顿挫地吟诗读文，蛊惑人心，也可以到处留情，抛却责任……

开始和伊一交往时，我的动机也不纯，很长一段时间，我嘴里口口声声说给她的爱，在心里还有很大的演戏成分。没想到，假作真来真亦假，玩弄感情和爱得死去活来实在是太相像了。面对心底纯净，不染纤尘，以磐石之坚应万变的小女子，我不知不觉地把自己玩了进去。我不可救药地爱上了她，且爱得使我心甘情愿把心交给她，做她的奴隶，当她的俘虏。

以至于在她的生命受到威胁时，我能毅然决然地挺身而出，英雄救美，造成了今天的局面。

我别无选择。以她的病情，我的能力，我实在想象不出还能用什么方式解救她，只好铤而走险。

你的妈妈肯定会恨死我了。她也应该恨我，我不怪她。哪个女人能容许自己的丈夫如此明目张胆的背叛呢？此次的牢狱之灾，在她看来，也许是给我的不仁不义做的广告，她可以决然离开我，以一个圣洁女神的形象，高昂着头颅走在大街上，依然保持着她官家小姐的贵族气质。总之，她无论怎么做都不过分。

而你不行。同样生为男人，我希望你能理解我，不要看不起我，更不要恨我！

如果我的这份希望最终化为泡影，你依然会恨我，我也不会怪你。我会很失落，会比失去爱情还难过。因为，除了爱情，你是我生命中最大的收获。

好了，儿子。就写到这里吧！其实，在监狱里给家人写信，对犯人来说是件苦差事：需趴在床上，手里拿着笔、眼睛盯着信纸偷偷摸摸地写。写好后还要经过狱警严格的检查，才能决定能发不能发，比你伊一阿姨发表文章可要难多了。

最后的最后，我也只能轻轻叹口气，像许多犯人一样，写上“我在这里一切都好，请家人放心”。

我更希望，你能理解：这一叹，世间多少爱，都已黯然神伤。

二　一声叹息让多少爱黯然神伤

子墨的信最终辗转到了他儿子手里，但他却没想到，陪他儿子来探视的却是我。因为，子墨的儿子读过信后，就开始寻找与伊一有关的线索，他首先要知道这个身患重病，把自己父亲害得进了监牢的女人，是否已经按照父亲的意愿，换了肾，还活着。他要拿着父亲的信找到她，告诉她肾源的真相，请她原谅一个男人以这样的方式诠释爱情，他要请求她和他一起去监狱看望父亲。

他追根溯源，找到原来伊一住的那家医院，打听相关的消息，当得知伊一已经不治身亡及一切真实情况后，他经多方辗转找到了我，并请求我带他到伊一的墓地去看看。

我十分忐忑，猜不透这个年轻人此时此刻心里会想些什么，更不知道他要去墓地的目的是什么？是替父亲祭拜，还是蓄意去搞破坏？但我无法拒绝他的请求，因为他是子墨的儿子，因为他给我看了子墨写给他的信，因为我手里还有子墨拿自由换来的那一百二十万元，上次去看子墨时却一直没敢问，也没机会问该如何处理这笔钱。我这个旁观者，从始至终跟他们相干又不相干……我无处可逃，必须参与到底。

我和子墨的儿子，各揣心事，一前一后来到伊一的墓前。看着墓碑上的伊一依然风轻云淡，没心没肺地微笑，我心底忽地生出一丝忌妒。

再看看身旁那个忧郁的年轻人，用复杂的眼神目不转睛地盯着伊一，脸阴得仿佛能拧出水来。我下意识地转到伊一的墓碑前，用身子紧紧护着墓碑。

我担心这个年轻人会忽地从身上某处掏出一样东西，霎时间让这墓碑烟消云散。

然而，没有。年轻人盯着墓碑上的伊一看了良久，越来越感觉她就像一颗高悬在天际上的孤星。他深深地连鞠三个躬后，手颤抖着从衣兜里掏出来的却是子墨写给他的信。在打开火机点燃之前，他对着墓碑喊了声阿姨。

他说，他是子墨的儿子，他带着爸爸写给他的《爱情是什么》来看她了。请她原谅，之前一个年轻人对她所有的恨。如她泉下有知，就保佑他的爸爸经过这次牢狱之灾后，一切平安！

看到这里，我带着欣慰的笑，流下了热泪。我抚了抚伊一的脸，艳羡地对她说：“伊一啊，你真行，连死也死得这么奢华，你太值了。请原谅之前我和子墨不得已的美丽谎言，因为，那全都因为爱。现在，当着你的面，我把前因后果都讲给这个孩子听，并把子墨留下的一百多万交还于他。”

没想到，当我讲完整个事情的经过时，子墨的儿子却拒绝接受那一百多万。他说，上一辈人的事情他不参与。更何况这些钱里藏了多少穷苦人的血泪史，这太重了，他拿不动，也太脏了，他不想碰。

他只要求我陪他去监狱看望父亲，把这钱亲手交给父亲，并告诉他都发生了什么，不要再瞒着他了。

我说：“不行，你不觉得这样太残酷吗？”

“残酷，还有比现实更残酷的吗？您觉得这样做，对我父亲就公平吗？”年轻人反问。

我无言以对。

在监狱里，我告诉子墨，上次看他时我骗了他，其实早在那时伊一就已经没了，一直没敢告诉他，是怕他失去精神支撑。

当我把后来发生的一切都告诉给子墨后，他仰天长叹。这使我想起了他信中那句：“这一叹，多少爱黯然神伤。”

待子墨情绪稳定后，我把那一百多万的支票交还给他，并对他说：“别伤心了，这是命，由不得人的。这世间的一切，终究都逃不过宿命的安排。伊一已经知晓了你为她所做的一切，并且是你儿子在她墓前亲口告诉她的，她还看到了你写给儿子的信。你应该感到欣慰，伊一九泉下也应该含笑的。她一定希望你健康长寿，也好在每年的清明节去看看她。我相信，你一定不会让她失望的。”

子墨把脸转向儿子说：“谢谢你！亲爱的儿子。谢谢你能去看她，并把我写给你的信读给她听。”

子墨的儿子没抬头看父亲，只低着头若有所思地说：“不用客气。其实，我去看她并不是为了你。作为一个男人，我只是想窥探一下，那到底是怎样的一个女子？信我也并没有读给她听，是烧给她的。因为，我不敢亵渎她的听觉，怕读不出‘竹林听雨’的韵味儿。”

子墨哈哈大笑说：“好儿子，看来你真的读懂了一个男人写给另一个男人的信啊！我很欣慰。”

儿子面无表情，说出的话带着辛辣讽刺的同时却又不失幽默：“没办法嘛！谁让我不幸遗传了父亲的情商，也是个风流情种。”

子墨眼里明明含着泪，脸上却始终挂着笑。我知道，这是亲情带给他的安慰。

在狱警提示探视时间快到了，抓紧时间时，子墨对儿子说：“关于那张支票，我有个决定，想征得你的同意。我想以伊一的名义捐赠给红十字会，希望用于救治哪些看不起病的人们。”

儿子说：“很好，我没有任何理由不同意。不过，我很想知道，她墓碑上那几个字的含义，‘候人兮猗’？难道她等的真的是你吗？”

“唉！就这么处理吧！我希望你和这个年轻人保持联络，时常替我照顾他一下。”子墨故意岔开话题，重重地叹了一口气后，将目光转向了我。

我说：“一定，我们已经互留了联系方式。”

其实，我懂子墨的意思，他说让我帮他照顾儿子，无非是想通过我，让儿子时常去看看伊一。他想让伊一知道，除了她的家人外，还有一个与她没有一点关系却有着千丝万缕联系的人，在关心着她，挂牵着她。

在接下来大家都不知说什么时，子墨问儿子：“你做这一切，你妈妈知道吗？”

儿子说：“我已经是个有思想的独立的成年人，有些事不必让她知道。但作为儿子，我必须尊重我妈的情绪和感觉，如果有一天她想来看你，我会陪她来的；她不想来，我也是不会提起的。”

“不敢，不敢！有你来过就已足够。”子墨连连摇着头说。

狱警又来催了。短暂的探视时间真的到了。待我要走出房间的时候，子墨在身后声音低低地恳求。

他说：“如果可能，请你到明年的清明前再来看我。”

我点头表示应允，心里却七上八下：明年的清明节前？为什么非得要到清明节前呢？他什么意思，莫非他……他会想不开吗？

我怎么也没想到，次年的清明节前，我应约去看他时，他只是默默地交给我一包东西和一封信后，就转头离去。一句话都不肯多说。

我一头雾水走出监狱，打开那个纸包，发现是一小撮灰。摊开那封信后，方知这灰烬是子墨的一缕头发。他请求我，在清明节那天，把这些东西带到伊一的墓前埋葬或者撒下。

我的手拼命地抖着，完全不知所措。我恨死了伊一，竟然带给我这份惊悚与折磨。

我用发抖的手捧着子墨的信，用颤抖的心一字一行读下去。

他在信中说了断指断发的全部经过。

他说，在这个世界上他本没有什么可留恋的，唯有一个九十多岁的老女人，让他牵肠挂肚，让他觉得他还没有尽到责任，他还不能死，他死了就是畏罪自杀。他没有任何工具，只好用自己的牙齿咬断了一缕毛发，然后亲眼看着它们幻化成灰。那时也方才明白："其实，所有的恋情都只是一场华美的烟花大会，当你发现它的绚烂高远时，才猛然参透时间有限。当你想停下来，用全部身心仰望它，感谢它时，它却猝不及防地熄灭，置你于寂寞的黑暗夜色里，让你无法转身。"

他深爱伊一，却自认罪孽深重，不敢把整个带着原罪的躯体交给伊一。生前不能，死后亦不能，他只好断下一截，用自己心灵深处仅存的洁净圣光洗涤消毒后，献给伊一。不管她愿不愿意接受。

……

天啊！这简直……

面对这样的情意，我很感动，可是面对这样的两个人，一个待在坟墓里沉默，一个待在高墙里忏悔，我又该怎么做？伊一到底愿不愿意接受子墨为她所做的一切呢？

在清明节的前夜我虔诚地焚香祷告，希望伊一能够入梦来，表明她的想法。可是，没有。我等了一晚上，伊一也没有走进我的梦里，为我答疑解惑。

天明，我只得踏着蒙蒙细雨，前往伊一的墓地。

当我把子墨的信烧给伊一，把子墨的意思说给她听，并征求她的意见，是把那包东西埋葬在她的身边或是撒在她的墓前时，忽然平地起了一阵狂风。那是在春天里，在春雨时，无论如何也不应该有的狂风，那风，犀利中裹挟着无情。

狂风过后，纸包不见了影踪，伊一的墓前空空如也，没留下一粒灰烬。我不知道，子墨交给我的任务，我到底有没有完成。

但我知道，这个喜欢孤独的灵魂，从此真的会在这里孤苦伶仃。

“候人兮猗”。

伊一这么决绝地拒绝着一切，不知道每年的清明节、情人节，她能否候来那个——她渴望出现的人影儿。

三　与天同抛相思泪

在伊一死后的第一个情人节，春寒料峭，细雨飘飞。伊一的墓园内，尚未返青的枯草，在春风中摇曳得令人心碎。为了想见到伊一“候”着的那个人，我一大早就悄悄守在了墓园后的枯树林里。可是，从日升等到日落，没见着一个人影儿。眼看又是夕阳将落未落时，我带着凄凉的心情走到伊一墓前，静静地看着她的墓碑，后悔地骂自己，真不该遵照伊一的遗愿，刻了这么几个不阴不阳的字……

为伊一的痴情感到遗憾的同时，我又不忍心破坏她爱的偶像。更无法猜测，从爱之甘，到爱之憾，伊一在这短暂的人生里，到底有没有品到过爱的真滋味儿？不知道痴迷于文字的她，到底有没有悟透：事实上，一切事物的真相都具有使偶像的破坏特质——真相。不管我们心里有多少美好，惨苦的真相也会不由分说地，撕碎我们煞费苦心经营的美丽构想，把我们不愿接受的丑陋结局当作礼物，猝不及防地塞进我们怀里，住进我们心里。我们甩不掉它，只能隐忍地揣了它，任它在心里翻江倒海般地疼痛。对于爱，死了的伊一尚不能解脱，活着的我们又何尝不是如此。

然而，我又错了。生怕我误解了她的最爱，伊一不停地托梦给我，说她等的那个人是最棒的，如果在这个情人节来祭她，倒显得不懂她了。那个人肯定会到3月14日那天来看她。因为，这天是被罗马皇帝处死的恋人宣誓至死不渝的日子。

这个诡异的伊一，难道能爱到阴阳两隔，还会心有灵犀？

事实是，3月14日这天，他在子夜时分来到了伊一的身边。他和伊一都喜欢子夜的宁静与幽深。多少年来，只有在此时，他们才能抛却一切俗念，把心贴近，在梦里期待一场完美的相遇。尽管是她躺在丈夫身边念他，他睡着妻子身旁想她。也只有在此时，伊一才能从埋着酸甜苦辣的文字堆里走出来，与他心灵相约，以缓解生活中所有的压抑与疼痛。

曾几何时，在外力的胁迫下，在现实的黑暗地狱里，他们失却了爱的在场。他们曾在爱的逼仄空间里挣扎、奋斗，试图确证爱的存在。其实，爱已根植心中，任何外力也撼它不动，哪怕已是阴阳两隔。

从他的居处到墓园，路不算远，却牵扯着一条无法丈量的感情线。这条线，伊一走了一生，最终只能从一个原点回到另一个原点，持续等待。而他，每走一步，都像在刀尖上舞蹈，世人看他走得稳健，又有谁知晓他的心痛。当目的地一点点儿接近时，他心里漫过无法言说的伤感与激动，谁也无法了解这个曾经沧海的男人，内心深处到底藏着多少苍凉，压着多少无奈。

想着伊一曾对他袒露的绵绵情愫，他的心又一次尖锐地疼，眼睛又一次模糊蒙眬。他无法停止一遍遍地回忆，回忆和伊一相识以来的点点滴滴；回忆曾把所谓仓央嘉措的《十诫诗》发与她时的心情；回忆“我欲与君相知……”；回忆深夜相思难耐时电话里互诉的衷情；回忆……每一次回忆，都是甜蜜伴着心疼，随着伊一的远去，这疼将伴随他一世一生，无人能解，更无人能懂。

夜色深处，伊一那幽静的住所隐约可见，他的脚却瘫软无力，不听使唤，有相见的急切，更有无法言说的悲切。

早春时节，乍暖还寒，凉风斜织着细雨，慢慢地从天空垂落。雨点冷冷地敲打着他的头顶，透过浓密的黑发，冰凉到入骨。滴落到他的脸上，轻轻地、慢慢地，蒙眬了他的视线，模糊了他的眼镜。他收住急急前行的脚步，把玫瑰从右手倒换到提着二胡的左手，用腾出的右手拉了拉风衣的领子。然后，掏出火机燃着了一颗香烟。

平日里，他是不抽烟的，伊一活着时，从没看见过他点烟的姿势。倏忽间，一线光明划破了夜空，他的身影伴着这点点烟火在黑漆漆的夜色中移动。

他手中的手机里飘着萧山的《雨祭》。不是因为潇洒，不是因为浪漫，是因为不懂音律的伊一却偏偏喜欢听它的歌词：

角落的gitar浸满了尘埃/才发现那雨季从此不再来/记忆中的黑白，/那份单纯的等待/慢慢地慢慢地爬满了青苔/失眠的歌声里，月亮瘦得不敢摘/you want to fly I don’t say goodbye/你的心不肯摘，天黑得太快……

一曲终了，他深深地吻着飘落的雨丝，耳边萦绕着伊一学唱时的南腔北调，并且还霸道地不许他笑。

与伊一相识那年，好像特别多雨，就连冬天该下雪时也会飘雨。伊一曾虔诚地双手合十感谢上帝，因为落雨的日子里他们可以相约听雨。听雨是需要心境的，能与人共同听雨更是难得的缘分。雨的灵性，雨的浪漫，雨的缠绵，雨的清纯……都是他们共同的喜欢。而这听雨的雅好源自竹林听雨，却并非“竹林听雨”。这雨是天泪，是伊一隐秘的心事。也只有他能懂，这天泪诉说的是天愿，这心事诉说的是世情，也只有他能懂。

记得曾有人说过，天空飘雨，是上天因为思念而留下的眼泪……

而此时此地的雨，却是黑夜的信徒，引领伊一心中的佛来为她超度。他手里的香烟忽明忽暗，雨丝亦时疏时密，点点滴滴打湿了埋藏在他记忆深处的书笺。

当一百支心形的蜡烛被他费尽周折一根根点亮时，他把玫瑰递给了伊一。墓碑上的伊一甜甜地对他浅笑，仿佛调皮地深深吸了一口气，嗅着玫瑰的芳香，看着红红的烛火，陶醉着、感动着……激动得一句话也不说。

一笔一画抚摸着墓碑上的“候人兮猗”，他痛哭失声。伸手抚摸着伊一的脸庞，他的心在颤抖：“又下雨了，我来约你听雨。瞧你光知道笑，想没想我？”

这是他的习惯，无论多么动情，他和伊一说话时，前面都没有任何称呼，他不会腻腻歪歪地喊声“亲爱的”“小宝贝”“小乖乖”啥的。

伊一只是傻傻地笑着，不肯说话。

他掏出纸巾一遍遍轻轻地擦着伊一脸上的雨滴，慢慢抚着伊一的发际，双手捧起伊一的脸蛋儿，无限爱怜地说：“别哭，别哭，见到我应该高兴才对。”

他脸上始终挂着伊一最爱看的笑容，却不得不摘下眼镜，里里外外地擦拭镜片上的水滴，不知是雨水或是泪水。

“快点儿告诉我，你在那边儿过得还好吗？你千万要记得按时吃药，这个世界上的事你就别挂念着了，能办的我都办妥了，不能办的也只能随遇而安。人各有命，强求不得，请你一定要安心，不要太要强、太自责……”

说完，他又掏出纸巾轻轻擦着伊一被雨水打湿的脸，并哄孩子似的说：“不哭，不哭，我会常来陪你的。”

他好像看到了伊一乖乖地点着头，脸上依旧是柔情似水的笑容。他想着曾和伊一说起过谁先死的问题时，伊一拼命地抢着说她先死，因为她不愿独自承受面对失去他的痛。

“你如愿了，我又该怎么办呢？”他自言自语。

听不到伊一的回答，四周寂静无声。突地起了一阵冷风，雨点亦越来越密，浇灭了最后一根亮着的蜡烛，伊一忽然消失在无边无际的黑暗中。

他摸索着拉开了二胡的琴弦，轻轻地说：“这里每个夜晚都这么黑吗？你别怕！有我在这儿陪着你，我知道你喜欢竹。你说过‘竹有节，挺风骨，弦有情，共君诉，玉弓一抖裂云帛……’所以，自从你走后，我便试着用这竹做的东西安抚我的疼痛，希望也能抚慰你的沧桑。现在我在你面前献丑，给你拉个你喜欢听的曲子，好不好？”

当凄楚不由自主地从琴筒里缓缓淌出时，二胡那饱含沧桑的弓弦缓缓抖动，弦和弓把人揉得肝肠寸断。一曲《梁祝》穿透了漆黑的宁静，诉说着一个缠绵到悲切且被赋予浪漫的故事。

无人的旷野里，长长的一段悲怆，牵肠挂肚地回旋在黑夜里，像湖光山色中沉沉的雾霭，如丝如缕地从山峦间飘忽而来。这琴声，涤净了沾染太多尘埃的心灵，斩断了它们在世俗事务里的浸淫。霎时，《梁祝》如泣如诉的旋律，把两颗曾经婉转的心拽成了饱受苦楚、日夜相思的长链。让恋情的记忆随着琴弦在“十八里相送”那段漫长却短暂的路程中，慢慢地铺陈开来。

当生离死别抛弃了昔日融入骨髓的灵与爱时，谁又能扶持内在被抽空的眩晕？

相遇、相知、相爱……此时，心中的热切掩去了现实的凄迷。恍惚间，从雨雾中走来一位结着愁怨、撑着油纸伞的姑娘，悄悄地站在了他的身后。

雨中的琴声如女儿家春江水波般的心事，令羞涩的缠绵与希望交织在一起，让昏夜的雨滴在斑驳音符的冲击下沉入空灵，诉说着亘古不变的遗憾。美丽的憧憬很难在现实里如愿。此时，伊一千疮百孔的灵魂被这凄绝的琴弦牵引在无尽的虚空里，轻飘飘的，没有质感……

他紧闭着双眼在琴弦的拨动中，想着他和伊一的前世今生以及来生之缘，耳边似乎响起了伊一轻轻的抽泣声。

“别哭，别哭。你怎么又哭了？你知道我最怕你哭。对于传说中的故事，我们只应感动，不能伤情。”

安慰着伊一，他睁开了眼睛。夜已逃遁，四周山体朦胧，雨丝还在哀鸣。身后的伊一也消失得无影无踪。墓碑上依旧是那定格的浅笑，好像也是一宿没睡，有些倦容。

愣怔了好久，他直起身子，伸了伸麻木了的腿脚。一阵晨风吹来，他打了个冷战，下意识地裹了裹风衣。手指触碰处让他一惊。淋了一夜的雨，他身上却是丝毫未湿。怪不得他一直觉得，伊一在身后用她娇弱的身躯给他撑起了一片无雨的天空。

他不由仰天长叹：“天乃雨之家，地乃雨之灵。云乃雨之裳，夜乃雨之魂。但为君之故，飘洒到黎明。”

“伊一啊！你总是这样乖巧懂事，揪人心魂。此生我终是辜负了你。到如今我只能用泪殓你，用情殉你，用土葬你，用雨祭你，用诗念你，用二胡回忆……然而，尘归尘，土归土，在盛开的时候零落，可是命运为你安排好的完美结局？原谅我不能随你而去。纵然是‘取次花丛懒回顾’，也要……毕竟，生活之水不会因岸柳的枯黄而停止流淌，生活照样还得继续。不要问我为什么，请你仔细读读C.S.路易斯的这本《卿卿如晤》。”

他掏出火机，举着书本，想要点燃。书本却仿佛被谁夺了一把，飘到墓碑后面，不见了踪迹。

他笑了，讷讷道：“你依然是爱书如命。”

他哭了，戚戚道：“我怎么才能看见你。”

断肠人伴着断魂雨，孤独在地苍松翠柏环绕的公墓里，声声呐喊，字字血泪。他再次扬起雨中的一撮撮泥土，轻轻地添在伊一的墓冢。把脸悄悄地贴着墓碑上的伊一，轻轻地告诉她：“真的后悔，直到现在才能如此肆无忌惮地靠近你。不知道此时此刻，我的体温还能否让你感到温暖？我知道，你还有太多的心愿没有了结，太多的事情不能放下，也有太多的怨恨没有说出口……”

“‘候人兮猗。’这只有我能懂的语言，撕肝扯肺，如此之痛。我也只能感谢你这温暖的深情。”

这个无奈的男人仰天长叹，苍天无言。低头问地，大地无语。环顾四周，群山哑然……顿足捶胸，泪流满面，他再次亲吻照片上的伊一，久久地、久久地，企图用生命的热血，暖热冰凉的墓碑……

四　爱成隔世离空的守望

故事至此应该告一段落，但伊一并不满意我的叙述。或许，她的本意是极力将故事拉出情感的窠臼，细心规避情爱之念，在景慕之前只写风景，写人世间看似平静的风景、和谐的风景，云淡风轻不动情爱之心的风景。然而，毫无办法。爱情却是连灵魂也不能触摸的脆弱神经，它不知不觉中激起的情感波澜，会情不自禁地打破阴阳两界的平静，让我们看到一个异于一般的故事，也使我在并不知情的境况下，让伊一与她深爱的人灵魂相融。

候人兮猗，年复一年，春夏秋冬。

细细一算，伊一离去已经有三个年头。她的坟前长满了荒草，覆满了落叶，墓碑上落满了鸟屎……镶在碑上的伊一也在岁月风雨的侵蚀下，斑驳凌乱，模糊不清。不知道她的一缕芳魂飘在何方？不知她魂兮归来时，看到如此凄清寥落的景象，又将会做何感想？

能来看她的人越来越少了。

李木娶了新的太太，新太太忌讳他来看伊一。李木不仅再也不来，还遵照新夫人的意思，在他们共同生活过的家门口埋了双鞋子，以阻断伊一魂魄的归路。伊一与梦酶公司的索赔官司胜诉，赔偿的那笔钱，大部分也被新太太弄了去，并没如伊一所愿，惠济她的家人。

她娘家人依然以自己的生存方式疲于奔命，更少有闲暇，大老远跑来看望伊一。

我这个所谓的好友，也是整天忙着讨生活，常会忽略那个静静独处一隅的魂灵，有时，还会在内心忌妒她的清静。

伊一等的那个人到底有没有来过？我并不知晓。

记得那是在伊一刚去世不久的一个春季，为了排遣自己内心那缕莫名其妙的情绪，鬼使神差地，我又一次选择了在白色情人节那天去看望伊一。欲语泪先流时，却惊喜地发现，伊一墓前有燃过的点点残烛，还有那个由墓碑顶端垂至伊一耳际的MP4，MP4里飘着莎拉·布莱曼演唱的《斯卡布罗集市》……

我断定这绝非李木所为，因为红烛和音乐都不属于这个只会过日子的男人。那会是谁？是伊一等的那个人，是子墨？是伊一的儿子，还是子墨的儿子？

是谁来看过伊一？我猜不出。到底是怎样的故事？我弄不懂。此刻，我只是想起了金岳霖和林徽因。

将要走到人生尽头的金岳霖，面对哪些依然想探究他们情感故事的人，只是淡淡地说："我所有的话，都应该同她自己说，我不能说。我没有机会同她自己说的话，我不愿说，也不愿意有这种话。"是啊！所有的话都是属于他们自己的，她不能说，他不愿意说。但他们的爱却是爱的大格局，是来自灵魂的天高地阔。就像金岳霖明明深爱着林徽因，却宁愿隔着一生的距离去守望。

守望，或许情到深处时只能彼此守望。低头抚摸墓碑上的"候人兮猗"，手指触碰处，字体上还留有残余的体温。抬眼再看墓园，墓园内，风烟俱净，阳光匝地。